熟柿

佐藤正午

角川書店

熟柿

ブックデザイン　鈴木成一デザイン室
カバー写真　lingqi xie/Moment/gettyimages

第一章（2008）

1

晴子伯母《はるこおば》さんの葬儀の日、当夜の精進落としの場からこの話ははじめたほうがいいと思うのだけれど、夫もわたしも、親戚《しんせき》のひとたちからその場でしきりに祝福のことばを浴びせられた。葬送の儀式がとどこおりなく済み、まだ温《ぬく》もりのある骨壺《こつつぼ》とともに火葬場から一同引きあげる頃には、参列者全員にわたしのおめでたが知れ渡っていたせいだ。

近い親戚に遠い親戚、顔も名前も知らない人たちまでまじったふるまいの席は、晴子伯母さんが長年暮らした広い庭の一軒家でもたれた。

仕出しの鮨《すし》を折詰めにしてさっさと持ち帰った人もいたし、あとから酒めあてに訪ねてきた人もいて、出たり入ったりはあったものの、仕切りの襖《ふすま》をとりはらい居間と寝室と食堂とをひとつにした二十畳ほどのスペースに、近所の公民館から調達してきた座卓などを連ねて、記憶では三十人を超える人数が顔をそろえたと思う。

とにかく最初から、しんみりした空気とは無縁の集まりだった。

「かおりちゃん」と親戚はみんな幼いときからの呼び方でわたしを呼んで、入れ替わり立ち替わりそばに寄ってきては「おめでとう」と声をかけ、予定日を知りたがり、それからからだの具合を心配してくれた。

隣に座っていた夫は、その晩そこに集まった人たち全員からお酌されてお酒を飲んだ。なかには奥さんのぶんまで飲めといって二杯お酌をしていく人もいた。もともと嫌いなほうではないから夫は順繰りに飲みほしていき、途中で明らかに正体をなくしかけていた。酒癖の悪い叔父《おじ》から、かおりのおなかの子のために一曲歌えと気合いを入れられて、空徳利《どっくり》をマイクにサザンのヒット曲を歌ったりもした。よせばいいのに、と思いながらもわたしは笑いながら見ていた。いま思えば、そのようにはめをはずしはじめた身内の者たちを、晴子伯母さんは成仏できずにまだどこかその辺にいて、ぎりぎり歯ぎしりしながら見ていたのではないだろうか。

夫の歌は誰も真剣には聴かなかったけれど、父方の遠縁の、芸達者な親子三人が志願して、Perfumeの曲を振りつきで歌いだすと座はいっそうにぎわった。手拍子や指笛までおこり、次にまた歌い手が指名されて立ち上がるともうブレーキが利かなくなった。

興奮した子供たちは柿の実を奪い合い、テーブルのあいだを走りまわった。お調子者の誰かが庭の柿の木によじ登って実をもいできたのだ。足音に、歌声に、手拍子に、野次、子供を叱りつける声、ビール瓶が倒れて皿が割れる音、転んだうえに母親に頭をはたかれて泣き出す子供。故人を偲《しの》ぶ会という色合いはあらかた消え、わたしたち夫婦に来年の夏生まれてくる赤ん坊を祝福する、そのことを口実にした純粋な酒盛り、いやそれ以上の無法状態になった。その場の誰ひとり晴子伯母さんの思い出など語らなかった。

2

晴子伯母さんは、わたしがそう呼び慣れていただけで、正確にはわたしの父の伯母、わたしにとっては大伯母にあたり、生前、身内の評判は芳しくなかった。というより、評判は最悪のひとだった。はっきり言ってみんなの嫌われ者だった。

わたしは近くで接する時間がほとんどなかったから、晴子伯母さんの嫌われ方の度合いを、噂でしか知りようがない。いわく、小金を溜《た》めこんでいるはずなのにしみったれだ、とか。いや、しみったれだからこそ小金を溜めこめるのだ、とか。来客のもてなしはぞんざいで、催促しないとお茶一杯出さない。そのくせ親類縁者の冠婚葬祭の場には呼ばれもしないのに必ずしゃしゃり出てくる。しゃしゃり出てくるだけなら我慢できるが、言うことがいちいち余計で、他人の不幸には冷淡、幸福には難癖をつけたがる。とりたてて不幸でも幸福でもない平々凡々な身内にたいしても、思う存分毒のあることばを吐いて帰る。

伯母さんは子供に縁がなく、おない年の連れ合いを五十手前で亡くしていたが、その連れ合いは女房にくらべればおっとりした好人物だったそうだ。夫の寿命を縮めたのは、伯母さんが薬代をケチったせい、いざというとき医者を呼ぶのを渋ったせいであるらしい。それから三十数年後のこんにち、老衰で（直接の死因は肺炎で）息をひきとるまで、ひとりで、広い庭の四分の三を畑にして野菜作りをしながら偏屈に生きてきた。たまに誰かが様子を見に立ち寄っても、ひとりでは食べきれないほど収穫した大根や人参やトマトやキュウリを少しでも土産に持たせてやるような気配りとはいっさい無縁のひとだった。

昔からそんな噂は聞かされていたし、火葬場で噂の主が焼かれるのを待つあいだにも、逸話はぽつりぽつりぽつり耳にとまった。椅子の数の足りない待合室で身内の者たちは三々五々かたまりになって、晴子伯母さんの所行について語り合っていた。すくなくとも、まだそのときまではみんな晴子伯母さんのことを思い出していたのだ。ただ、昔話がひとつ披露されるごとに、顔を寄せあった中から遠慮のない笑い声が沸《わ》いていたけれど。

熟柿《じゆくし》の話はその日の午後、わたしも初めて知った。教えてくれたのは夫で、火葬場の中庭で並んで煙草をすっていた親戚の誰かから、晴子伯母さんの好物だった柿の話を聞かされたのだ。夫は手まねきでわたしをそばに呼んでこう言った。

「晴子伯母さんの家の庭に柿の木があるんだって?」

「うん、あるけど。渋柿だよ」

わたしがそう答えると、夫はちょっと得意げな笑みを浮かべた。

「いまごろの時期になると、いい色の大きな実をつけるらしいね。それを親戚の子供が食べたがっても、伯母さんは渋柿だと言い張って近寄らせもしなかった。そう聞いてるだろ? 木に登ろうとする腕白を見つけた日には、長い竹の棒を持ち出してきて、本気で尻《しり》や背中を打ってこらしめる。ところがさ、自分ではひそかに、その先割れの竹の棒を使って実を二つ三つもいでは仏壇に供えるのが習慣だった。この話は、知ってたか?」

知らない。その話は聞いたことがない。夫がもったいつけて間をとったので、それで? とわたしはうながした。

「それでね、もいだ柿をそのまま、熟して、皮がどす黒い赤に変わって内側の実がぶよぶよになるまでほったらかしにしていた。誰かが悪戯《いたずら》して指で押したりするとむきになって怒鳴りつけた。仏様の供え物に悪さするんじゃないって。仏様は渋い柿を食べるのかって口答えすると、死んだ人間は、おまえたち生きてる人間がまずいと思うものが大の好物なんだ、そう答えたらしいよ。この話をしてくれたひとが子供だった頃だから、かなり昔の話だと思うけど、あるとき晴子伯母さんの家に泊めてもらったことがあって、夜中に便所に起きたら、仏壇のほうからチュルチュル、ズルズルって、気味の悪い音が聞こえるんだって。それで廊下に立って、開いてる襖のあいだからそっと覗《のぞ》いてみたら、仏壇にロウソクが二本灯《とも》ってて、その前でうずくまった晴子伯母さんが、両手を口にあてて喉《のど》を鳴らしてた。よくよく見ると、熟した柿をつかんで喰《く》らいついてたんだ、手も口も柿の汁まみれになって」

「……なにその話。気持ち悪い」

「だろ？　チュルチュル、ズルズル、ごくりって、腐りかけて溶けだした実を啜《すす》ってるんだよ、真夜中にな。気持ち悪いよな。あとからわかった話だと、熟柿の皮にちょこっとだけ穴を空けて、その穴からどろどろになった中の実を吸い出す、そういう食べ方が晴子伯母さんは大好きだったんだって。年寄りの身内はたいがい知ってる有名な話なんだって」

「なぜ真夜中なのよ」

「こんな美味《うま》いもの昼間っから食べてたら、子供に見つかって真似されてさ、また柿の実を盗まれるから用心したんだよ」

どこまでが事実でどこからがそうじゃないのか、わたしにはよくわからない。

「まったく、噂にたがわぬ変人だよ、おまえの晴子伯母さんは」

夫の目もと口もとには得意げというより意地悪な笑いが貼りついていて、その顔を見ているうち、こちらもひとつ大げさな話をして驚かせてやりたい気持ちになった。晴子伯母さんとわたしの唯一、接点らしい接点の話。

「あのね、わたしほんとは晴子伯母さんの養女になるかもしれなかったんだよ」

「ええっ！」と夫は反応した。「いつの話だよ？」

「中学のとき」

「ああ……」と言ったきり夫は黙った。

その時代の思い出にわたしが踏み込む気配をみせると、夫はいつもおとなしくなる。妻以上に緊張した面持ちで、口出しを控え、話をおしまいまで聞いてくれる。

わたしが十五歳のとき、わたしの両親は不幸な交通事故に遭い、ふたりいっぺんに天国に召された。高校受験を間近にひかえた冬の出来事だった。通夜にも葬儀にももちろん親戚がこぞって駆けつけてくれたけれど、そしてそうなるのが自然の態度だと思うけれど、このたびの晴子伯母さんの場合とは違い、これ以上ないほど深刻でしんみりした口数の少ない集まりになった。

そんななか、父方、母方、双方で実務的な話し合いがもたれ、わたしのために最善の選択をなすべく彼らは動いてくれた。最終的には父方の、酒癖は悪いけれど誰より家族思いの叔父が名乗りをあげ、わたしの引き受け手になった。そうして三年間、大学に進学してひとり暮らしをはじめるまで、私は叔父の家族の一員として過ごした。でも聞いた話だと、すべてが決着する以前、十五歳のわたしが涙をながす以外まだなにもできなかった頃、一回目にひらかれた父方の親族会議において、かおりを自分が引き取ってもかまわないと真っ先に手を挙げたのは、実は晴子伯母さんだった。

その話を、わたしは五年経ってお酒を飲める年になったとき叔父から聞かされた。

親族会議の席上、晴子伯母さんの突然の申し出に誰もが耳を疑ったし、その申し出を素直に受けとめる者はひとりもいなかったそうだ。事故の補償金めあてだとみんなピンときたのだ。かおりが高校と大学を出るために使われなければならないお金を、晴子伯母さんに横取りされてはならないと全員が気をまわし、結束したのだ。だから申し出は無視された。会議が進むうち暗黙の合意が成立し、その話はなかったこと、誰も聞かなかったことにされて、わたしの身元引受人候補者のなかから晴子伯母さんの名前は抹消されていた。実際、次の集まりまでは箝口令《かんこう》が敷かれ、二回目の会議は晴子伯母さんには内密でおこなわれた。

ちょうど成人式の夜だったと思うけれど、わたしのお酌でだいぶ酔っていた叔父はそんなふうに語った。つまり半分は事実をたんたんと述べ、あとの半分は、いつもの晴子伯母さんネタの語り口調で、「あのときは往生したよ」みたいな苦笑を浮かべていた。わたしも叔父にお酌を返されて酔いがまわりはじめていたし、昔話につきあうのは億劫《おっくう》で、「へえ、そんなことがあったんだ?」くらいの相槌《あいづち》は打ったかもしれないけれど、話を深くほじくり返したいとは思わなかった。だからそれ以上のことは知らない。

ただ聞かされた事実は事実としていまも耳にとどまり、晴子伯母さんの葬儀の日、火葬場でふとその記憶をよみがえらせてみただけで。

「そうか」黙って聞いていた夫は独り言をつぶやいた。「でも、良かった」

そのあと、急に、わたしの肩を抱いた。

「なによ」

まわりの視線が気になってわたしが嫌がると、

「危ないところだったな」

と夫は言った。

「かおりがもし、晴子伯母さんの家に貰《もら》われてたらさ、伯母さんの伝統を受け継いで、いまごろ、かおりが熟した柿の実を啜ってたかもしれないからな」

これはわたしをからかっているのかと思ったら、夫は案外真剣だった。

「そうなるのも女として可哀想だけど、でも、そんなことより、晴子伯母さんの家の子になってたら、かおりは大学にもきっと行けなかっただろうし、それに俺たち、サザンのコンサートで出会うこともなかったんだよな？　もちろんおなかの子だって存在しないことになる。だろ？　な、ほんと、危ないところだったな」

わたしは夫の腕をはずしながら、悪い気はしなかった。

他人事《ひとごと》のように分析すれば、晴子伯母さんの当時の真情はいまとなっては計り知れないわけだし、叔父をはじめとする他の親類縁者たちが、わたしのためを思い、伯母さんを蚊帳《かや》の外に置く作戦に出たという経緯は、一方が悪、一方があまりに正義の味方ふうで、単純に鵜呑《うの》みにするのはためらわれる面もある。当事者のわたしですらそんな考えが頭の隅に浮かぶのに、わたしの夫は違う。物事を直球で受けとめて直球で返すひとなのだ。

でも、このとき夫のことばを聞いたわたしはぜんぜん悪い気がしなかった。わたしが叔父から伝え聞いただけの曖昧《あいまい》な話を根拠にして、「危ないところだったな」などと極論を真顔で言ったりするのは、悪くいえばそそっかしいとか、自分で咀嚼《そしやく》して考える頭がないとかいうことになりかねない。でも良いほうに取れば（わたしは取ったのだが）、世の中の正義を信じる、「そうは言ってもさ」などとあら探しの目つきで物事を見ない、むやみに人を疑わない、心を許した相手であればなおさら疑わない、とどのつまり善人の証拠のように思える。出会ったとき最初に好感が持てたのも夫のそういう素朴なところだったし、素朴な人だからこそ、夫は選ぶべくして警察官になる道を選んだのだとも思う。警察官が正義の味方をいちいち疑いの目で見ていては社会の秩序は保てないだろう。だからここは、晴子伯母さんには申し訳ないけれど、わたしも無邪気に喜んで、夫の目を見て、うん、とうなずいておいた。

「うん、危ないところだった」

3

夫の歌を皮切りに無法地帯へと突入した酒盛りはまだ続いていた。

年寄りの詩吟に、若いひとの芸能人のモノマネに、ビールの早飲み自慢にその他もろもろ、酔っぱらいたちの宴会芸は一時間たってもとどまる気配がなかった。子供たちの喧嘩《けんか》は、ひとりに一個の柿を支給されていったんおさまったけれど（お調子者がまた庭の木によじのぼって足りない数だけもいできたのだ）、それで興奮がさめたわけではなく、疲れも知らず動きまわって粗相して親にはたかれては泣き声をあげた。座布団を枕におとなしくしているのは酔いつぶれた夫くらいのものだった。

わたしは帰宅の時刻を見計らっていたので、八時を過ぎると、台所を切り盛りしている叔母《おば》のところへ行き挨拶《あいさつ》をした。

酒癖の悪い叔父のほうは、いまや宴会芸の舞台と化した床の間の前に陣取っていて、落ち着いて話のできる状況ではない。叔母と立ち話をするあいだにも、お銚子《ちょうし》が足りないと台所へ追加の注文が入り、まだ飲むつもりなの？　と近所の手伝いの女性が呆《あき》れ顔で新たに燗《かん》をつける始末だった。

叔母はぶつぶつ言いながら洗い場に溜まった大皿小皿を片づけにかかった。うちの旦那《だんな》も、ほかのみんなも、うるさいばあさんがいなくなったなんて、お気楽に酔って騒いでる場合じゃない、晴子伯母さんの残した家や畑を誰が相続するのか、こんどは強欲な親戚連中をとりまとめる頭の痛い問題も残っているのに。そういったわたしにはあまり関心の持てない内容のことを叔母は口にした。最後に洗い終わった皿を隣で受け取り、布巾《ふきん》で拭《ふ》いて重ねて、腕時計を見ると八時半だった。

「今夜はうちに泊まっていけばいいのに」と叔母は言った。「徹也《てつや》さん、ダウンしてるんでしよ？」

「うん。でも、てっちゃんもわたしも明日仕事だし。その予定でクルマで来てるから」

「クルマって？」もうひとりの叔母が台所に入って来てコップで水を飲みながら訊《たず》ねた。「柿の木の下に停めてある、あの新車？」

「はい」

「息子のジーパンみたいな色の青いクルマね。あれ、いくらしたの？」

「いまから二時間も運転して帰ることないのに」

「あら、かおりちゃん帰っちゃうの？　徹也さん、運転だいじょうぶ？」

「だいじょうぶなわけないじゃないの」

「だったら今夜は泊まっていきなさい。いまがだいじな時期なんだから、無理して遠い夜道を帰ることない。あのクルマ高かったでしょう、いくらしたの？」

「さっきからそう勧めてるのよ」

「運転はわたしが。そのつもりで来てるから」

「あら、かおりちゃんが運転して帰るの？」

「はい。途中で高速乗っちゃえばすぐだし」

「すぐったって、ここからだと二時間はかかるでしょう」

「だからいま、あたしがそう言ってるのよ」

「いまから帰ったら途中で雨に降られますよ」お銚子を届けた手伝いの女性が汚れた皿を盆にのせて戻ってきて会話に加わった。「低気圧がこっちに来てるって天気予報で言ってました」

「そうなんですか？」

「あら、台風が？」

「いえ低気圧です」

「もうじき十二月なのに台風が来るわけないじゃないの」

「だってお義姉《ねえ》さん、あの晴子伯母さんが誰にも迷惑かけずにぽっくりいっちゃうなんて、こんな都合のいい話があるものか、台風でも来るんじゃないかって心配してたでしょう、お通夜のとき」

「それは雪でも降るんじゃないかって、うちのひととあんたの旦那が喋《しゃべ》ってたんじゃない」

「そう？　そうだった？　かおりちゃん」

「わたしは、お通夜にはいなかったから」

「でも、いまこのひと、台風が接近中って言わなかった？　言ったよね？」

「いいえ低気圧です、台風なんて言いません」

「たしか台風って聞こえたんだけどな。お義姉さん、台風接近中って聞こえなかった？」

「ううん、ちゃんと低気圧って聞こえたけど」

「台風なんてひとことも言ってませんから、あたしは」

「かおりちゃんは？」

「低気圧って聞こえました」面倒くさい人だと思いながらわたしは答えた。「じゃあ、わたしそろそろ」

そのとき宴会場のほうから男性の怒鳴り声が聞こえてきた。

驚いてそっちへ飛び出してみると、一目見てサイズの合っていない、きちきちの喪服を着た年配の男の人が立って、床の間のあたりで叔父に詰め寄っていた。

たいがいぶんにしろ、ばちあたりが！　と老人は喉が錆《さ》びたような高い声をあげた。たいがいぶんにしろって、あんたもいまのいままでみんなと一緒になって吞んでただろ、と叔父が言い返した。するとちょっとだけ間を置いて、我慢してたんだ、いまのいままで、と年配の男性は応戦した。日に焼けた顔が赤らんでいたのでやはり酒に酔ってはいたのだと思う。

「だが我慢にも、ほどがあるってもんだ。晴子さんが安らかに永眠されてまだ三日もたたないのに、このどんちゃん騒ぎはなんだ、なんかのお祝いのつもりか？　ひとの葬式の晩に、これが、親族のやることなのか？　ひととして、許されると思っとるのか。許されんぞ、絶対に。おまえら、晴子さんの仏前を汚す気か。もう我慢ならん。おいそこのおまえ、さっきから見てたら、晴子さんが長年大事に育ててきた柿の実を、お手玉にして遊ぶとは何事か！　罰当たりが！　おまえも、尻振って踊ってたおまえも、それからおまえも、おまえも、おまえもみんな罰が当たるぞ。おまえら、親戚全員、ひとり残らず、晴子さんの霊に呪われてしまえ！」

怒りを吐き出すだけ吐き出すと、年配の男性は居場所がなくなったのか、どすどす足音をたてて玄関のほうへ向かった。

そしてそれきり戻ってこなかった。

4

帰り支度をととのえ、仕上げに、泥酔状態の夫を男手を借りて車の助手席に運び入れてもらうまでに、さっきわたしたち親戚一同に呪いをかけて帰った年配の男性に関する情報はおおよそつかめていた。

台所を手伝ってくれていた女性の話では、近隣でお米を作っている農家のひとだという。先年奥さんに死なれて男やもめだそうである。またその人が突然席を立って怒りだすまで、隣で相手になっていたわたしのいとこによると、その人は農業のプロとして、晴子伯母さんの畑で穫《と》れる野菜の品質をほめていたという。特にオクラとブロッコリーは絶品で、彼の好物でもあったので、季節になると晴子伯母さんがわざわざ家まで届けてくれた、そういった思い出話まで披露していたのだという。

話を聞いて叔父のひとりが、もしかしたらあいつは晴子伯母さんとできてたんじゃないか？と不謹慎な発言をした。けれど、そんなのあり得ない、さっきの男性はどう見ても七十前だったし、晴子伯母さんとは二十も年が離れてるじゃないの、気持ち悪い、と叔母のひとりに決めつけられた。もうひとりの叔父がその意見を支持して、うん、おそらく恋愛じゃなくて、算盤《そろばん》勘定だったんじゃないか、つまりはバーター、野菜を分けてやるかわりに米を貰って来てたんだろうと推理し、それが大方の見方として落ち着いた。

ちなみに、柿の実をお手玉にして遊ぶとは何事か！　と個別に怒りの矛先を向けられたのは、大学で大道芸サークルに所属しているわたしのもうひとりのいとこで、彼は子供たちのためにもいできた柿を五個集めて舞台でジャグリングをやって、罰当たりな親戚たちから拍手喝采《かっさい》を浴びたのだった。わたしは台所で叔母の洗い物を手伝っていて見逃したけれど、確かに、晴子伯母さんが成仏できずにまだそのへんにいたとしたら、大好物の柿が宴会芸の道具に使われる様子を目の当たりにして胸糞《むなくそ》が悪くなって、まっさきにそのいとこを呪いたくなったのではないだろうか。

帰りがけ、柿の木の下から車を出す間際に、

「運転気をつけてね」

と見送りに出てきた親戚のなかから声がかかり、続けて、

「晴子伯母さんの呪いにも気をつけろよ」

と笑えない冗談が飛んだ。わたしがこわばった笑顔でうなずくと、ジャグリングをやった張本人が前に進み出て、

「かおりちゃんは、だいじょうぶだよ。晴子伯母さんの柿には触ってもいないんだから。呪われるとしたら、いちばん危ないのはおれだって」

と言ってくれた。

わたしもそう思った。

5

暗い道を三十分ほど走るあいだに雨が落ちてきた。

電話が鳴ったときにはもう本降りになっていた。

わたしはその電話に出るべきではなかったかもしれない。でもそのとき対向車は一台も見えなかった。後ろから追ってくる車も一台もいなかった。電話は後部座席のバッグの中で鳴り続けている。助手席の夫は揺すっても起きないほどぐっすり眠っている。

雨のなか、街灯がもともとないのか蛍光灯が寿命で切れているのか、より暗く、より道幅の狭い県道にさしかかっていた。

舗装されてはいるけれど、ガードレールもない、信号も見当たらない、両側を畑か田んぼにはさまれた寂しい道路だった。雨の打ちつける前方の道をヘッドライトが頼りなく照らすだけで、

そのもっと先も、左右両脇も真っ黒の闇に塗り潰《つぶ》されていた。

それまでもわたしは心細さをまぎらすため、サザンの歌を独唱で、雨音やワイパーの往復音に負けないくらいの大声で歌っていたのだ。一曲まるまる歌い終わっても、隣の夫は無反応だった。二曲目に入ったところで電話が鳴り始め、わたしは途中で歌うのをやめて、コール音を五回数えた。頭のすぐ後ろで鳴っているのに夫はぴくりとも動かなかった。

六回目も鳴り止まないので、わたしは車の速度を落とし、上体をひねって片方の手で後部座席からバッグを引き寄せた。ハンドルに残していた手の握力が一瞬抜けて、ヒヤリとして前を向くと車は左へ寄り過ぎていた。ほうっておけば土手を転がって稲刈りが終わったあとの田んぼにでも落下するところだ。わたしは叫んでハンドルにしがみついて右へ切り、危うく難を逃れた。

どうにか車の走行コースを安定させ、我に返ると、膝《ひざ》に載せたバッグの中でコール音は鳴り続けていた。少しだけ迷ったあと、右手でハンドルを操りながら、左手で携帯を取り出して発信者の名前を見た。それから電話に出た。

「寝てた？」と鶴子《つるこ》の声が訊ねた。

時刻はたぶん九時半をまわった頃だ。

「運転中」とわたしは答えた。

「ごめんね、起こして」と鶴子が言った。

最初からひとの話を聞いていない。

わたしはいったん電話をダッシュボードに置いた。左手で膝の上の邪魔なバッグをつかんで後ろの座席に放ってから、また耳にあてた。十年前、高校生だったときから彼女にはこのような自分勝手でぼんやりなところがあったけれど、最近その傾向が顕著になった。自分のいま置かれた状況、抱えている問題以外の出来事に注意がゆきとどかない。

「運転中」とわたしは滑舌に注意して言い直した。「親戚の、お葬式の、帰り」

「だれか亡くなった？」

晴子伯母さんのことなど彼女は知らないし、いちいち説明している場合でもないので、うん、遠い親戚だけど、とわたしは答えた。

「ごめんね、たいへんなときに」と鶴子は言った。「いまどこにいるの？」

「クルマを運転してるの。外は大雨。雨音が聞こえない？」

「……ううん、聞こえない。こっちは雨なんか降ってない」

「そうじゃなくて、東京は晴れてるかもしれないけど、こっちは雨なの。電話を通して雨の音が聞こえない？」

鶴子がしばらく黙った。たぶん聞こえたはずだ。でも次に口をひらいたときこう言った。

「ねえ、また話し相手になってくれる？」

「いいけど。でも落ち込むような暗い話はやめてね。そうでなくても寂しい夜道を走ってるんだから。ひどい雨だし、高速に乗るまでまだ時間かかるし、旦那は隣で、子供みたいに頼りない顔して眠ってるし」

「もうまる二日、電話がないのよ」

と鶴子が言い出し、わたしは溜息をこらえた。

「まる二日電話がないことはまえにもあったけど、でもそのときは夜にメールくれたのに、こんどは二日間、メールも来ないの」

「まる二日って、たったの二日でしょ？」

とわたしは言ってみた。

「昨日と今日とあわせて二日のことでしょ？　そのくらいなによ、先輩だっていまはちゃんとした社会人なんだし、学生時代の気ままな恋愛とは違うって鶴子、自分で言ってたじゃない。たったの二日くらい、仕事で忙しくしてれば恋愛に頭が向かないことだってあるよ。鶴子だって仕事の悩み抱えてたことあったでしょ？」

おまけに、先輩には奥さんも幼い子供もいるんだから、そのこと承知であなたは自分から焼けぼっくいに火をつけるような愚かなまねしたんだから、という厳しいことばを呑みこんで、わたしは返事を待った。

「学生のときは三日くらい声を聞かなくても平気だった。思い出してみたんだけど、彼が就活してる時期は、一週間連絡取らずにそっとしてあげることだってできた。でもいまは無理」

なんで？　とわたしは思った。

「昔は未来が見えた。けどいまは、一日先も見えないからつらい。彼と一日でも連絡がつかないと、とてもつらい」

雨脚がいちだんと激しくなり、ワイパーでは始末に負えないくらい雨水がフロントガラスを流れ落ちた。ほんの数メートル先までしか視界がきかなくなった。わたしはハンドルを握った右手に力をこめ、車をできるだけ左側に寄せて走らせながら、速度を四十キロほどに抑えた。

「あたし、東京に出てくるんじゃなかった。そしたらこっちの同窓会に呼ばれることもなかったし、彼とも再会しないまま生きていけたのに。このままだと、自分が壊れてしまいそうで怖い。彼との関係がいまのままずっと続くなんて耐えられない。でも、彼と会えなくなるくらいなら、死んじゃったほうがましだと思う」

「……鶴子？」

「あたし、いまでも知らないふりしてるけど、彼のマンションを突き止めてあるのよ。彼と彼の奥さんと赤ん坊がどこに住んでるか知ってるの」

「……鶴子ちゃん？　わたしの声聞こえる？」

「ねえかおりちゃん、たとえばだけど」

「うん？」

「仮定の話よ」

「うん」

「あたしが人殺しになっても、あなたはあたしの電話に出てくれるかな？」

「なに、なに？　え？　なに言ってるの、鶴子ちゃん」

「聞いておきたいの。あたしがもし、人殺しになってもお友だちでいてくれる？」

「まだたったの二日でしょ？　はやまらないで、このまま会えなくなると決まったわけじゃないのよ、まだ二日よ、鶴子ちゃん、ちょっと落ち着きなさい」

でも落ち着くべきなのはわたしのほうだった。

「ああごめんかおり、ほんとごめん」と急に鶴子が早口になって言い、それを最後に声が途切れた。

わたしは電話を利き手に持ち替えようとした。

右手に持ってこちらからかけ直そうと思ったのだ。けれど右手は車のハンドルを握っている。右手と左手に持ったものを取り替えるだけ、たんにそれだけの動作に手間取り、わたしはひどく焦った。焦りながらも、愚かな友だちの愚かな恋愛のことをわたしは考えていた。ほんとうに、数秒のあいだにいろんなことを考えた。

妻子ある男性と独身女性の紋切り型の恋愛。ほかにやることないのか、と言いたいくらいの、ドラマなんかでも見飽きた不倫。妻との仲はとっくに冷えきっている、離婚していつかはきみと一緒になる、そんな紋切り型の台詞《せりふ》を先輩は鶴子に囁《ささや》くのだろうか。鶴子はその言葉を信じるのだろうか。くだらない。夫婦の絆《きずな》って、そんなに脆《もろ》いものではない。やめさせなければ。やっぱり一度きっぱり言ってやらなければ。

でもその前に、いまから電話をかけて、はやまったまねをするなと止めなければ。今夜の鶴子は不安定であのままほっておいたらなにを仕出かすかわからない。ねえかおりちゃん、たとえばだけど？　仮定の話よ？　あたしが人殺しになっても？　……ほっとけば鶴子は人殺しになってしまうかもしれない。新聞なんかでも見飽きた紋切り型の殺人事件が今夜東京で起きてしまうかもしれない。

わたしは何秒か手間取ったあげく右手に携帯電話を持ち替えた。

でもすぐに電話はかけ直さなかった。左手でハンドルを操作しながら、速度計が四十キロを保っているのをちらりと確認した。次に、依然として白い雨脚がフロントガラスに叩《たた》きつけるのを見た。そしてその次に、最後に、ヘッドライトに浮かぶ道の前方に、見てはならないものをわたしは見た。激しい雨に打たれている人影を見た。胸に抱えきれないほどの柿の実を抱えて、道に立っている老婆の姿を見た。その老婆の顔を車の光が直射した。こちらを振り向いた顔は晴子伯母さんだった。

わたしは悲鳴をあげた。

あらんかぎりの声をあげて、ブレーキを踏んだ。

けれどブレーキペダルを踏み込む寸前、車の左前部でボンとくぐもった音がした。分厚い革の大太鼓を悪ふざけで叩いたような、その場の現実にまったくそぐわない音だった。衝撃音と同時に車に反動が来た。フロントガラスのむこうで晴子伯母さんのからだが軽やかに宙に舞い、赤い柿の実が花火のような軌跡で飛び散り、すべてが一瞬で闇の彼方《かなた》に消えていった。

気がつくと車は道の左端に停まっていて、わたしは両手でハンドルを握り締めていた。

車内は静寂につつまれていた。ほんとうのところは、右へ左へ忙《せわ》しく動くワイパーの音と雨音が続いていたが、それらの音がかえって静寂をきわだたせるようだった。

わたしはまずこう思った。いま見た晴子伯母さんは幻に違いない。もちろん幻だ。晴子伯母さんは今日の午後、火葬場で焼かれて骨と灰になって骨壺に入ってしまったのだから、いま見た老婆が晴子伯母さんであるはずがなかった。そのくらいの理性はまだ働いていた。ではあれはだれだったのか？　あの老婆の姿じたい、わたしが見たと思いこんだ幻だったのだろうか。

そんなはずはなかった。たったいまわたしは見たのだ。濡《ぬ》れ鼠になったお婆さんは着物を着ていた。着物というより寝巻きのように見えた。この時刻に、いったいなぜ寝巻き姿のお婆さんがこんな寂しい道を横断していたのか。胸に山盛りにした柿の実を抱えて。わからない。そんな理由なんかわからない。でも車に当たる衝撃音は確かに聞いたし、反動も伝わった。わたしは、いま見たあのお婆さんをこの車で現実に撥《は》ねてしまったのだ。

背筋に悪寒が走った。ハンドルを握りしめた両手ががくがく震え出していた。その手をハンドルから引き剝《は》がそうとしたけれど、うまくいかなかった。わたしはまた声をあげようとした。でも声は出せなかった。呼吸の仕方すら忘れてしまったようで、座席にすわったまま呻《うめ》くことしかできなかった。

もしかしてこれは呪いなのか。晴子伯母さんの好物の柿でジャグリングをやった罪深いいとこに本来かけられるはずだった呪いなのか。じゃあなぜいとこじゃなくて、このわたしが呪われるのか。同罪だからだ。晴子伯母さんの死を悼むべき席で、わたしの夫は最初に立ってサザンの歌なんか歌った。わたしは笑って手拍子を打った。みんな同罪だ。やっぱり晴子伯母さんはどこかで見ていたのだ。

「……かおり」

そばで呼ぶ声がしたのでわたしは飛び上がった。大げさでなくわたしの身体は跳ねて、シートベルトが乳房の谷間に食い込んだ。

「どうしたんだ?」と寝ぼけた声で夫が訊《き》いた。

その問いに答えようとして横を向いたとき、靴の爪先《つまさき》でなにか硬いものを蹴《け》ったのがわかった。

「なんで車を停めた?」

わたしが答えないでいると、夫はヘッドレストから頭を持ち上げて、窓越しにあたりを見回して、

「雨降ってるのかあ」

と間の抜けた台詞をつぶやき、そしてまた訊ねた。

「何が起きた？」

「携帯が」とわたしはどうにか声を出した。

「携帯？」

「携帯で友だちと話してたら」

と言いかけて、わたしはいちど深呼吸をした。いまここで起きたことをうまく説明できそうになかった。いったいどの話を、なんのために夫に説明しようとしているのかもわからなかった。わたしは残った理性を掻《か》き集め、ようやくシートベルトをゆるめることを思いつき、身をかがめて足もとに落ちていた携帯を拾いあげた。

「運転中に電話してたのか」と夫が言った。

「かかってきたの、鶴子ちゃんから」

「携帯落として、それで急ブレーキ踏んだのか。そうなのか？」

わたしは生唾《なまつば》をのんだ。なんとも答えようがなかった。

「高速走ってたら、俺たちふたりとも死んでたぞ」

「もうやめる」とわたしは言った。「電話はあとでかけ直す」

「そうしろ。だめだよ、交通ルールは守らなくちゃ」

夫は再びヘッドレストに頭をあずけた。わたしはシートベルトのバックルに手をかけていた。それをはずして車外に出ることをまだ躊躇《ためら》っていた。

「いつも言ってるだろ、かおりは警察官の妻なんだから、そのへんの自覚を持たないと」

「わかってる」

「こっちによこせ」

夫はわたしの手から携帯をつかみとり、おなかの上に載せた。そして目を閉じた。また眠るつもりでいるのだ。

「てっちゃん」

「……あ？」

「ごめんね」

「来年の夏には、俺たち、子供の親になるんだからな」

「そうだね。ちゃんとしないと」

「わかったならもういいよ。さあ車を出して、安全運転で頼む」

目を閉じた夫にむかってわたしはうなずいてみせた。

「あと、高速に乗ったらサービスエリアで起こしてくれよ」と夫が付け加えた。「おしっこしたいから」

わたしはひとりで車の外に出るのが怖かった。

土砂降りのなか、暗い道に横たわる寝巻き姿の老婆を見つけて、そばでおろおろ泣いている自分を想像するのが怖かった。今夜、この場所でわたしの人生は終わってしまったも同然だ、そのような諦《あきら》めに落ち込むのは耐えられなかった。わたしは自分のことだけ、自分の家族のことだけ、夫と、来年の夏生まれてくる子供のことだけを考えていた。見知らぬお婆さんの人生などは考えなかった。

対向車は一台も通らなかった。

後方から来る車の気配もなかった。

わたしはシートベルトをしっかり締め直して、アクセルペダルを踏んだ。わたしたち家族の未来のために、夫婦で相談して買い替えたばかりのステーションワゴンは異常なく滑らかに走り出した。夫はもう一言も喋らなかった。

第二章（２０１３）

Ｉ

流れのゆるやかな川面《かわも》に朝日が反射している。

きらめく光の模様に気をとられていると目が眩《くら》む。

左手の煙草を口もとに寄せて右手のライターの火を持っていこうとしても、光のダマが残像になって、まばたきするたび煙草の先端の位置が跳ねうごいて、焦点が定まらない。


（仕事は終わったのけ？）


と、さっき職場を出るとき鶴子からＬＩＮＥが来ていたので、ここまで歩いてきてベンチに腰かけてから返信するつもりでいたのに、まだそれもできていない。

火をつけられない煙草を唇のあいだにはさむ。

ベンチの背にもたれて、ライターを右手に握りこんだまま、時間が過ぎるのを待つ。くわえ煙草で。……むかし晴子伯母《おば》さんがやっていたようなくわえ煙草で。

空は快晴。

日本晴れの、朝、九時。

川べりの遊歩道に設けられたベンチにいるのはわたしひとり。

川の向こう岸にわたしの住んでいるコーポはあるのだが、二階建てなので、周囲の立派な建物にかくれてここからは見えない。朝日の反射光に眩んだ目が視力を取り戻すまで待って、おおよその方角に顔をむけてみても、目印になる心療内科クリニックの看板や、URの大きな集合住宅や、遠目には刑務所の建物に似たたたずまいの学校の校舎くらいしか確かめられない。

腿《もも》にのせた手提げバッグのなかで着信音が鳴る。

もういちど、二度、三度とまばたきをして、ようやく煙草に火をつけてからライターをバッグに戻し、スマホをとりだす。くわえ煙草で。……たぶん晴子伯母さんではなくて、あのひとがやっていたようなくわえ煙草で。

(まだ終わらんのけ？　残業け？)

だってわたしは晴子伯母さんが煙草を吸っているところなど見たことがなかったし、晴子伯母さんに煙草を吸う習慣があったのかどうかさえほんとは知らないのだから。わたしは晴子伯母さんと、晴子伯母さんよりずっと年下の、ただ雰囲気の似ていたあのひとをごっちゃにしている。生まれ故郷の身内と、栃木で一緒だった赤の他人と、いまとなってはどちらも不確かなひとたちの記憶を。

（終わったわ）と返信して、わたしは煙草を味わった。

アメリカ煙草の味はこのまえと変わらない。

六日前の夜勤明けにこのおなじ場所で吸ったときとおなじ、こんなもの、美味《おい》しいとはわたしには思えない。栃木で一緒だったあのひとは、煙草が恋しくて、恋しくて夢に出てくるくらいだとわたしに言ったことがあったけれど。

またすぐ返信が来る。


（で、どがんするん？）


どがんするんて……と書きかけて後がつづかず、ためらっているうちに指先が誤って「送信」に触れてしまう。しまった、と思う後悔はほんの一瞬で、すぐにあのひとの言ったことがほかにも思い出されて、わたしの関心はそっちへ滑っていく。

あのひとは、流暢《りゅうちょう》な日本語でこう言った。

「男より、タバコのほうが恋しい。缶コーヒーとタバコ、セットで誘惑されたら、迷わないね、悪魔と取引して、イノチ何年ちぢんだって、あたしかまわないよ」

あたしかまわないよ、じゃなくて、あたしへーキだよ、だったかもしれない。缶コーヒーと煙草のセット。缶コーヒーを飲まずに煙草だけ吸っているからわたしは美味しいと感じないのだろうか？

またスマホが着信音を鳴らす。

鶴子が訊《き》いてくる。


（まだウジウジしとるのけ？）

（ウジウジなんてしとらんわ）とわたしは返す。（そういうわけじゃないんじゃ）

（ないなら、何？　もうかれこれ三ヶ月は経っとるけに）

（わかっとる）

（写真見て泣いとるんじゃろ。あんた、泣いとるばかりじゃらちあかんのよ）

（泣きゃせんわ。このうえ、泣くことなんかありゃせんわ）

（じゃあ、いつ行くん？　もう決めたのけ？）


わたしは鶴子とのやりとりをそこで中断して、バッグの中から携帯灰皿をとりだして吸い飽きた煙草の始末をする。煙草の箱の中身は残り二本。二十本入りだから、わたしがこれまでに吸った煙草の数は今日まで十八本。

休みを一日あいだにはさんで六日に一度まわってくる夜勤明けの朝、ここに来て煙草を一本吸う、まずくても我慢して一本吸うのが習慣として身についたのはいつごろからだろう。そもそも最初の一本に火をつけたのはいつのことだったろう。川向こうの土手の桜並木はそのとき満開だったろうか、それとももう散ったあとだったろうか？

生まれていちども吸ったこともなかった煙草をそのとき吸いたいと感じて吸ってしまったのは

なぜだったろう。コンビニの棚でほかより目立つ色合いの、青や緑や黄緑や黄や橙《だいだい》のおなじデザインの箱が目にとまって、思わず、という以外にどんな動機があったのだろう。朝食に買ったパンの支払いをするためにコンビニのレジの前にぼーっと立って、店員さんに、煙草ですか？　と訊かれてうなずいてしまったとき、わたしは栃木で一緒だった、恋人の男よりも煙草を恋しがっていたあのひとのイメージを、それとも、晴子伯母さんのもっと遠い記憶のイメージをよみがえらせていたのだろうか？　どちらにしても、そのときすでに不確かだった、煙草をくわえた懐かしいひとのイメージを。

よく思い出せない。

栃木で過ごした二年半のことも切れ切れにしか思い出せない。

名前とは別に自分に振られた番号を復唱する声や、刑務作業場の耳になじんでいた物音や、朝食の味噌汁《みそしる》の酸味のある味噌の匂いがふいによみがえることがある。いつ見ても石鹸《せっけん》で洗いたくて仕方なかった指や爪の汚れが目に浮かぶことがある。でもこちらから記憶を摑《つか》みにいこうとすると、そこには空白しかない。あそこで数ヶ月のあいだ毎日顔をあわせて言葉をかわしていたひとが、中国から日本に来たひとだったのか、フィリピンから来たひとだったのかもわからない。その「数ヶ月のあいだ」が、わたしの服役期間のどの時期にあたるのか、二〇一一年の震災のときも一緒にいたのか、その後あのひとのほうが途中で刑期を終えていなくなったのか、わたしのほうが先に出てきたのかも憶《おぼ》えていない。

仮釈放から満期をむかえるまで、叔父《おじ》の家で暮らした日々のことも、のちに千葉市内に移って食堂や居酒屋の店員として働いた日々のことも、曖昧《あいまい》にしか思い出せない。

鶴子との文字の言葉のやりとりに、でたらめな方言を使うようになったのは何がきっかけだったのか、それがわたしたちのあいだで習慣になったのはいつからなのかも思い出せない。

ただ確かなのは、鶴子から写真が送られてきたのは三ヶ月前なのだ。

(もうかれこれ三ヶ月は経っとるけに)

と鶴子がさっき書いてきたのだから間違いないだろう。赤ん坊から幼稚園児に成長した子供の姿をわたしが画像で見たのは三ヶ月前のことなのだ。

たぶん三ヶ月前から、わたしは夜勤明けの朝、晴れた日にはかならずここに来て煙草を一本吸うことに決めたのだ。

そして今朝もわたしはここにいる。いったいなぜ、こんなにまずいものを自分に罰を与えるように吸っているのだろう? いつかはその一本を美味しいと思える日がくることを期待して、だったのだろうか? 期待しつづけて、今日まで十八本もの煙草を灰にしてしまったのだろうか? 不思議な気がする。

もしそんなことを本気で考えていたのだとすれば、そのときからわたしは、わたしではなかったのかもしれない。今朝もここで同じことをやってしまったわたしは、本物のわたしではないのかもしれない。そんなふうに自分を疑いたくなる。

でも、じゃあいまのわたしはだれなのか。

本物のわたしはどこへ行ったのか。

本物のわたしと、いまのわたしが別人だとしたら、いつの時点で別れ別れになってしまったのか。

スマホがまた音をたてて震えている。

こんどは電話の着信で、しびれを切らした鶴子からだろうと思って画面を見ると、慶太《けいた》くんからだった。

電話に出るまえに、叔父の家にやっかいになっていた時期の確かな記憶をひとつ拾いあげた——わたしは叔父の家の二階の、慶太くんが使っていた勉強机の置いてある六畳間で寝起きさせてもらった。

「もしもし慶太くん?」わたしの声は弾んでいて、自分の出した声ではないようだった。「ちょうどよかったよ。聞きたいことがあったから」

「え? 聞きたいこと? おれに? なに?」

「叔父さんと叔母《おば》さんはお元気?」

「……おれの親父とお袋が元気かって? それが聞きたいこと?」

「ううん、そうじゃないけど、そのまえに、なんかいま、ふと思い出したから、言い忘れないうちに」

「おれの親父とお袋のことを、いまふと思い出したんだ?」

「違うよ」

わたしが思い出したのは、慶太くんの勉強部屋はもとはわたしの部屋だったということだ。ずっとずっと昔——本物のわたしが中三のとき——両親が事故で他界して、ひとりぼっちになった姪《めい》っ子を叔父が引き受けてくれた。そして当時、自分の息子を隣の四畳半に追いやってまで用意してくれたのがその六畳間だった。だから、言い方はややこしくなるけれど、もとはわたしの部屋で、もともとは慶太くんの部屋だったわけだ。わたしの大学進学後、その部屋はとうぜん慶太くんが取り戻し、六つ年下の慶太くんも都内の大学へ進学したあとは空き部屋になった。わたしは仮釈放になって、また叔父の家に身を寄せ、半年そこで寝起きしていたのだ。

「叔父さんと叔母さんの声、長いこと聞いてないなあっていまふと思ったの」

「親父もお袋も元気だよ、相変わらずだよ」と慶太くんは答えた。

「そう。よかった」と相槌《あいづち》を打って、次はわたしから話そうと思ったけれど、慶太くんが喋《しゃべ》りつづけた。

「そんなのいつまでも気にしなくていいよ。うちの両親のことなんか、いつまでも恩に着る必要はないんだ」

慶太くんの話し声は、なぜだかわたしに「義憤」という言葉を思い出させた。

「身内として誰かがやるべきことを、やっただけなんだから。かおりちゃんが中学生のときの出来事は当然として、二年前の一件だって、本人たちが、自分から手を挙げて引き受けたんだよ？おとなの計算も入ってるんだよ。計算は言い過ぎかもしれないけど、世間向けの体裁？うちに何年でも居たいだけ居ればいいんだとか、親父もお袋も言ってたよね？でもそれはさ、かおりちゃんがあんまり早く出ていくと、自分たちが追い出したみたいにとられて、親戚《しんせき》連中からあれこれ陰口たたかれるのが恐いだけで、かといって、ほんとに何年も居着かれたら、それはそれで困るっていうのが本音だったんだよ。ご近所の好奇の目もあるしね。かおりちゃんは我が子も同然だし、うちでずっと暮らせばいいって口ではいいながら、できれば適当なところで働き口を見つけて出てってほしい。そういうの、感じてたでしょ。厄介だなあって、陰でため息つかれてる感じ。いいんだよ、気つかわなくて、おれはよく知ってるから、親父とお袋のそういうところ、性分ていうか、人は好《い》いんだけど、本能みたいに世間体を優先するところ。だってかおりちゃんの件のみならず、息子のおれのことにしたってね……」

「慶太くん」

わたしはまたひとつ確かな事実を思い出した。叔父の家にやっかいになっていたのはもう一昨年《おととし》のことなのだ。千葉に出て、働いていたのが昨年。こっちに来たのが今年。

「ありがとうね」

「……うん？」

「働き口のこと。ありがとう。いいとこを紹介してくれてほんとに助かってる」

「あらたまって御礼なんかいいよ、そんなの、たまたまだから。それより、……あれ、なんの話だったっけ。そうだ、おれに聞きたいことってなに？」

「え？」

「え？　じゃなくて、なんかおれに聞きたいことあるって最初に言わなかった？」

「……そうだったね。でも、忘れちゃった」

「聞きたいこと、忘れちゃった？」

「うん。それよりこの電話、慶太くんこそ、なにか用事があったんじゃない？」

「ああそうだ、用事、あったんだ。いや用事っていうか、かおりちゃんが朝から電話に出るかどうかわからなかったからさ、留守電に入れとくつもりだったんだけど、そのていどの用事だけど、今週の土日、大道芸のイベントがあってそっちのほうに行くんだよね、会場は、西葛西《にしかさい》。そいで、よかったら久しぶりに会ってランチでもどう？　って用事。土曜か日曜かどっちか、イベント見物ついでに、西葛西までカレー食べに来ない？」

「明日なら、お休みだったんだけど」

「無理？」

「土日はね、どっちも早番で夕方五時まで仕事だから、西葛西でランチはちょっと無理だね」

「評判のカレー屋さんがあるらしいんだよね」

「そうなの」

「うん、インド人のカレーの達人が作ってる、本格的なやつ。残念だけど、じゃあさ、晩飯にしようか？　おれがそっち行くから。夕方五時過ぎに、船堀《ふなぼり》の駅で。土曜か日曜かは、またこっちで調整してから電話する。それならどう？」

「いいよ」

「ほんとはさ」と言いかけて、慶太くんはつづく言葉をためらった。

わたしはおだやかな川面の光模様を眺めながら待った。

待っているうちに慶太くんに聞きたかった質問が頭に浮かびあがってきた。

「たまには」と慶太くんの声が言った。「電車に乗って、出かけたりしたほうがいいんじゃないかと思ったんだよね。ちょっとだけ行動範囲を広げてさ。そのほうが息抜きになるし。いろんな大道芸人が集まるからね、イベント会場を歩くだけでも気が晴れるかもしれない。だってかおりちゃん、もう長いこと船堀から出てないでしょ、毎日スーパー銭湯とアパートの往復でしょ？

……そうは思ったんだけど、でも、まあ仕事優先だよね。とにかくおれそっちに行くわ、土曜か日曜の夕方」

「慶太くん、晴子伯母さんは煙草を吸ってた？」

「え、誰が？　何をしてたって？」

「晴子伯母さん、昔、煙草を吸ってた？」

「晴子伯母さんて……あの孤独死した晴子伯母さん？　四年か五年か前に」

「うん五年前だね。わたしが二十七のときだから」

そしてそのお葬式の晩、大学生だった慶太くんは、晴子伯母さんが愛してやまなかった柿の木によじ登り、かたっぱしから実をもいできて、その柿の実でジャグリングをやって不謹慎な親戚たちの宴会を盛り上げたのだ。確かにあれは五年前だ。わたしは二十七歳で妊娠して、晴子伯母さんのお葬式の日、みんなから祝福をうけ、翌年の夏に出産して、いまは三十二歳なのだ。

「憶《おぼ》えてないなあ」と慶太くんは言った。「晴子伯母さん、煙草なんか吸ってたかなあ。でもなんで？」

「別に。ただなんとなく、そんなイメージが浮かんだから、慶太くんなら憶えてるかなと思って」

「そうだね、言われてみれば、煙草を口にくわえてたイメージはあるけどね、不機嫌そうに。でもあれは煙草だったのかな、あのドケチの晴子伯母さんが、煙草なんかにお金かけてたのかな。親父かお袋に聞いてみようか、電話で？」

「そこまでしなくていいよ」

「いいの、電話して確かめなくて？」

「うん」

「じゃあ、あとでおれが自分の頭で思い出してみるよ」

「思い出したら教えて」

「了解。じゃあ、話はまた週末に会ったときに」

「うん、土曜日だね」

「かおりちゃん」

「はい」

「土曜日じゃないよ」

「え？」

「土曜日か日曜日かはまだ決めてない。どっちか都合のつく日をあらためて連絡するから、それでいい？」

「わかった」


電話を終えて、また光に眩んだ目をもてあましているうちに眠たくなった。

いつのまにか雲がわいて陽が陰り、肌寒さも感じた。

電話中に鶴子から短い文句が送信されていて、

（おい！）

と返事を催促している。

わたしはそれを無視して手提げバッグにスマホをしまい、ベンチから腰をあげた。眠気におそわれる頃にここを出発して、川向こうへ橋を渡り、アパートまでの帰り道を通勤用のスニーカーでてくてく歩く。アパートに着いて、六畳一間の壁際に置いたベッドに横になるのが、たいてい十時。いつも九時五十五分から十時五分までのあいだ。六日に一度くりかえされる、夜勤明けの朝のそんな習慣も身についていて長いこと変わらない。

季節とともに変わっていくのはわたしの服装だけ。

春は、ボタンダウンの長袖《ながそで》のシャツにジーンズだった。夏はシャツを半袖に替え、秋口に長袖に戻り、今朝はシャツの上にカーディガンをはおっている。違いはそれだけだ。

2

二時間仮寝《かりね》をするあいだに恐ろしい夢を見る。

それとも恐ろしい夢を見るせいで二時間後に目が覚める。

わたしはその夢を、見慣れた夢なので断片的におぼえているけれど、おぼえていないふりを自分に強いる。

そのことにもだいぶ慣れた。

起き抜けにトイレに行って、洗面所で水道の水を出しっ放しにして顔を洗い、鏡にうつった自分の顔に異変が見られないか不安で——まえに鏡を見たときと同じ顔なのかどうか、その点だけ——自分の顔をざっと見て、目をそらす。あとはお昼ご飯の献立に頭をむける。冷蔵庫の中身に意識を集中して、何を食べるか考える。食欲がなくても手をうごかして料理をつくる。焼飯と、卵スープをつくり終え、鶴子にどう返信するか思いをめぐらせながら食べる。

彼女はわたしの高校時代からの、いまではたったひとり残った友人だ。スマホの電話番号を知っている人たちはほかにも何人かいるかもしれないけれど、わたしからその人らに用事はないし、もちろんその人らもわたしに用事なんかないだろう。

わたしがいまどこに住んでいるかも鶴子ちゃん以外だれも知らない。わたしはもう同窓会にも呼ばれない。田中《たなか》かおり様、と同窓会開催のお知らせが届くこともありえない。道を歩いていて、市木《いちき》さん？　と旧姓で呼ばれることもないし、かおり、とか、かおりちゃん、とか呼ぶ友だちも鶴子ちゃんしか残っていない。

彼女は、高校の先輩だったひとと長く不倫していた。

いまは主婦になっている。

わたしが栃木から戻ってきたときには、千葉でだれかわたしの知らないひとの奥さんになっていて、まだ会わせてもらったことはないけれど、新潟生まれのひとで、だいぶ年上で、海外出張が多く、年収が二千万円以上あるらしい。

でも結婚して三年経って、以前ほどセックスにも情熱は持てないし、旦那《だんな》さんが海外から家に戻ってくると、ひとりでいるよりふたりのほうがそれは何かと安心だけれど、でもなぜかしきりにくしゃみが出たり鼻水が出たりするらしい。花粉症かと思っていちど病院で診てもらったら、アレルギー症状ということで、事実、旦那さんがまた仕事で長期出張に出るとくしゃみも鼻水もぴたりと止まるそうだ。もちろん旦那さんには内緒にしているそうだ。

そういえば、いつか鶴子は「うちの旦那の生まれ故郷ではなんでもかんでもけ、を付けて喋るんだよ」という話でわたしを笑わせようとしたことがあった。

たぶん最初はわたしに笑ってほしかったのだろう。

「わたし、離婚届に判を押した」と事実をありのまま伝えると、

け？　どんなふうに？　とわたしが訊《たず》ねると、何か喋ってみて、と彼女が言うので、

「そうなのけ？」と彼女が自然に返した。

「うん。あそこから出た日に。夫が迎えに来ていて、夫の見ている前で押した」

「それ、ほんまの話なんけ？　無理やりにけ？」

「ほんとにそんなふうに喋るの？　新潟では」

「腕をつかまれてけ？　無理やりハンコ押させられたんけ？」

「ううん、夫の話を聞いてたら、夫の言うとおりだと思えたから納得して押した」

「ほいで」

「ほいで？　それは新潟じゃないよね？」

「ほいで、てっちゃんと別れて泣いたのけ」

「泣かない」

「泣かんかったんけ？　なんで？　なんで泣かんの。そこは絶対泣くところでしょうが」

「だって……」

「ええよ、ええよ。なんもかんも本気で答えんでも」

「……そうなの、け？」

「そう、それでええんじゃ。これでわかったじゃろ。うちも最初は驚いたんじゃ。みんな語尾にけ、付けて喋るけ」

キッチンに立って包丁や俎板《まないた》やフライパンや食器を洗いながらわたしは当時を思い出す。ほんとに涙は出なかった。そこは絶対泣くところでしょうが、と言われればそのとおりにも思えるけれど、泣かなかった。

夫に離婚届を突きつけられて、言いなりにハンコを押して別れたあと、わたしはなぜ泣かなかったのだろう。鶴子にそのときのことを「なんで?」と聞かれて、「だって……」と答えかけたとき、わたしはさきをどうつづけるつもりだったのだろう。

そうなることはわかっていたから?

夫が離婚を要求するのは予測できていたから?

涙なら、それ以前にさんざん流していたから?

罪が露見して警察に連れていかれたとき、いろんなひとに何度も何度も「なぜ?」と問われて答えられなかったとき、裁判までのあいだ、判決の日、栃木まで移送される車中、高い壁と頑丈なドアで遮断された生活、それでも日々着実に、おなかの中で成長していく胎児、罪を犯した人間の血をわけてやがて生まれてくる子供、わたしじしんよりも、その子の未来を不憫《ふびん》に思って、泣いたというなら毎日のように大声あげて泣いて、泣いて、声も嗄《か》れるほど泣き暮らしていたから? 所内の産室で臨月をむかえたときにも、出産後、お乳《ちち》を飲ませながら耳たぶの裏の黒い染《し》みのようなものを見つけてホクロなんだと気づいた頃、赤ん坊と引き離されたときにも、もう泣き叫ぶ声も気力も失ってしまうほど泣いて、全人生分を泣き終えて、再会した夫に離婚届を見せられたときには、すでにわたしの感情は死んでしまっていたから？

わたしは別人になったのか。

あそこでの二年半の矯正生活が、昔は涙もろかったわたしの感情を摩滅させ、鈍感な女に変えてしまったのか。

他人にすこし無理を言われたくらいで心を乱されたりしない、ぴくりともしない、無理を言った相手を蔑《さげす》むような笑顔で見返す、いつもシナモンスティックを口にくわえていた彼女のようにふてぶてしい人間になったのか？　あの中国人女性を、刑務作業中にも休憩時間にも常にひとりで孤立していたあのひとを見習って、出所後のお手本にしてもっと強い人間になろうと努力した結果、わたしは望みどおり感受性の鈍い女になったのか。

……そうだ、栃木で一緒だったあのひとは中国人で、中国語も日本語も流暢で、めそめそしている新米のわたしを見て、自分は「男よりタバコが恋しい」と打ち明けてなぐさめてくれたんだ。わたしにだけは優しく話しかけてくれて、そして黙っているときは口さびしさにいつもシナモンスティックをくわえていたんだ、煙草ではなくて。煙草なんてあそこで手に入るわけがないから。……でも、シナモンスティックはどうなんだろう？　彼女はどこから調達してきたんだろう。


思い出せない。


キッチンでの洗い物はすでに片づいていた。

濡《ぬ》れた手をいつ拭《ふ》いたのかも憶えていなかった。

六畳の部屋に戻り、ベッドに腰かけてから、手提げバッグの中のスマホを取り出した。

鶴子からのメッセージはあれからひとつも届いていない。

（おい！）のまま止まっている。

そっちは放置して、写真アプリをひらいて、三ヶ月前に鶴子が送ってくれた——行きつけの美容室の先生のツテで手に入れたという——一枚の画像を表示させた。

体操服姿の園児がふたり並んで写っている。

背の高さも、髪の長さも、ほぼおなじ女の子と男の子。

半袖の白いTシャツに、紺の短パン。

膝《ひざ》下までの白いソックスに、青いスニーカー。

ふたりとも、喉《のど》もとに首飾りのように白い紐《ひも》を掛けていて、写真には写っていないけれど、その紐とつながった帽子を脱いで背中に垂らしているのだと想像がつく。

女の子はカメラのほうをむいて微笑んでいる。

男の子のほうは、両手をお尻《しり》の後ろで組んで、なぜかそっぽをむいている。

その男の子の顔に、人差し指と親指をあてて、ゆっくりピンチして画像を拡大してみる。子供特有の、清潔でつるんとした肌の、一重まぶたの顔をじっくりと見る。これまでにも何回もやったこと、またおなじことをわたしはやっている。

目もとが似ているといえば似ているかもしれない。

いや、似ている、とわたしは思う。似ていないはずがない、と言い聞かせ、涙がわいて出てくるのを待ってみる。

子供のやわらかな身体を引き寄せて抱きしめてみる。子供の匂いを嗅《か》いでみる。子供のくすぐったがる声を聞いてみる。わたしはわたしがだれなのかを子供に教える。わたしはあなたの耳たぶの裏にホクロがあるのも知っている。最初に見つけたのはわたしだ。わたしはあなたをこうやって抱きしめても誰にも文句を言われないはずの人間なのだと言って聞かせる。

でも涙は一滴も出ない。

男の子の顔とともに拡大された体操服の左胸には布の名札が縫い付けてある。子供の名前がひらがなで、苗字《みょうじ》と、下の名と、縦書きで二行にわけて書いてある。

たなか

たく

これがわたしの息子だ。

わたしがこの子を産んだのだ。

できるなら、ものも言わずに抱きしめ、頬と頬を擦り合わせて、思うぞんぶん子供の匂いを嗅ぎ、どんなにくすぐったがっても嫌がっても許さないで、いつまでも抱きしめていたい。わたしのその気持ちに、決して嘘はないと思う。

でもスマホ画面に目をこらし、いつまで待ってみても、わたしは泣くことができない。

3

実の母親が息子に会えないなんて間違っている。

と鶴子は言い切る。

顔をあわせる資格があるとか、ないとか、そんなことを言うのも間違っていると。

まだ夏の盛り、蟬の鳴いている頃、鶴子が「たなかたく」という名前の園児の写真を送ってきて、それから時間を置かず電話で話したとき、

「会いたいでしょう。会いなさい。幼稚園の場所はわかってるし、いつでも会いに行ける」

とたたみかけられて、

「うん……」

と煮え切らない返事をしたあとで、わたしはつい「母親としての資格」みたいな言葉をつぶやいて、そのとき鶴子にそう意見されたのだったと思う。

そのときのことを、ゆるやかな流れの川面を眺めながらわたしは思い出している。


また六日経った。


夜勤明けの朝。今朝は薄曇り。

実の母親がわが子に会えないなんて間違っている。

それはもちろん鶴子の言うとおりだと思う。そんなふうに言い切るのは簡単なことだと思う。けれど、言葉で言いあらわされたことが世の中ですんなり通用するとはかぎらない。栃木の刑務所で、お正月の書き初めに、ほかのひとたちが初夢、とか、大吉、とか、一発逆転、とか書いたなかに、

改悛《かいしゅん》と難しい言葉を書いたひとがいて、これですよ、みなさんにとって大事なのはね、改悛、すなわち、心をあらためること、これなんですよ、素晴らしい！　と指導のボランティアの先生はそのひとの書いた文字ではなく意味のほうをほめちぎって、全員で拍手をさせて、食堂の壁に貼り出したけれど、シナモンスティックを口にくわえたあのひとは拍手の輪に加わらなかった。わたしもまた拍手しながらしらけていた。

だって、心をあらためる、とわたしは裁判で誓ったのだ。誓ったから三年の懲役刑を受け容《い》れたのだ。でも、そのわたしの言葉を法廷で聞いていたはずの夫は、簡単には信じてくれないし、許してもくれない。面会にだっていちども来てはくれなかったのだ。

わたしはいつものようにくわえ煙草で火をつける。

これが人生で十九本目の煙草。

箱の中身は残り一本。

「どんなに言葉をつくしてお詫《わ》びしても、取り返しがつかない過ちはあるのよ。ひとがひとり亡くなっているんだから、心をあらためると犯人が言ったって、それが真心から言った言葉でも、取り返しがつかないものは、つかないのよ」

わたしはそんなふうに鶴子に喋ったと思う。

そんなことを喋る相手は鶴子以外にいないから。

犯人て言い方はやめなさい、と鶴子は言い返した。

「かおりちゃんは犯人なんかじゃないよ。ちょっとした不注意から起きた事故じゃない。せんぽうにだって落ち度はあったんだし、そんな、凶悪な殺人者みたいな言い方はやめなさい」

いやわたしは犯人なのだ。

起きたことは不注意の事故でも、重い罪に問われたのは、そのあとに取ったわたしの行動なのだから。

現にわたしの夫は、わたしの犯した重罪のせいで、犯罪者の夫として周囲から糾弾され、共謀すら疑われて、職を失うはめになったのだから。夫の親たちも、わたしの親戚たちも、世間の白い目にさらされて、どこにも持って行き場のない怒りを味わうことになったのだから。彼らはみんな、さっさと心をあらためて刑務所に入ったわたしを恨んでいるのだから。

「それは、わかるよ」と鶴子は言う。「亡くなった人はお気の毒だった。てっちゃんだって警察官をやめさせられて辛《つら》かったと思う。けど、それとこれとは別。かおりちゃんは法で裁かれて、罪を償ったんだから、賠償金だってちゃんと保険がおりたんだから、これからのことで他人に遠慮する必要なんかない。実の母親が息子に会うのを、だれにも止められるはずがない」

「でも会いに来られる側は、どうなのかな」

「会いに来られる側って……タクちゃんのことを言ってるの?」

「うん」

「会いたがるに決まってるよ!」

「でもてっちゃんはね、こう言った。母親が犯罪者の子供と、母親に死なれた子供と、どっちがより不幸か、考えてみろ。これから子供が成長して、社会に出て生きていくうえで、どっちが彼の障害になると思うか、よく考えてみろ」

「それで？」

「そのとおりだと思った」

「そのとおりって、どう」


わたしは死んだほうがいいかもしれない。


「なにバカなこと言ってるの！　かおりちゃん、早まったこと考えちゃダメだよ」

「早まったことなんて考えてないよ。そうじゃなくてね、そういう意味じゃなくて、子供の母親としては、死んだことになって、これから生きていくのを受け容れるべきかもしれない。そのほうが彼のためになるのなら……」

「何のためでも、じゃあ、かおりちゃんは自分が産んだ子供に会いたくないの？」

「よくわからない、自分でも」

「わからないって」

「会いたいと一方的に思うのは、わたしのワガママなのかもしれないし」

「会いたいんでしょう？　会いたいに決まってるよ、母親なんだから。一目でもいいから、会いたい。そうだよね？　それが本心だよね？」

「……うん、それはね」

「ほら、だったら会いなさい。てっちゃんの実家に押しかけてでも会いなさい」

鶴子とは、何度この話をしても、最後は、おなじことの繰り返しになる。

会いたいんでしょう？　それが本心でしょう？

……うん、それはね。

だったら会いなさい。

でもわたしは、その本心を行動に移さないまま三ヶ月以上過ごしてしまった。

そのあいだに十九本もの煙草を吸った。シャツの袖の長さや、上にはおるものを変えただけで、ここから動かなかった。

わたしは今朝もまずい煙草を吸い終わり、吸い殻を携帯灰皿に押し込む。そろそろ鶴子に返信しないと、また（おい！）と催促が来るかもしれない。

今朝も、例によって鶴子から（仕事は終わったのけ？）とLINEが届いていた。彼女はわたしの勤務ローテーションを知っているし、六日に一度、夜勤明けの次の日が休日にあてられることもちゃんとわかって連絡してくる。あしたの休日を利用して、電車に乗って千葉まで来なさい、そしてタクちゃんの通っている幼稚園に会いに行きなさい、なんなら一緒に行ってあげる、と鶴子はわたしを説得したいのだ。

鶴子と、いとこの慶太くんに、わたしは助けられている。

ふたりがいなければ、わたしはいまよりも孤独だったはずだ。言葉の純粋な意味での孤独の味というものを、わたしは知らないけれど、きっといまごろどこかで噛《か》みしめていたはずだ。

ふたりが世話を焼いてくれる理由は、実のところわからない。鶴子と、慶太くんと、それぞれのわたしに対する気持ちを、つきつめたいとも思わない。

五年前の事故の夜、慶太くんは、晴子伯母さんの大事な柿の実をジャグリングに使って喝采《かっさい》をあび、焼香に来たお客さんに不謹慎だと咎《とが》められた。おまえら親戚全員、ひとり残らず、晴子さんの霊に呪われてしまえ！　とまで決めつけられて、慶太くんとしては晴子伯母さんの呪いを（もし呪いがかかるのなら）いってに引き受けるつもりでいたところ、代わりにわたしがこんなことになってしまい、戸惑っているのかもしれない。あの夜の悪ふざけの張本人として、ずっと気に病んでいるのかもしれない。

鶴子の場合は、もっと深刻で、あの雨の夜、わたしに電話をかけてきて、それが事故の直前だったことをあとで知って、自分のかけた電話が直接の事故原因だとは誰も言わないまでも、運転中だったわたしの集中をきらせたことを思いやって、後悔して、罪の意識を感じているのかもしれない。わたしに対して負い目を感じているのかもしれない。

意地悪になればどうにでも考えられる。

ただ、ふたりのおかげで、わたしは真の孤独の味というものを知らずに生きていける。ときどき恐ろしい夢を見て、自室の壁際のベッドでがたがた震えることはあっても。目覚めのあと自分が世界の果ての流刑地に取り残されているような孤独感を、一時的に味わうことはあっても。

真の孤独の味というのはおそらく、スーパー銭湯の従業員が、夜勤明けに、川べりのベンチでひとりで吸う煙草の味とは別ものだろう。それはわたしの想像では、あの中国人受刑者が、煙草恋しさを殺すために常用していたシナモンスティックに近いものだろう。あるいは晴子伯母さんが噛んでいたニッキ棒の味に。

　こないだの日曜日、船堀駅前で待ち合わせた慶太くんがその話をしてくれた。わたしから訊かれたことが気になったので、やっぱり実家に電話をかけて確かめたのだそうだ。叔父が言うには、晴子伯母さんは煙草なんか吸わなかったし、夫に死なれてからはとくに、お金のかかる娯楽や嗜《し》好《こう》品とはいっさい無縁の人だった。ひとつ例外として、昔の駄菓子屋で売られていたような安価なニッキ棒を口にくわえていた記憶はある。親戚たちが集まる会合の場には（お茶もお茶菓子も出るので）そんなものをくわえて現れることはなかったが、こちらから用事があって自宅のほうへ立ち寄ったりすると、いつだって晴子伯母さんは不機嫌そうな顔で、細くて短い木の枝のようなものを噛みながら土間の奥から出てきた。あの枯れ枝のようなものはニッキ棒だったと思う、という話だった。

　それを聞いてわたしの記憶は反転した。

　晴子伯母さんのニッキ棒が事実なら、叔父の証言だから事実に違いないのだが、わたしも昔それを口にくわえた晴子伯母さんを目にしたことがあって、もうひとつの、栃木で一緒だったひとのシナモンスティックのほうは間違った記憶なのかもしれない。あそこでそんなものを手に入れるのは不可能な気がするし、あのひとがいつもまわりから孤立して、ひとりきりでいたせいで、わたしは晴子伯母さんの思い出を重ね合わせて記憶にとどめ、あそこを出たあとで、事実とは異なるイメージを作りあげていたのかもしれない。

　だとしたら、わたしは最初から、あの中国人女性ではなく晴子伯母さんのニッキ棒を頭に描いていて、そのイメージに魅《ひ》かれるものを感じていて、物真似というかお手本というかそんなつもりで煙草を口にくわえてみたのかもしれない。

ＬＩＮＥが来た。

鶴子からだった。

なんの意外性もなかった。

（今朝も迷ってるのけ？　今週も先週とおなじけ？）

無視するとすぐにまた着信があった。

（はよ会いに行かんと、迷っとるうちにタクちゃん小学校あがっちまうで。なんもかんも時は待ってくれんで。うちはゆうべダンナが戻ってよ、またアレルギーじゃけ。くしゃみが止まらんのじゃ。おまけに蕁麻疹《じんましん》もじゃ）

わたしは想像してみた。

晴子伯母さんならどうするだろう？

ニッキ棒を嚙みながらどう行動するだろう。

わたしの想像のなかの晴子伯母さんはいまも、他人の目や陰口など気にもかけず、ずっと独りであの家に暮らしている。自分の作りたい野菜を畑で育て、ちょうどいまごろの季節には、好物の柿の実を半分腐らせてどろどろになったのを吸い出して食べる。たぶん自分を見限った男のことなど、さっさと忘れてしまう。自分が産んだ子供のこともいつまでもくよくよ考えたりはしないだろう。もし会いたければむこうから会いに来ればいいと割り切ってひとりで待つだろう。

ではわたしもそうあるべきなのか。

息子が成長して、実の母親に会いたいとみずから思う、そのときが来るのを待つのか。この川沿いの町で。

千葉まで電車でほんの四、五十分のこの町で、スーパー銭湯の従業員として働きながら、息子が小学校に入学し、中学生になり、高校生になっても、このままひとり暮らしを続けながら待つのか。

そうでなければ、わたしは、どうするべきか。

千葉まで出向き、不審者扱いされても幼稚園内に入り込んで、わたしの息子です、と手を捕まえて、そのときたくが泣いても手をひっぱって連れていくことができるのか、それとも、幼稚園の外から柵《さく》越しに、園児たちにまじった息子の姿を見守って、ただそれだけですごすごと引き返すのか。

わからない。

とにかく現場に立ち、息子の顔を実際に見てみるまでは、自分がどう感じるのか、自分がどう行動するかはわからない。

もし現場に立たなければ、わたしはまた六日後の朝もこのベンチにすわり、残り一本の煙草を吸っているだけだろう。

そしてさらに六日後、わたしはコンビニで新しい煙草を買い、こんどは色違いの箱の煙草を選んで、ふたたび一本目に火をつけて美味しくてもまずくてもその味を味わうだろう。

「ねえおばさん」

そうに違いない。そうやってだんだんとわたしは煙草の味に親しんでいくのだ。ニッキ棒を好んだ晴子伯母さんのように孤独な人生に慣れ親しんでいくのだ。

「おばさん、そのライター、ちょっと貸してよ」

声に驚いて、川面から目をあげると、中学生くらいの男の子がそばに立っている。高校生かもしれない。顔立ちは子供のようにも見えるけれど、背が高く、ジーンズにパーカーというありふれた服装なので年齢がつかみにくい。大学生かもしれない。連れはいない。まわりを見まわしてもほかに人影はない。

「ライター?」とわたしは聞き返す。

「それ」

と男の子が指をさしたので、わたしは自分が左手に煙草の箱、右手にライターを握っていることと、おそらく、いまにも二十本目の最後の煙草に火をつけるつもりでいたことに気づく。

男の子はそれ以上喋らない。

わたしも何と答えればいいのかわからない。

男の子とわたしは長いこと黙りこくって顔を見合わせる。

それからわたしはライターと煙草の箱とをひとつかみにしてベンチに放り出す。

男の子がライターに手を伸ばし、ベンチの端に腰をおろす。

わたしはスマホの画面に鶴子への返信を書き、十秒もかからずに送信を完了する。

男の子が煙草を吸いはじめる。
この子が中学生でも高校生でも大学生でもかまわない。
わたしは手提げバッグを持ってベンチを立ち、川べりの遊歩道を歩き出す。
おばさん、忘れもの！　と男の子の声が背中にかかる。煙草もライターも要らないの？
わたしは足を止めずに鶴子の素早い返信を読む。
（今日？　かおり、それ本気で言うとるのけ？）と鶴子は書いている。
（本気じゃとも。なんもかんも時は待ってくれんけの）
わたしはすぐさま返信を送る。
（いま決めたんじゃ）

第三章（2016）

I

予約を入れておいた美容室に二十分も早く着いた。

二分なら無視できても、二十分の誤差は大きかった。

きょうのことは前もってイメージトレーニングして、ゆうべ目覚ましをセットして、ちゃんと六時に起きてからも予定どおりに行動して、化粧も着替えもぜんぶすませて出てきたのだからそんなはずはないと思ったけれど、美容室のドアの前に立ったとき時刻は七時四十分だった。

おかしい。二十分も狂いが出るのはおかしい。

八時の予約の客が、二十分前にドアを開けてずかずか入っていったら、美容師さんにもおかしな目で見られるかもしれない。

いや、そんなのは気にすることじゃない。美容室のひとは、わたしを見ても、せっかちなお客さんが来た、と思うだけだろう。

わが子の晴れの日の朝ともなれば、さすがにお母さんは気合いの入れ方が違うな、お化粧にしても、着ている服にしても、とか思うだろう。そわそわして予約時間を守れないお母さんも見慣れているかもしれない。

でもそれは世間一般の、ありふれたお母さんの場合で、ありふれたお母さんではないわたしは、どう見られるのか。

美容室のドアの前で、しっかり、気を落ち着かせて、と自分を励まし、今朝六時に起きてベッドを降りてからの行動を順を追ってたどってみた。

どうやっても二十分の空白は埋まらなかった。

わたしは何をし忘れたのだろう？

引き返してそのへんを歩きながら時間をつぶそうかと考えはじめたとき、微《かす》かなサイレンの音が聞こえた。道路を疾走中のたくさんの車のたてる音にまじって確かに、遠くから、その音が伝わってきて耳の奥で反響するのを聞いた。

パトカーがこっちへ向かってくる。しだいに音のかたちがくっきりしてくる。脈拍が速まるのがわかった。勝手に手が動いて、美容室のドアに触れたとき、店の内側からもドアを開けようと試みたひとがいて、いっぺんに気が動転した。イメージトレーニングではこんなことは起きなかった。両手で耳を塞《ふさ》ごうとしたが、左腕にかけていたハンドバッグが邪魔で間に合わなかった。MAXの音量に達したサイレンがわたしの耳の鼓膜をぶるぶる震わせ、そしてわたしの背後をパトカーは一瞬で通過した。

それが長い一瞬だった。

目を閉じると過去の、情けない過ちの、記憶の断片が見えた。正しい時間の流れとは別の、ばらばらの順番で、幼稚園の、園内の、砂場で遊ぶ子供たちの光景から始まり、珍しい苗字《みょうじ》の名札をつけた女の子と、もうひとり、平凡な名前の男の子の登場する場面に切り替わり、あの千葉の幼稚園の、青い門扉の、外の路上で男の子がわんわん泣きだして、その男の子の、耳たぶの裏側の、ホクロひとつない、無垢《むく》で真っ白な皮膚の拡大像を見たところで終わった。そのあいだずっとわたしを追い詰めるパトカーのサイレンが鳴っていた。

美容室のドアが内側から開いて、女のひとが顔を出した。

わたしは脇へどいて女のひとを通した。和装にふさわしく髪をこんもりと結いあげた女性で、ただし実際に身にまとっているのは丸くびの前ボタンのセーターに、ぞろっと裾《すそ》の長いスカートに、履いているのはつっかけのようで、見るからにちぐはぐな印象のひとだった。

続いて出てきた男性の美容師さんが、

「どうもありがとうございました」

と決まりの挨拶《あいさつ》をして、ちぐはぐな恰好《かっこう》の女性客を送り出したあと、わたしに気づいた。

「朝から何の事件なんでしょうね」その男性は言った。ドアに手を添えたまま、入口に立ち塞《ふさ》がるようにして、パトカーの走り去った方角を見ていた。

「すみません、二十分も早く着いてしまって」わたしは謝った。「八時の予約の市木です」

「はい、承っておりますよ。いま前のお客さまがちょうど帰られたところですから、中へどうぞ。……どうされました？」

自分の左手がハンドバッグを鷲《わし》づかみにして関節を浮きあがらせているのをわたしは見て、力を緩め、手首にかけ直した。

「あの、九時までにカラーリングとカットとセットまで終わらせていただけるでしょうか。九時五分にＪＲの成田《なりた》駅から電車に乗って、千葉に行かなくてはならないんです。九時四十分には千葉に着きたいんです。それからタクシーで小学校へ、タクシーの待ち時間を考えても小学校までおよそ十分です、息子が入学する小学校は千葉市内にあるので、それで受付開始が十時十分前ということなので、開始時刻にはぴったり間に合わなくても、十時前には」

「……ああ」と美容師さんは腑《ふ》に落ちないのか、落ちたのか、どっちつかずの声をだした。そのあと唾《つば》をのみこんで言い直した。「このあと千葉へ行かれるんですね？　そうなんですね、とにかくお入りください、続きは中でうかがいますから」

「難しいですか」

「難しくなんかありませんよ、だいじょうぶですよ、九時五分までに駅に行ければいいわけでしょう？」

「いえ九時五分に、成田駅のホームに」

美容師さんは、わたしの顔から頭のてっぺんまで視線を上げて、しばし間を置いた。

「よゆうだと思いますけどね」彼は笑顔で言った。「もしかしたら、もっと早めに駅に行けるかもしれません」

そこが微妙で、もっと早めに駅に行く必要はないのだと言いたかったが、言えば相手の笑顔が曇ってしまいそうで言えなかった。

わたしは案内されて店内に入った。

入って右手に、カット用の椅子が四脚並んでいて、若い女性客がひとり、正面奥にシャンプー台が二つあって、シャンプー中の客がひとり、スタッフは案内してくれた男性のほかにふたりいた。言われるままいちばん手前の椅子に腰かけて、鏡と向かい合い、どのくらいカットするかとかどんな色にするかとか、想定していたとおりの質問に受け応《こた》えするうちに気持ちがすこし落ち着いてきて、いまここにいる自分の姿が客観的に見られるようになった。

先週末千葉まで出かけて、そごうの三階で迷いに迷って買ってきた淡いベージュのワンピース、同色の襟なしの上着の胸もとにコサージュ、そのフォーマルスーツに合わせて二階で見立ててもらったパンプス。消費税込みで十一万円を超える贅沢《ぜいたく》な服装と、ほんとにひさしぶりに今朝、たっぷり時間をかけた入念な化粧。それにくらべると、無頓着《むとんじやく》と言われても言い訳できないくらいの、ほったらかしの、おざなりにポニーテールにまとめた髪。目を逸《そ》らさずに見れば、自分ではあんまり見たくもない白髪が、ちらほら、ではきかないくらいまじっているはずだ。

ちぐはぐと言うなら、誰よりもまずいまのわたしの恰好がちぐはぐに違いなかった。

2

若白髪隠しのカラーリングが終わってしばらく椅子で待たされているとき、またパトカーのサイレンが聞こえてきた。こんどは二台続けて来た。美容室前の道路を二台とも猛スピードで通過したようだった。サイレンの音はじきに消えてしまったが、二台のパトカーにあおられて高まったわたしの心臓の鼓動はいつまでもとくとくとくと鳴り止まなかった。

八年前と、三年前と、わたしは二回パトカーに乗せられた経験があって、わたしにかぎらずパトカーに強制的に乗せられたことのあるひとにとって、あのサイレンの音は「古傷を忘れるな、一般のひとにまざっててもおまえは罪人なんだ」といつまでも執拗《しつよう》に自省をうながすように聞き取れるはずだけれど、でもいつもなら、わたしもここまで心を乱したりしない。やはり今日が特別な一日で、この一日を絶対にだいなしにしてはいけないと強く意識して、わたしは、これから千葉まで出向いたあげく、自分が三年前と似た過ちを繰り返すのを怖れて、ふだんよりずっとナーバスになっていたと思う。

シャンプー台に移動してからも、髪を洗ってくれている若い男性の話しかける言葉が耳に入らないので、適当に相槌《あいづち》を打ってごまかすしかなかった。

さっきから何を話してもこのお客さんは上の空だと思われたに違いなかった。シャンプー担当の若い男性は急に無口になり、わたしの頭のなかでは三年前の十一月の記憶の断片がつながり合い、時間の流れに沿って、映像として再生されていた。もう止めようがなかった。シャンプー台に仰向けになって目をつむっているので寝ながら白昼夢を見るのも同然で、余計にたちが悪かった。

……あの日、とうぜん閉じられていると覚悟していた幼稚園の門扉は、引き戸式になった青い鉄柵《てつさく》で、高さは、その気になればよじ登って向こう側へ跳び降りられる程度で、でもそんな目立つことをする必要はなく、ひと一人が楽に通り抜けられるくらいに引き開けられていた。

そこから園内に入っても咎《とが》めるひとはいなかった。

幼稚園の正面玄関をめざして歩いても、わたしは呼び止められもしなかった。ただ、幼稚園の右手の奥のほうにある尖塔《せんとう》の、頂上に掲げられた白い十字架を眺めていると、いつのまにか園児がひとり寄り添っていて、わたしに問いかけた。

だれのママ？　と声を張りながら、その女の子はわたしを見上げた。ね、だれのおむかえ？　園の玄関まであと数メートルの距離だった。わたしはそのほうが自然な感じがしたので、急がずにそこで足をとめ、女の子の前にしゃがみこんだ。紺の制服の上着の胸ポケットにぶらさがった名札には、平仮名で、縦書きの二行に分けて、

くじゅうろ

さき

とあった。そのときとっさに思い出せたわけではないけれど、くじゅうろ、という珍しい苗字には見覚えがあった。

ねえ、くじゅうろさん、とわたしは言った。言ったあとから「さきちゃん」と名前で呼んだほうがよかったかもと後悔した。

「ねえ、くじゅうろさん、たなか・たくくん、知ってるかな？　知ってるよね、仲良しだもんね、くじゅうろさんと、たくは」

話しているあいだに、くじゅうろさんの目がまるまったので、わたしの記憶違いではないことがわかった。

「……たっくんのママ？」と彼女は声をひそめた。

「うん」

わたしが認めると、くじゅうろさんは、紅葉の葉っぱのように指を開いて、てのひらを口もとにあてた。それから一言、嘘、と囁《ささや》き声で言った。かなりの衝撃をうけた様子だった。

「ほんとよ、くじゅうろさん」

「たっくんママ、ほんとにいたんだ！　さきね、たっくんから、カネガエ聞いてたの、たっくんのママのお話」

「そうなの？　かねがねって、難しい言葉知ってるね」

「だから、さきだけ知ってたの。ほかのみんなはね、たっくんはママのいない子供だって言うけど、さきは、たっくんに聞いてたからね、ほんとはママがいるの、カネガエ知ってたんだよ」

「……そうなんだ？」

「たっくん、やっぱり嘘つきなんかじゃなかったね。たっくんのこと迎えに来たの、トウト？」

「とうとう？」

「いつも、おばあちゃんが迎えに来るんだよ、たっくんだけ。でもほんとはママがいて、卒園の日までに、ぜったい迎えに来てくれるって、たっくんが」

「そうよ、くじゅうろさん、とうとう迎えに来たの、たくがいまどこにいるか知ってる？」

「うん、知ってるよ、キリンさん組はもうすぐ、ナガグツハイタネコの紙芝居見るんだよ、ボランテアのひと来て。さきもキリンさん組だからね、さっさと用事すませて教室に戻らなくちゃ……そしたら、たっくんに伝えようか？　ヒソカに」

「密《ひそ》かに？」

くじゅうろさんは一回うなずいてみせた。密かに、の意味がわかっているのだろうかと一瞬疑ったけれど、わからなければここで彼女がそんな言葉を使うはずもなかった。

「たっくんはさ、男だから、イクジナシでしょ」彼女は一段と声を低めた。「園長せんせいたちに、ママが迎えに来たなんてイマサラ言えないでしょ。自分で言えなくて泣いちゃうよ。それよりさ、さきが、ヒソカに呼んできたほうがよくない？　呼んできてあげるよ」

「お願い」

とわたしが答えるやいなや、女の子は踵《きびす》を返して園の玄関の中へ走り込んだ。

……それから数秒、いや十数秒かもしれない、無音の静寂のなかでわたしは地べたにしゃがんでいた。幼稚園と隣接している、教会というのか、礼拝堂というのか、それらしい白っぽい建物の、頂きの十字架にときおり目をやりながら。

そのあいだにキジトラの太った猫が一匹、横目でこちらをうかがいながら視界を横切った。

やがてあたりが一気ににぎやかになった。

玄関からまとまった数の園児たちが湧き出てきて、わたしの横を駆け抜けていった。園児たちにまじって先生らしい女性がふたり現れ、わたしが腰をあげて「こんにちは」と挨拶すると、「こんにちは」と笑顔で返してくれた。ひとりは開いた門扉のほうへ歩いてゆき、それを閉めるのかと思うとそうではなくそのまま外へ出ていった。もうひとりは中庭に散らばった園児たちを見やりながら、わたしに、教会に御用のかたですか？　と質問した。はい。案内の者を呼びましょうか？　いいえ、だいじょうぶです。

そのとき走り回っていた園児たちの一団から、男の子の、甲高い横柄な声があがり、そっちを見た先生が、ほら、だめだよ、猫に悪戯《いたずら》しちゃ、と叱って追いかけていった。そのあとすぐ、たくちゃん？　と女の子の、のんびり呼びかける声がわたしの耳にとどいた。

声は砂場のほうから聞こえたのでわたしはそっちへ歩いた。

たくちゃんと呼ばれた男の子はこちらに背を向けていた。

「たなかくん？」とわたしは言ってみた。「たなか・たくくん？」

男の子が振り返って、わたしを見た。

「たくちゃん？」とわたしはもういちど言ってみた。

男の子は素直にうなずいて、首をかしげた。

うなずいたのは、この子が息子のたくである証拠で、首をかしげたのは母親のわたしを見ても誰だかわからないのだとわたしは物悲しく思った。でもわからなくても責められない、たくを産んでまもなくしてわたしたちは引き離されたのだから、わたしだってこの子の顔ははっきりとは憶《おぼ》えていない、たった一枚の写真で見ただけで。鶴子が携帯に送ってきた画像で見ただけで。

ほんとうは、鶴子が送ってくれたその画像に、たくと一緒に名札を縫いつけた体操着姿で写っていた仲良しのくじゅうろうさんの言葉を、わたしはもっと信用すべきだったろう——さきが、ヒソカに呼んできたほうがよくない？　呼んできてあげるよ——ところが浅はかなわたしは、幼い子供の密かな手引きよりもそのとき、自分じしんの強運を信じた。いとも簡単にこうやって息子を見つけられたのは、神さまのおみちびきだとまで大げさに考えてしまった。わたしはカトリックの信者でもないのに。名前の先頭に「聖」の字のつく幼稚園の敷地内で、静かに、白い教会の十字架を見上げて祈る思いで待っていたからその気持ちが神さまに通じたのかもしれないと。だって現に目の前にいる男の子の名札には平仮名で「たなか・たく」と書いてあるじゃないか？　わたしは両腕をひらいて、たくに歩み寄り、驚いているたくのからだに巻きつけた。そしてたくを抱きあげた。

たくを抱きあげて、わたしは何をしたんだろう……耳もとで、たく、ママだよ、迎えに来たよ、帰ろう、ママと一緒に帰ろうねと言い聞かせながら歩き出して、たくが、まばたきもしないでわたしを見つめて、身を硬くして、恐がらなくてもいい、わたしはあなたのママなんだからと言うと急にしくしく泣き出して、待ってたんでしょうママが迎えに来るのを？　と訊《たず》ねると首を水平に振って、もっと大きな声で泣きはじめて……わたしは泣かせたことに疚《やま》しさを感じ、同時にこの状況に違和感もおぼえながら、開きっぱなしの門扉を通り抜けて園の外に出た。すると……。

するとサイレンを鳴り響かせてパトカーがわたしたちを追ってきて、わたしは警察官に腕を取られ、パトカーに乗せられて警察に連れていかれた。

……いや、それでは幼稚園を出てからパトカーが来るまでの経緯が抜けている。わたしの記憶も飛び飛びに抜け落ちていて、警察のひとに順序立ててしっかり思い出すよう求められたけれど、部分ぶぶん思い出せなかった。そのときすでに空白の記憶を取り戻せなかったし、もちろんいまも無理だ。

たぶん警察の調書に残されている事実は、連行される直前、大通りに面した歩道にわたしは座り込んでいたこと、そばで男児が泣いていたこと、わたしが男児を抱っこして逃走したせいで息を切らし体力を消耗していたこと等で、一方、警察のひとには言わなかったけれどわたしが部分的に思い出せるのは、幼稚園を出たあとでようやく、たくの耳の、耳たぶの裏側を調べることを思いついて、右耳の裏を——念のため左耳の裏まで——慌てて指でおさえてホクロを探して、あっと声をあげて、泣きさけぶ子供を下におろして、わたしもいっぺんに身体の力が抜けて地べたに尻《しり》もちをついたこと、この子がたくなら、たくの右耳の耳たぶの裏にはテントウ虫の模様くらい小さなホクロがあるはずなのに、それが見つからない、じゃあこの子は誰なのかと呆然《ぼうぜん》としたこと、その答えを教えてくれたのがくじゅうろさんだったこと。

……園内で初めて話しかけてきたときのように、くじゅうろさんはいつのまにか現れて気がつくとわたしの横に寄り添って立ち、わたし同様に、苦しそうに、息を弾ませていた。彼女はわたしを、たっくんママと呼んだ。

「たっくんママってば、たっくん、むこうで、待ってるんだよ。何回も、何回も、呼んだのに、聞こえなかった?」

「ごめんね」わたしは謝った。「誰の声も聞こえなかったのよ」

「もう、だめじゃん、言ったとおりしないと、たっくんママ、園長せんせいにも、バレちゃったよ……あっ、パトカーだ」

くじゅうろさんがそう叫んで、来た道を振り返るまえからサイレンの音にわたしは気づいていた。

「ごめんね、たっくんだと思ったのよ」わたしは泣き止まない男児の背中を撫《な》でさすりながら言い訳した。

「ちがうよ、ドジだねえ、この子は、泣き虫のたくちゃんじゃん」

「ちがうのね、やっぱり」

「名札見ればわかるじゃん」

　サイレンの音がつむじ風のように旋回しながら接近している。わたしは男児の名札にあらためて目をやった。

　少し離れたところで女性の怒鳴り声があがり、先生らしきひとがふたり、勇敢に、わたしのそばまでダッシュで駆けてきて、泣き虫の男児とくじゅうろさんとをわたしから引き剝《は》がした。くじゅうろさんは抵抗して腕をくねらせ、渋面を作り、それでも気丈な口ぶりでわたしを諭した。

「この子、たなか・たくやくんだよ、ゾウさん組の。たっくんは、キリンさん組なんだよ」

　そうだね、名札を見れば、ゾウさんのイラストだって描いてあるのにね、ほんとドジだね、と答えるわたしの声は、あたりに鳴り渡るサイレンに掻《か》き消されてもう誰にも聞き取れなかった。

3

　一般のお母さんたちのように、とお願いしてそれらしくいい感じに染めあがった髪を、美容師さんの技量にまかせてカットしてもらい、それからまたシャンプー台に移動し、最後にもとの椅子に戻ってセットが仕上がるまで、わたしは息子のたくのことや、たくと仲良しだったくじゅうろさんのことや、人違いで迷惑をかけた田《た》中拓哉《なかたくや》くんのことや、拓哉くんのご両親のことや、警察の事情聴取のことや、脅しで口にされた「未成年者誘拐罪」というものものしい罪名や、起訴とか起訴猶予とか親権者とか接見交通権といった法律用語や、わたしと会うことを拒んだ元夫や、元夫の代理人である弁護士さんの忠告や、いろんなことが思い出されて上の空だった。

美容師さんの呼びかけにうながされて、鏡にうつった顔に焦点をむすんで見ると、わたしは別人になっていた。

鏡を見て、自分でもこれは的はずれの感想というか美容師さんに失礼というか、どっちも思ったのだけれど、最初に頭に浮かんだのは、八年前に亡くなった晴子伯母《おば》さんの面影だった。もっと詳しく言えば、葬儀の日に遺影として飾られた顔写真の、和服の襟を見せて写っていた晴子伯母さんの、よそ行きのヘアスタイルだった。たぶん親戚《しんせき》のお祝い事の席のスナップを叔父が引き伸ばして使ったのだろう。もちろん八年前の記憶だから、どこまで正確かはわからないし、勝手に作りあげたイメージなのかもしれないけれど、第一印象で、どうしようもなくわたしは晴子伯母さんを連想した。よりによって、あの晴子伯母さんの髪型だった。今日が特別な日だというので柄にもなく力んでいる自分を、ふだんの無気力な自分が、意地悪な目で批評したがっているようだった。

さっきまで適当にポニーテールにまとめていたその尻尾《しっぽ》にあたる髪は、うなじのあたりで技巧をこらして品よく結われていた。前髪は額のまんなかで分けられて、もしそれが、さらにきっちり固められてピタリと額に貼りついたようであれば、まさしくわたしの記憶にある晴子伯母さんの髪型なのだが、でも実際はそうではなくて、前髪はもっと緩めに左右に分かれていて、サイドの毛先が一部、耳のそばに垂れて可愛げにカールしている。晴子伯母さんなら絶対にカールはあり得ないだろう。

いかがですか？　と美容師さんがわたしの沈黙に圧を感じたふうに低い声で訊ねたので、気に入りました、とわたしは答えた。

さっきまでとは別人になったみたいで、とも付け加えた。

まるで、自分が一般のお母さんになったみたいで、とも付け加えようかと思ったが、それはさすがに言えなかった。

よかったです、気に入ってもらえて、と美容師さんは微笑んだ。

ただし、別人になったみたいに見えたところで、特段の意味はないのだ、とわたしは椅子を降りながら考えた。だって、たくは、そもそもふだんのわたしを知らないのだから。ふだんのわたしを知らないどころか、ゼロ歳児のとき別れ別れになって以来、今日までいちどもわたしの顔を見ていないのだから。

椅子を降りて、カウンターで支払いをするときに、ハンドバッグの中で電話が控えめな音をたてはじめた。それがだれからの電話なのかは見当がついた。

鶴子か、慶太くんか、どっちかだ。

わたしに電話をかけてくる人間はほかに思いつかない。

船堀から成田に移り住んでだいぶ経つけれど、仕事の関係以外で電話番号を知っているひとはいない。みんなただの顔見知りばかりでおたがい下の名前も知らない。勤め先のイオンモールで口をきく同僚たちや、一年住んでいるUR団地の、ごみ出しの日に顔を合わせるご近所さんや。おそらくそのひとたちは、よそ行き姿のいまのわたしと道ですれ違っても、知ってるひとに似てるな、と思いはしても声をかけるのはためらうだろう。いや、きっとそのひとたちは、別人みたいないまの姿でなくても、ふだんのわたしと道ですれ違ったとしても、気づかずに通り過ぎていたかもしれない。みんな苗字しか知らない赤の他人だから。

……でも、たくはそのひとたちとは違う。

ほかの誰とも違う。

たくは肉親だ。

たくとわたしは血のつながった親子なのだ。

血を分けた実の息子なら、着飾ったいまのわたしを見ても、ふだん着のわたしを見ても、どんな姿であってもわたしが母親だと気づいてくれるかもしれない。いきなり目の前に立ったとしても、ものも言わずに抱きしめても、あの気の毒な田中拓哉くんのときとはまったく違った反応で、恐がらずに、実の母親の真心を感じ取って抱きしめ返してくれるかもしれない。

とにかく息子に会うことさえできれば。

ほんまじゃ。うちもそう思うわ、その考えはありうるで、じゅうぶん、と鶴子はいつだったかLINEの返信に書いていた。彼女が発案した独自の方言で、去年までは相談にも乗ってくれていた。今年に入ってからは、同じひととの二度目の不倫に没頭していて、しかもこんどはW不倫で、わたしの心配どころではなくなったから、LINEじゃまどろっこしいらしく、たまに電話をかけてきて、ねえ、かおりちゃん、聞いてくれる？　と一般の言葉づかいで、昔みたいに自分勝手な話しかしなくなったけれど。

……鶴子は、わたしがいまどこにいてこれから何をするつもりか想像もつかないだろう。

慶太くんの場合は、うんそういうことってあるかもしれない、たく君は、かおりちゃんの顔を見たら、見るだけで、このひとが僕のお母さんだと感じ取るかもしれない、と血の絆《きずな》を認める発言のあとで、でもね、かおりちゃん、それはいまじゃないよ、と必ず保留をつける。たく君に会いたいのはわかるけど、くれぐれも、軽率なまねをしちゃだめだよ。むこうの弁護士さんの言うとおり、無断で会いに行ったりしたら、こんどこそ、ただではすまなくなる。もう一生、たく君には会えなくなるかもしれないんだよ。

そうだね、とわたしは物わかりよく答えるしかない。慶太くんには、船堀のときにも、成田での就職でも大道芸人仲間のネットワークで口ききしてもらって、そのたびに保証人のハンコを押してもらった恩があるし、もちろん幼稚園の騒ぎのときも迷惑かけたし、これ以上、彼の顔をつぶすようなまねはできない。

……慶太くんは、今日がたくの入学式だということを知っているだろうか？

美容室のカウンターで料金を支払っているあいだ、わたしは電話の着信音を無視しつづけた。ハンドバッグの中に季節はずれの秋の虫が一匹入り込んでしつこく鳴いているようで居心地が悪かった。

お釣りを渡す美容師さんも、どう思ったかは知らないけれど聞こえないふりで、余計なことは言わなかった。

ドアの外まで見送られて、駅の方角へ歩き出してから、いつのまにか鳴りやんでいた電話を取り出してみると、誰だかわからない相手からの未登録の番号が表示されていた。

4

成田から九時五分の電車に乗る予定だったのが、その時刻にはよゆうで千葉駅に着いていて、目的地の小学校の正門前でタクシーを降りたのが九時二十分だった。

イメージトレーニングのときと約三十分の誤差がある。

三十分遅いよりは早いほうがいいに決まっているけれど、誤差の調整については心の準備をして来なかったので、ただただ時間を持て余した。

門柱に立て掛けて、桜の花の切り絵の貼られた「入学式」の看板が出ていて、看板の前に、ランドセルを背負った女の子とお母さんが並んで、お父さんらしきひとが写真を撮っていた。そうだ、ああいうことをみんなやるんだった、と思って、わたしは少し離れた所から見ていたが、時間がまだ早過ぎるので記念撮影をしている家族はその一組だけだった。

入学式の受付開始時刻は九時五十分。

わたしは二ヶ月も前からそのことを知っている。

たくをわたしから引き離した元夫が、千葉の実家に戻って両親と同居しながらたくを育てていることは前からわかっていたし、わたしが起こした人違い騒ぎのあとも、たくが幼稚園を移らなかったことをわたしは知っている。実家の住所から割り出して、たくがこの小学校に入学することも知っているし、小学校に直接電話をかけて教えてもらい、入学式の開始予定時刻も、受付の開始時刻も早々と知っていた。電話の応対にあたった事務の女性は、たくの名前をちゃんと名簿で確認して、新入生の保護者にむけた説明会の日程や、市の教育委員会のホームページのことまで教えてくれた。

もういちど現在時刻を確かめてから、わたしは来た道を引き返した。

こんどこそそのへんを歩きながら時間をつぶすしかないと思ったのだが、目的もなく歩くうちに人目が――人目がというより元夫に見つかるのが心配で、もしかしたら元夫は、今日のわたしの恰好が恰好だから元妻だと気づかないかもしれないけれど、そうはいっても昔は、たがいを「てっちゃん」「かおり」と呼び合った時期もある夫婦だったのだし、八年前のたった一夜の出来事、車を運転する人間として決して犯してはならない過ちが原因であえなく断ち切れてしまったにしても、それまでは確かに夫婦愛と呼べるものが、当時おなかにいたたくをその愛の結晶と呼べる絆がふたりを繫《つな》いでいたわけで、やっぱり、彼は離婚してもまったくの見ず知らずの他人とは違う目線でわたしを見て、どんな恰好をして歩いていても元妻だと気づくかもしれない。

それともうひとつ、三十分の誤差の調整のため十五分歩いてまた十五分かけて折り返すという以外に目的もなく歩いている道が、三年前、警察官に腕を取られてパトカーに乗せられた大通りに続いているのではないか、このまま十五分も歩き続けるとたくが通っていた幼稚園の近くまで行ってしまうのではないかと、そんな余計なことも考えるうち、足取りが重くなった。

ちょうど道の反対側に、満開の桜の木々に囲われた広場が見えてきて、石畳の公園のようだった。行く手に信号があり、桜の公園のほうへ渡るつもりで近づいてみると、歩行者用の押しボタン式信号機のそばにはパン屋さんがあった。

……パンなんか食べている時間はないし、……いや時間ならあるけど、息子の入学式前にパンなんか食べている場合ではないし、と迷っているところへ、二組の家族がわたしの目の前で合流して、ごく自然な感じでパン屋さんの店内へ入っていった。新品のランドセルを背負った女の子と母親、の組み合わせの家族が二組。どちらも父親は付き添っていなかった。

焼きたてのパンの匂いに誘われたわけでもないのに、店内に入ると、わたしはふたりの母親と同じように片手にトレイを持ち、もう一方の手にトングをつかんでパンを選んでいた。母親たちはたぶんわたしと同世代で、わたしほど高価なスーツを着ているわけでもないし、ふたりとも短髪で、早朝から美容室を予約してセットしてもらう必要もなさそうに見えた。でも、それでも明らかに、娘の晴れの入学式に出る保護者の雰囲気を身にまとっていた。ふたりの言葉のやりとりにも——お天気で良かったね。うん、桜も間に合ったしね——娘たちへの冗談めかした話しかけの内容にも——どれが食べたいの、これ？　あと十秒で選んで。ママは一秒で決めたよ。グズグズしてるとママが代わりにランドセル背負っちゃうよ——それは感じ取れた。

彼女たちがパンを食べてから入学式に向かうつもりなら、わたしは同じことをして時間の誤差を調整して彼女たちのあとをついて行けばいい。そう考えると安心でき、逸《はや》る気持ちが抑えられた。パン屋さんの店内を2対1くらいの広さの割合で仕切って、2のほうに飲み物を注文してくつろいで時間を過ごすためのイートイン・スペースが設けられていた。わたしたちはそっちに席を見つけてパンを食べた。彼女たちは四人で丸いテーブルを囲み、わたしは窓際のカウンター席にすわった。

彼女たちがひとりに一個ずつ選んだのは、どれも小さなお菓子のようなパンで、そのことから推測すると、二組の家族はおのおので朝食をすませていて、この店で早めに待ち合わせてお茶をしてから一緒に入学式の受付に向かう予定を立てているようだった。

わたしは冷静に物事を考えられた。ここへきてふだんの自分を取り戻したようだった。ハムとチーズ、アボカドとチキンのサンドイッチを食べてコンソメスープを飲んでいると人心地がついた気がした。今朝六時に起きてから美容室に着くまでに生じた空白の二十分の、正体をつきとめて拍子抜けしたのもこのときだった。これなんだ。今朝わたしがし忘れていたのは、このように、ふだんどおり朝食をすませることだったんだ。

耳を落とさずに調理された食パン二枚分のサンドイッチを食べながら、窓越しに表の人通りや、斜向《はす》かいの公園の桜を見ながら、わたしは元夫のことを考えた。元夫のことを、というよりわたし自身のことを、元夫の立場に立って、想像してみた。彼が、いまここで元妻が朝食をとっているのを見たらどう思うか？　おそらく呆《あき》れるだろう。苦々しい顔になるだろう。邪魔者が、それとも部外者が、トラブルの種を運んできたようにも思うだろう。気味悪がるかもしれない。ストーカーまがいで恐いと感じるかもしれないし、あれだけ弁護士さんを通じて息子には近づくなと言ってあるのに、まだわからないのか？　と本気で怒るかもしれない。

でもわたしは第一に、法を犯すつもりはない。たくを誘拐して連れ去ろうとか、こんどはそういうんじゃない。……あの幼稚園での不始末のときは正直、自分でもあの子をどうしたいのかわかっていなかったけれど、あのあと十分反省もしたし、二度と社会の迷惑にならないよう自分を戒め、元夫の代理人である弁護士さんの忠告も守ってきた。あのときのわたしと、今日のわたしは違う。……もちろん八年前の、あの忌まわしい夜の、愚かなわたしとも違う。そして第二に、わたしは冷静だし、いま自分のしたいこと、するべきことがわかっている。

わたしは自分が産んだ子供の顔を見たい。

求めているのはそれだけだ。栃木の刑務所で出産して、別れ別れにさせられて以来、いちども会う機会のなかった息子の、成長した姿をこの目で見たい。会ってこの腕に抱きしめたいとか、もうそこまで高望みはしない。遠くから見守るのでかまわない。式場の体育館でほかの親御さんたちにまじって、校長先生に名前を呼ばれた息子が返事をして起立するのを眺めるだけでもいい。わたしはその場にいたい、息子の人生の晴れの行事に、母親として立ち会いたいと願っているだけだ。そのために、誰に見られても恥ずかしくないスーツを無理して八万円も出して買ったし、朝八時に美容室の予約も入れたのだ。

元夫の代理人は言った。市木さん、あなたが一般のひとと同じように真面目に暮らしていれば、今後突飛な行動に走ったりすることがなければ、息子さんのご成長の様子は、お写真でご覧になることができるかもしれません。親権は田中氏にあるとはいえ、市木さんは実親なのですから。むろん田中氏のご了解を得たうえで、年に一度ないし二度、息子さんのお写真をあなたのご住所に郵送する、そのようなかたちでの交流は可能でしょう。

でもその後、いくら待っても写真は送られてこなかった。成田山新勝寺《しんしょうじ》の、表参道沿いにある鰻《うなぎ》屋さんで臨時雇いで働いていたときにも、成田空港ビルの清掃の仕事を短期間やっていたときにも、イオンモール成田の和食屋さんに転職してからも、その都度、こちらの勤め先と住まいを弁護士事務所には伝えてあったのに、心待ちにした郵便は一回も送られてこなかった。

それでも一年目は辛抱した。もう一年経って、いくらなんでもと思って電話をかけると、弁護士さんは、田中氏のほうと連絡をとってみます、来週にでも電話でご報告します、とおざなりな対応で、心配したとおり来週になっても報告なんてなかったので、こちらから二度目の電話をかけた。すると先週とまったく同じ対応だった。法律の専門家が素人をバカにして、とわたしは思い、ついカッとなって険のある言葉を吐いた。いったい何キロですか、何百メートルですか、どこまでなら許されるんですか？

はい？　と相手は面食らった声で聞き返した。

「法律上、わたしは何メートルまでなら息子に近づくことが許されるんですか」

弁護士さんは咳払《せきばら》いをして、もったいをつけて答えた。

「……いいえ、そのような、市木さんがお考えのような、いわゆる法的な制約は、ないと言えばないんですよ。親権のある田中氏側と……その代理人がわたくしですが、親権を委任されたとはいえ実親である市木さんとのあいだで、両者が誠意をもって話し合った内容の、同意書というものがございまして、市木さんの署名捺印《なついん》もいただいております、それはむろんご記憶でしょう？人違いされた田中拓哉君のご両親にも、幸いにも、複雑な事情をご理解いただいて被害届は見送るとのご判断を頂戴《ちょうだい》しました。そういった経緯まで含めての、あれはいわば市木さんと、田中氏とのあいだの、平易に言うなら、同意事項を記した友好条約みたいなものであって、面会禁止の法的制約はいまのところ、厳密には、ないと言えばない。けれども市木さん側に、事を穏便にすませるため各方面に働きかけた田中氏への、いくばくかの感謝のお気持ちがおありなら、制約は、厳密にはないとはいえ、お気持ち的にあるはずで、あって当然でしょう、ないとは言えない……」

前に会ったときも少し感じてはいたが、この弁護士さんには信頼が置けない、とわたしはこのとき直感した。このひとの話はいつもくねくねしていて途中から答えが見えなくなる。

「何メートルですか」わたしは話をさえぎって訊ねた。

「……ですから、何メートルまでなら近づいてもよいとか、悪いとか、そのように性急にお訊ねになられても、市木さんが考えておられるようにこの件は、法的には、厳密な意味では……」

「来年は小学校なんですよ」

「……というと？」

「幼稚園の卒園式の写真も、小学校の入学式の写真も、わたしは見せてもらえないんでしょうか」

「……ああ、ですから、その件につきましては、わたくしから田中氏に問い合わせて、また来週にでも電話でご報告します」

報告はなかった。

わたしはもうのらりくらりの弁護士さんをあてにするのはやめて、たくの入学式の写真が欲しいのなら自分で撮ろうと決めた。

写真もいいけれど、それよりも入学式の式場に出向いて、できるかぎりそばから見守り、母親として、たくの晴れ姿を自分のこの目に焼きつけるべきだと考えた。

5

時計がわりにあてにしていた二組の母娘が席を立つ気配があって、横目で様子を見ると子供たちがランドセルを背負い直しているところで、わたしは窓越しの花見と物思いを切り上げた。時刻は九時四十五分をまわっていた。

彼女たちのあとを追いかけてパン屋さんを出て、彼女たちとおなじ方角へ、彼女たちの背中を見ながら歩いた。

十メートルほどの距離を保ってさっき来た道を戻っているあいだに、前をいく女の子のひとりが、慣れないランドセルのベルト部分に両手を添えて揺すりながら後方を振り返り、一瞬だがわたしと目を合わせた。もしかしたら、パン屋で一緒だったおばさんが後ろをついてきていると気づいたのかもしれないが、別に不審者を警戒する目つきでもなかった。ほら、よそ見しないで歩く、と叱る声が聞こえるような仕草で、母親が女の子の頭をポンと叩《たた》いた。それきり女の子は振り返らなかった。

ものの五分で小学校の正門前に着いた。

受付はすでに校舎内で始まっているはずなのに、思った以上に門のあたりに大勢ひとが溜《た》まっていた。ビデオカメラで子供を撮影しているひとや、親どうし談笑しているひとや、なかには電話で大声で喋《しゃべ》っているひともいて、立て看板の前に親子が並んで記念撮影しているのは同じでも、さっきと比べるとはるかに混雑していた。新入生の両親というより、祖父母といった年齢層の男女も大勢まじっている。撮影の順番待ちの列もできている。

門を通り抜ける直前に、わたしが目標にしていた二組の母娘が歩くのを止めて、顔見知りの新入生の母親らしいひとと一言二言、言葉を交わした。そのせいで、いつのまにか彼女たちを壁にしてすぐ真後ろにわたしは立っていた。顔見知りの新入生の母親らしいひとは、なぜか子供は連れていなくて、わたしと似たようなスーツ姿にハンドバッグ一つ持って、外に用事でもあるのか入れ違いに門を出ると足早に歩き去った。斜め前に立っている女の子がランドセルごと身体をひねって顔を上向きにしてわたしを見ていたが、わたしは気づかないふりをした。写真は帰りに撮ろう、と母親のひとりが提案し、うん、それがいいね、ともうひとりが応え、娘たちの意見は聞かずに彼女たちは前に進んだ。

門を抜けると人の数はまばらになった。元夫の目を気にして顔を伏せ気味に、前をいく母娘たちと一団になったつもりで歩いていくと、鮮やかな色彩の花壇のある曲がり角に横長の四角い標識が立ててあって、矢印つきで、左方向の校舎玄関が受付のある場所だと教えていた。

わたしが壁にしていた母娘たちは、ほかの子供連れの家族と同様に迷わず左へ曲がった。

わたしはまっすぐ歩いた。受付を終えた保護者たちに紛れて、受付をいま終えたふうを装って、陸上競技の走路のような煉瓦《れんが》色をした通路をたどって運動場のほうへ歩いた。そっちに式場の体育館があるのは明らかだった。

すると確かに体育館はあったが、入口からだいぶ手前まで、保護者たちが並んでいるのが目に入った。想像していたよりもずっと長い行列だった。しかも二列あった。そっちへ近づくにつれ、わたしの不安は増した。行列に並んだ保護者の多くは、新入生の祖父母の年代のひとたちのようで、わたしは元夫の目に加えて、元義父母の目も気になりだした。元義父母もとうぜん初孫の入学式は楽しみにしていただろうし、出席するつもりならこの行列にいるはずだ。いるに違いない。そう思うと、五十代六十代の男女の背中がみんな元義父母のように見えてきた。

わたしはいったん引き返した。

やっぱりここに着くのが早すぎたのかもしれない。どこかそのへんの目立たない場所でこんどこそ時間をつぶして、受付が終了するのを待ったほうがいい。受付が終了して、保護者全員が体育館に移動したころを見計らって、自分が最後のひとりとして体育館の中に入る。いちばん後ろの席からひっそりと息子の晴れ姿を見守る。それが無難だろう、と弱気な考えにおちいり、矢印の標識のある花壇のそばまで戻って来て、しかしそこで気が変わった。

校舎とは距離を取って花壇の端っこのほうに佇《たたず》み、目に鮮やかな赤や黄やピンクのチューリップをしばらく観賞しているうちに、魔がさした、というべきだろうか。にわかに、いちかばちか、みたいな気持ちがこみあげてきて、入口玄関のほうへ視線が、続いて、足が向いた。

受付の机のまわりには人影がちらほらとしか見えなかった。

勇気をふるって玄関から屋内へ一歩足を踏み入れてみると、男性と女性と二人いる受付係の、手の空いている女性のほうが、にっこり笑いかけてくれた。それでいっそう勇気がわいて、直感的に、その女性が以前この小学校に電話をかけたとき親切に応対してくれた女性と同一人物だと閃《ひらめ》いて、わたしはそばへ歩み寄った。こんにちは、とその女性が迎えてくれた。

「こんにちは」わたしは挨拶を返した。「あの、わたし新入生の、田中拓《たく》の母親ですが」

「就学通知書はお持ちですか？」

きちんと聞き取れなかったのでわたしは聞き返した。

「なんですか？」

「就学通知書です」相手はあくまでにこやかで邪気は感じられなかった。「お葉書が届いていたと思いますが？」

「……ああ、それは、葉書なら、たぶん夫が」

「ご主人がお持ちなんですか？」とその女性が身体を横に倒してわたしの背後に視線を投げた。

釣られてわたしも後ろを見たが、もちろんそこに誰が立っているわけでもなかった。

「ええ、主人が、たぶん」わたしはしどろもどろになった。「たぶんもう、わたしより先に、主人が、受付をすませて、わたしはちょっと、遅れて来てしまったので……」

「お子さんのお名前をもういちど」と女性が言った。

「田中拓です」

「ああ田中拓くん」

とそのとき思い出してくれたのは、女性の隣にいた男性の受付係だった。「田中拓くんのお母さまですね？」

「そうです」とわたしはそっちを向いて答えた。

「ご主人は教室のほうに行かれました、たったいま」その男性は言った。「伝言をうけたまわっております」

「教室？」わたしはまた聞き返した。「伝言？」

「はい二階の、一年二組の教室になります。拓くんの付き添いで先に行って、お母さまが来られるまでそこで待っていると」

「拓は一年二組なんですか」

「そうですが？」

「その教室でわたしを待っているんですか、……夫が？」

「はい、そうおっしゃって、たったいま」

そこへ別の家族が現れて前に立ったので、受付係の男性は「教室でお待ちになってると思いますよ」とわたしに念を押して、そちらの応対にあたった。わたしの後ろにも新たな家族が並んでいた。わたしはあわてて誰にともなくお辞儀をして受付を離れた。

……元夫が、拓に付き添ってさきに一年二組の教室に行き、わたしが来るのを待っている。

そのことの意味を考えながらわたしは靴を脱いだ。

事態は思ってもみなかった方向へ転回していた。

このような急転回を暗示する出来事がここ最近ひとつでもあっただろうか？　……あののらりくらりの弁護士さんからの重要な連絡をわたしが見逃していたのだろうか？　今朝、未登録の番号からかかってきて無視した電話と、これとは何か関連性があるのだろうか？

段差の低い床にあがると、ストッキング越しに足の裏にひんやりとした感触が伝わって、校舎内で必要な上履きというものを、わたしは久しぶりに思い出した。でもそんなもの用意していない。高さが一メートルほどの下駄箱が目の前にあって、それは生徒用の下駄箱のようで、何列も整然と並んでいて、そこかしこに新入生の子供に付き添ったお母さんやお父さんの姿があり、持参した上履き用なのか小さな紙袋だのトートバッグだのをみんなぶらさげていて、ランドセルを背負った子供はじっと立ったまま新しい名札を付けてもらっているところで、名札を付けてあげているのはどうやら小学校の上級生で、すでに付け終わって上級生に案内されて廊下を歩いていく家族もいて……と見ていると、

「それ一緒に預かりましょうか」

知らないお母さんが親切に声をかけてくれた。わたしは脱いだ靴を片手に揃えて持ちその場に立ち尽くしていた。白いレジ袋をぶらさげたそのお母さんは、さらに、

「同じクラスだから一緒に案内してもらいましょう」

とわたしに言った。

わたしはお母さんの顔をもういちど見た。

ああ、このひとの顔は知っている、このひとはパン屋さんで一緒だった母親のうちのひとりだと気づいたとき、彼女の娘がわたしの手から靴をひったくるようにして母親の持つレジ袋の中に押し込んだ。その子の顔はもう忘れてしまっていた。けれど、胸に付けられた名札の平仮名の文字には確かな記憶があった。

……くじゅうろさん？　と思わず訊ねると、女の子はしっかりとうなずいてみせた。

わたしはくじゅうろさんのお母さんと再度顔を見合わせた。

すると彼女はこころもち頬を強張《こわば》らせて、急ごしらえの微笑を浮かべてわたしを見返し、その瞬間に、わたしは決定的な予感にとらえられ、この急転回の真相、わたしの知らないところで起きていたこと、わたしの身にいま起きていること、これから起きることすべてを理解したように思った。

第四章

I

起きたことを正しく、順番に思い出すのはむずかしい。

警察官にうながされパトカーに乗せられて、あとから、なぜ心ならずもそんなことになったのかと、筋道立てて記憶をたどるのは毎回むずかしい。

気づいたときにはもう手遅れで、見知らぬひとたちに取り囲まれていた。でもそれはくじゅうろさんのお母さんがわたしをそこに引き留めていたからではなく、反対に、彼女はわたしにこの場から去るよう忠告してくれていて、頭ではそう理解しても、それでもなおわたしは諦《あきら》めがつかず、せっかくここまで来たのだから、できるなら息子の顔を一目見て帰りたいと願い、ぐずぐず迷って話が長びいたせいなのだ。

集まってきて取り囲んだひとたちはみな、わたしに敵意を燃やしていた。息子の入学式の日にせいいっぱい着飾った母親であるわたしを、この晴れの場にはふさわしくない、忌まわしい存在と見なしていた。ひとりひとりの目を見ればそれはわかった。口をひらけばみな大声だった。その場でわたしに平常心で接してくれたのは、職務にあたる警察官を除けば、くじゅうろさんと、くじゅうろさんのお母さん以外いなかった。

まわりにひとが集まってくる前、たぶんほんの十分ほど前だと思うのだが、くじゅうろさんのお母さんは、落ち着いた声で、わたしに最初にこう言った。赤の他人が口出しすることではないとわかっています。

「でも、見て見ぬふりをして、このまま二階の教室に上がるわけにもいかないんです。いまここで、少し話を聞いてください、たっくんのお母さん」

たっくんのお母さん。

そう呼ばれたわたしは、すぐにも二階に上がって一年二組の教室を覗《のぞ》きたいと逸《はや》る気持ちを抑えた。わたしが名乗ったわけでもないのに、このひとは、わたしのことを知っている。このひとのする話がどんなものであろうと、聞くべきなのだとわたしは思った。これから起きることをさっきから予感していた、これがそのうちの一つなのだと。

いまここで、と彼女が言ったのは、階段の上り口を素通りしたさきの、人気《ひとけ》のない廊下だった。そこで新入生のくじゅうろさんと、わたしと、くじゅうろさんのお母さんと、三人で立話のかっこうになった。傍目《はため》にはどんな話をしているように見えただろう。教室への案内役についていた上級生の男子児童は、くじゅうろさんのお母さんに言われてそのときはもう受付のほうへ戻っていた。そこに立っていたのはわたしたち三人だけだった。

くじゅうろさんのお母さんは、話の途中で視線をそらしたり、言葉を飾ってごまかしたりは一度もしなかった。見て見ぬふりはできない、と彼女が言ったのは決してきれいごとなんかではなかったと思う。

彼女のほうが背が高いせいで、やや見上げて目を見合わせていたのだが、何回か視線をそらしたのはわたしのほうで、上向きの角度のまま目をおよがせた方向、廊下の壁の高いところに細長い窓が切ってあって、そこに真っ青な空を背景に、のどかな春景色が映っていた。白い雲のきれはしと、桜の木の梢《こずえ》が。

「さっき受付であなたが話しているのを聞きました」

と彼女は率直に話し始めた。

「たっくんのお父さんが先に二階の教室に行って、お母さんが来るのを待っていると、受付のひとが応《こた》えるのも聞きました」

「ええ」その通りなのでわたしはうなずいた。「そうなんです」

でもこのひとは、受付でのやりとりは別にして、とっくにわたしのことを知っているのだと、わたしにはわかっていた。

くじゅうろさんとわたしの息子の拓は幼稚園からの同級生で仲良しなのだし、三年前の秋には、わたし自身、くじゅうろさんとじかに言葉をかわした。まだ四歳だったくじゅうろさんは、あの日、路上でわたしがパトカーに乗せられ連れて行かれるのを見ていた。その娘の母親であるこのひとは、初対面のわたしの過去をかなりのところまで、たぶん拓の父親との離婚だけではなく、離婚にいたる事情までふくめて、知っているだろう。知ったうえで、この話を切り出している。

次に彼女が何を言うのか、わたしはもう覚悟ができていた。

「ちょっとした勘違いがあると思います」

と彼女は言った。

「受付の男性のかたにも、それから、申し上げにくいのですが、あなたにも」

「そうなんですね」

「ええ。受付のかたがおっしゃった『お母さん』というのは、あなたとは別の女性です。ここに来る途中、私は、そのひとと校門の前で会ってご挨拶《あいさつ》しました。薬局に用事ができたとかで急いでおられました。二階の教室でたっくんのお父さんが待っているのは、そのひとのことだと思います」

「でも、今朝」とわたしは言った。

きょう初めて会ったひとに言っても仕方のないことなのに、なぜか言わずにはいられなかった。

「成田で電車に乗るまえ、知らない番号から電話がかかってきたんですよ」

「……それが?」

「電話には出なかったけど、あとになって、誰かが、入学式に呼んでくれているのかもしれない……そんな気がしたんです。きょうだけ、特別に、息子に会うのを許してくれるのかもしれない……やっぱり、あり得ないですよね?」

誰かが、と離婚した元夫のことを念頭に置いてわたしは言ったのだが、彼女はそれも正確に受けとめたようだった。

「それは……そこまでは、私にはわかりませんが、確実なのは、教室でたっくんのお父さんが待っているのは、たっくんの『いまのお母さん』のほうで、薬局から戻られるのをお待ちになっているのだと思いますよ」

たっくんのいまのお母さん。

聞きたくなかった言葉を単刀直入に突きつけられて、わたしはなすすべもなく笑顔をつくった。自分自身のおめでたい勘違いを笑ったつもりだったのだが、頬がひきつって、醜い笑顔に見えたかもしれなかった。

「じゃあわたしは、教室へは行かないほうがいいですね。わたしはここで帰ったほうがいいですね」

「はい今日のところは」

くじゅうろさんのお母さんは迷いなく冷静に答えた。

「教室でふたりのお母さんが鉢合わせしたら大変です。だからいまのうちに。まわりがあなたのことに気づいて、騒ぎにならないうちに」

「ねえママ?」とくじゅうろさんが初めて声を発した。

くじゅうろさんのお母さんはその声を無視した。

片手に提げていたレジ袋の中から早くもわたしの履物を取り出して、廊下の奥を示すと、

「あそこにドアが見えるでしょう、校舎の裏庭に出られます、いまなら間に合います、たっくんも、たっくんのご両親もまだ気づいていないし、私と娘が黙っていれば、あなたはここに来なかったことにできます」

「ねえママ」くじゅうろさんがねばった。「あたしが教室に行っててたっくん呼んでこようか、密《ひそ》かに?」

くじゅうろさんのお母さんは首を振った、きっぱりと。

「今日することじゃない。それに、密かにすることでもないよ」

それからわたしの手にわたしの靴を握らせた。千葉そごうの靴売場でこの日のために奮発したパンプスを。

「酷なようだけどそうしてください。入学式の日に、教室でトラブルが持ちあがるなんて論外だし、そうでなくても、あなたがここにいるのを見つかっただけでも問題になるかもしれません。学校側の立場からいえば、早い話、受付で嘘をついて校舎に侵入しているわけですから」

「わたしが？」

くじゅうろさんのお母さんは目を逸《そ》らさなかった。

「わたしは嘘は、ついたおぼえはないです」

「ええもちろん、わかります。さきほど電話のお話もうかがったし私は事情を理解できます。でも受付のひとはどう思うでしょう。薬局で用事をすませたお母さんが戻られて、受付であなたのことを聞かされたら？　ね、最悪の事態は避けましょう。子供たちのせっかくの入学式がだいなしになってしまう。そんなことあなたも望まないでしょう？」

これが決しておためごかしの説得でないことはわかっていた。子供たちの入学式がだいなしになる、という言い方がわたしにはいちばんこたえた。いや、いちばんこたえたのはやはり「たっくんのいまのお母さん」という飾り気のない言葉だった。そのひとことであらかた心が折れかけていた。

でもそれでもまだこのときのわたしにはあがいてみる余力があった。この状況を完全には受け入れ難かった。嘘つき呼ばわりされて自分の顔が紅潮しているのがわかった。心臓の鼓動が速まり、内側から胸をたたく痛みも感じた。

「裏口から出るのは、出ます。ただ、そのあと式場のほうに行くのもだめですか。体育館に行って、息子の入学式を、離れたところから見守るだけでもできないでしょうか」

わたしがそう訴えると、くじゅうろさんのお母さんは言葉に詰まった。明らかに困惑の表情を目に浮かべた。

ところがそのすぐあと、わたしは驚いたのだが、彼女はさらに厳しいことを言った。

「それもおやめになったほうがいいと思います。受付で嘘をついている以上、校内のどこで見つかっても問題になるのは同じです。体育館でもし騒ぎが起きたら、入学式がだいなしになるだけじゃなくて、あなたが悪者になってしまう。学校に警察が来て、たっくんの入学式の思い出としてもそれが残るんですよ?」

「たっくんママ!」

くじゅうろさんがわたしを呼んで、顔を仰向けてわたしの肘《ひじ》に手をかけた。

「やめなさい」とくじゅうろさんのお母さんが言ったが、くじゅうろさんはやめなかった。

「たっくんママ、たっくんに会わせてあげるよ、さきが、今日じゃなくて、こんどね」

「やめなさい」くじゅうろさんのお母さんが娘を叱った。「そんなことはできないよ。隠れてそんなことするのは悪いことだよ」

「じゃあタカラベさんに頼んであげる、さきが」

わたしが唇を噛《か》んで見返すと、

「ママの弁護士だよ」とくじゅうろさんが言った。「タカラベさんは女の味方なんだよ」

くじゅうろさんのお母さんが大きなため息をついた。それから娘を脇へ押しやり、わたしの腰にてのひらを添えて力をこめた。

「行ってください。あなたのためなんです」

わたしは抵抗する力もなく前へ何歩か進んだ。

いちど振り返ると、だいじょうぶだよ、まかしといて、そんな感じでくじゅうろさんがうなずいてみせた。真新しいランドセルの左右のベルトをつかんで、肩をひと揺らししながら。

でもぜんぜんだいじょうぶではなかった。

前にむき直って歩き出したとたん、廊下を走ってくるゴム底靴とスリッパの重なった足音がした。そして男性の怒声がわたしの背中に殴りかかるように飛んできた。

2

あの女だ、と後ろから男のひとりは叫んだような気がする。

ハンドバッグを提げた左手と、パンプスを指にひっかけていた右手をかき寄せて肩をすくめて振り向くと、大口をあけた男の顔が目前に迫っていた。身をひるがえすひまもなかった。男は走ってきた速度をゆるめず、わたしの二の腕をすくい取るようにして、そのまま惰力で何メートルか廊下の奥へとわたしを引きずりこんだ。あの女だ、という声を聞いていなければ、このひとはわたしを連れて一緒に裏口から逃げようとしているのではないかと勘違いしたかもしれなかった。それほどの勢いだった。

逃げるな、と男はわたしに命じた。右肘をぎゅっとつかみ直して命じた。自分が裏口のドアの方向へひっぱっておいて、逃げるなと言いがかりをつけるのが人をおとしいれる罠《わな》のようで、わたしは腹を立て、投げやりな気持ちで腕を振り払った。男の手が離れた。同時にパンプスもわたしの手を離れ一つは宙を飛んで廊下の壁にあたって落下した。もう一つはなぜか足もとの床に落ちた。そっちは男の顔にあたればよかったのにとそのときは一瞬思った。でもあとから考えれば、もし男の顔に命中していれば治療費とか慰謝料とかもっと面倒なことになっていたかもしれない。

男がまたわたしの腕を取った。わたしはまた振り払った。乱暴はやめてください、とくじゅうろさんのお母さんが言った。この女は不審者なんですよ、ともうひとりの男が言った。いいえそのひとは不審者なんかじゃありません、とくじゅうろさんのお母さんが言った。

「受付で他人の名前をかたって校舎に入り込んだんですよ」

「他人の名前？　そのひとは何と名乗ったんですか」

「自分は田中拓くんの母親だと名乗ったんですよ」

「そのひとは田中拓くんの母親です」

「え？」

そこへ女性が三、四人ばたばたと駆けつけた。そのうちひとりはマスクをしていた。年齢不詳の女性で、マスクのほかに珍しいかたちの眼鏡もかけていて、あとで聞いたところでは花粉症対策ということだった。そのひとがわたしの息子の新しい母親だった。

彼女はマスク越しに悲鳴をあげていた。拓は？　拓は？　と誰にともなく叫ぶのだが、最初のうちその声がタクワン？　タクワン？　と聞き取れたのはわたしだけではなかったはずだ。田中拓くんは教室ですよ、だいじょうぶお父さんと一緒です、二階にいます、と誰かが教えて彼女を遠ざけた。そうしなければ彼女はタクワンと叫びながらわたしに突進していたと思う。彼女を遠ざけたのはくじゅうろさんのお母さんかもしれなかった。わたしも腹を立てたり、投げやりになったり、怯《おび》えたり、悲しんだり、だいぶ混乱していたのでそのへんを正しくは思い出せない。

「田中拓くんのお母さんはいまのマスクのかたでしょう」

「ええいまのマスクのかたもそうだし、そのひとも田中拓くんのお母さんです」

「何を言ってるんですか」

「話は複雑なんですよ。この学校の新入生たちが全員、シンプルな家庭の子供とは限らないんですよ」

「もうけっこう。話が複雑ならその話は警察にしてください」

足もとに落ちていたＤＩＡＮＡのパンプスをわたしが拾いあげるうちにも新たにひとり、ふたり、三人、四人とまわりの人数が増えていた。このままでは廊下の一角がカオスを呈しそうだったが、わたしにはどうしようもなかった。自分からどうする気持ちもわかなかった。警察は、と誰かが言った。通報したの？　しました、と複数の声がそれに答えた。不審者という言葉が再び聞こえた。そうではなくて、そんな大それたことではなくて、という声も、そんな大それたことでなければ何なんですか、という声も、たんなる話の行き違いなんです、落ち着いてください、はいみなさんいったん落ち着きましょう、という声も耳に入った。

男はもうわたしの身体には触れなかった。わたしがその場から逃げる意志をみせなかったので、近距離をたもち、鼻息を荒くしながら監視するだけだった。わたしもできれば落ち着きたかった。

けれど動悸《どうき》をしずめるため胸に手を置こうとして思わず、上着の胸もとにピンで留めたコサージュをぎゅっと握りしめたりもした。ふと気づくと、顔の高さに何かが差し出されていて、じっと見るとそれはさっき拾いあげたＤＩＡＮＡの行方不明の片方だった。見つけて持ってきてくれたのはくじゅうろさんで、たっくんママ、ね、タカラべさん呼ぼうか？　と彼女は囁《ささや》き声で訊《たず》ねた。わたしは気持ちが沈み込んでしまい、どんな答えも返せなかった。

それからしばらくして教務主任とか、教頭とか、そのくらいの責任ある立場にありそうな学校側の背広姿の男性が、両手をメガホンにして、みなさん、ご安心ください、ここはおさまりました、心配されるようなことは何事も起きておりません、もうじき体育館のほうで入学式が始まりますのでお急ぎくださーい、などとアナウンスをした。なぜここはおさまりましたと言えるのかというと、いつのまにか静かに警察が到着しているからだった。

廊下に残っているのは、制服警察官を別にすれば、最初にわたしの腕をつかんだ男性教員と、教頭先生っぽいひとと、あとはわたしとくじゅうろさんのお母さんだけだった。娘のくじゅうろさんは二階の教室にあがったのか、それとももとっくに式場の体育館に移動したのか姿が見えなかった。

「このかたは不審者なんかじゃありません。新入生の、田中拓くんのお母さんです、今日は息子さんの入学式を見学に来られただけなんです。私がたまたま受付で一緒になって、履物をお預かりして中へお誘いしたんです。最初から校舎に侵入しようとか、そんなおつもりでいらしたのじゃなくて、むしろ余計なお節介をしてしまったのは私です」

そんなふうなことを二人の警察官にむかって一人で喋《しゃべ》っていたのはくじゅうろさんのお母さん

だった。むしろと言えば、それはむしろわたし自身が自力で試みるべき弁解だったと思う。けれどわたしはそうする気力に欠けていた。

わたしたちは廊下のずっと奥まった場所に隔離されていて、青い制服の警察官がもう二人、わたしの目の前にいた。うちひとりはトランシーバーを手にして外部の誰かと連絡を取っていた。このような状況は初体験ではないので、これから自分がどうなるか、どこに連れて行かれるかは想像がついた。

くじゅうろさんのお母さんの弁護もむなしく、わたしは二人の警察官にうながされ、人目を避けるように裏口から連れ出されて、そして結局パトカーに乗せられた。

3

成田の自宅に帰り着いたのは夜だった。

夜でもなんでもその日のうちに自宅に戻れたのは、有言実行のひと、自分が見たものを決して「見て見ぬふりのできない」くじゅうろさんのお母さんのおかげだった。

パトカーに乗せられて連れていかれたさきは、わたしの想像とは少し違い、近所の交番だった。すぐにも手錠をかけられて警察署に連行され、息苦しい小部屋で取り調べをうけることや、いっそ鉄格子の牢屋《ろうや》に入れられることまで覚悟していたのに、そうはならなかった。わたしは大きな窓から光の差し込む風通しのいい交番で椅子を勧められ、聴取をうけた。年配の警察官に甘いコーヒーも出してもらった。

その一杯のインスタントコーヒーですら、くじゅうろさんのお母さんのおかげ、というか彼女があの騒ぎの中でわたしをかばう証言をして、その証言が功を奏し、警察官の態度を軟化させた成果だと思えないこともなかった。もちろんそれはわたしの思い込みかもしれない。警察がそんな情で動かないことはわたしも知っている。その交番には、交番に来たひとには誰にでも甘いコーヒーを出す習慣があったのかもしれない。でもたとえそうだとしても、コーヒーはわたしの思い込みで警察が情にほだされるお人好《ひとよ》しでないにしても、最終的に警察が、自分たちが介入する事件ではないという判断にいたったのは、ぜんぶくじゅうろさんのお母さんのおかげだったと思う。

それにしても時間はかなりかかった。

交番のパイプ椅子にすわらされての聴取は、わたしがすっかり無気力になっていたせいで捗《はかど》らなかった。名前や生年月日や、住所や勤め先まではぽつりぽつり答えられたけれど、それ以外のこと、わたしの取った行動、早朝に予約した美容室で髪をセットして、成田から電車で来た理由、目的、という話になると、そんなものは「たっくんのいまのお母さん」の登場ですっかり意味を失ってしまったような気がして、聞かれているのは自分自身のことなのに、話そうとしても話す言葉に気持ちがこもらなくて困った。自分が困るだけでなく、相手を困らせていることもわかった。わたしは何度も、犯行を黙秘する犯人のような気持ちになって押し黙った。

一方で、これは半分以上わたしの想像まじりだが、入学式がとどこおりなく終了したあと、くじゅうろさんのお母さんは再度学校側と、田中家側に——わたしの元夫と、その新しい妻とに——働きかけてくれていた。具体的には、警察のひとに喋ったのと同じ証言を繰り返して、辛抱強く説得につとめた。そのために彼女は知り合いの弁護士を助っ人《すけと》に呼んでいた。

日が暮れる頃、彼女はその弁護士さんと学校側の責任者を従えて交番に現れ、わたしを救い出してくれた。田中家側の人間は来なかった。その時刻にはわたしは、長時間椅子にすわっていたせいでめまいがしたので、交番のひとに勧められて奥の畳敷きの休憩室でずっと横になっていたのだが、起こされて出ていくと、そこにいるみんなが肩の荷をおろしたような柔和な顔をしていて、すでにわたしの無罪放免は決定していた。

帰り際に、年配の警察官が、このひとはお昼を何も食べていないと気遣う発言をして、すると見て見ぬふりのできないくじゅうろさんのお母さんが一緒に食事に誘ってくれた。わたしはワガママを言える立場ではなく、厚意を無下にはできないとも思い、言いなりに彼女についていった。途中で学校側の人間はいなくなって、彼女と弁護士さんと三人でファミレスのような店に入った。

でもわたしは食欲はなく、ものを喋る元気もなかった。あまりにも言葉数が少ないのをたぶん見かねて、元気づけるために彼女たちは、わたしが息子の拓と会えるように田中家側と交渉する余地はまだあるとか、そんな話をしてくれた。今日の今日なので、いますぐに先方に交渉を持ちかけるのは得策ではないにしても。

わたしはその話を聞いても嬉《うれ》しくなかった。なぜかわからないけれど、少しも心が弾まなかった。わたしが黙ってうつむいていると、彼女たちは食事を続けながら、気詰まりを避けるように次々に話題を見つけて話しかけてきた。それが時間が経つにつれ、だんだんと、彼女たちふたりだけに共通の、わたしにはわからない話題に移っていった。真っ白なお皿に色彩のめりはりのついたパスタを一口、二口、むりやり口に押し込んで咀嚼《そしゃく》しながらわたしは彼女たちの話を聞くともなく聞いていた。ほとんど聞き流していたのに「温泉」と「旅館」という単語が耳にとまり、「仲居さんの高齢化」の話になり、どこの温泉の話だろうと聞いているうちに、箱根《はこね》温泉の記憶が頭に浮かんだ。元の夫と、車で、いちどだけ箱根まで遠出したことがあった。ホテルの露天風《ぶ》呂《ろ》から芦《あし》ノ湖《こ》が見えた。次に来るときは家族三人だ、と夫は言い、そうだね、とわたしも言った。昔は本当にそう思っていた。昔といってもほんの七年とか八年とか前の話なのだ。

食事が終わり、レジの前で誰が支払うかで少し手間取り、そのときそこが雰囲気のあるイタリアンのお店だと気づいた。さっきまですわっていた隣のテーブルに家族連れがいたのでファミレスだと思い込んでいたのかもしれなかった。いちばん食べた自分が、と言い張って支払いはくじゅうろさんのお母さんが済ませた。外に出ると弁護士の財部《たからべ》というひとが挨拶をしていなくなり、わたしとくじゅうろさんのお母さんとふたりで駅まで歩いた。

くじゅうろさんのお母さんもお疲れなのに、このうえ駅まで見送っていただけるんですか？と聞くまでもなく、彼女がそのつもりでいるのはわかったのでわたしは黙って一緒に並んで歩いた。娘のくじゅうろさんをひとりにしてだいじょうぶなのかと、それも気にはなっていたけれど、このひとに母親として手抜かりなどありそうもなく、わたしが心配することでもないので口にはしなかった。

駅で別れ際に、市木さん、と彼女はわたしの苗字《みょうじ》を呼んで、たいへんな一日でしたね、今夜はゆっくり休んでね、と優しい言葉をかけた。疲れてるときにくよくよ考えても良いことはないからね。

わたしは丁寧にお辞儀をして駅の構内へ歩いていった。

それからしばし記憶が途切れ、改札口手前の、乗降客の雑踏の中にわたしは立っていて、気がつくと、彼女がふたたびそばに寄り添い、市木さんと呼びかけていた。彼女はわたしの手に電車の切符を握らせてから、ちょっと電話を貸してください、と言った。

「きょうは名刺をうちに置いてきたから、電話番号をここに入力しておきますね。相談したいことがあったらいつでも電話してください。どんな小さなことでも、遠慮はいらないから。ああ、といっても保険の勧誘ではないから、市木さんをうちの保険に加入させたいとか、そんな下心で言ってるのではないから、安心してね」

「保険?」

「……ああ、いえ、いいんです。深く考えないで。保険とか下心とか、余計なことを言っちゃいました。自分では冗談のつもりで。きょうはほんとに、帰ってゆっくりからだを休めてください」

わたしはもういちど深くお辞儀をして、彼女に見守られながら改札を通った。

成田にむかう電車の中で電話を見ると、くじゅうろさんのお母さんの名前は「久住呂《くじゅうろ》百合《ゆり》」と漢字で登録されていた。そうか久住呂百合さんは保険会社に勤めているのかとわたしは思った。きっとその仕事の話は、彼女がし忘れていたのではなく、わたしが聞き流していたのだろう。髪型がショートという以外、顔もよく思い出せないのに、名前のとおり百合の花のように大振りできれいなひとだと印象に残った。

4

一晩ゆっくりからだを休めても気力は戻らなかった。

翌日は仕事にも出ず、ベッドで毛布にくるまって蓑虫《みのむし》のように過ごした。蓑虫のように、というのは自身の姿を客観的にそう見なしたわけではなく、毛布の折り込み方とか工夫して積極的に自分を蓑虫に寄せてみた。夕方までじっとしていると、おなかが鳴る音がして、ようやく空腹をおぼえ、ご飯を炊いてありあわせのものを食べた。あくる日も同じだった。そのあくる日も一日一食の似たような日を送った。四日目にとうとう買い置きの卵もつきて、お米以外に食べるものがなくなったのでご飯にゴマ塩をふって食べた。

わたしはご飯にのりたまやゴマ塩をかけて食べるのがけっこう好きだ。だからその食事がみじめだというのではなかった。ただ、食べている途中で田中家の食卓を思い出して気が滅入《めい》った。

警察官だったわたしの元夫は、白いご飯にふりかけがないと気がすまない男だった。それは子供のころからなじんだ癖で、もともとは母親の食習慣を受け継いでいた。彼の母親はご飯にふりかけ、あとはお味噌汁《みそしる》とお漬け物があればそれでじゅうぶんという粗食のひとだった。そんな話を元夫はわたしに聞かせた。そしてわたしが夕食に揚げ物をしても肉を焼いても魚を煮ても、どんなおかずのときにも必ずシメはご飯にふりかけをかけて食べた。

そんな元夫と何年か夫婦で暮らすうちわたしもふりかけ党になっていた。いつのまにか、食卓に何かしらふりかけがないと物足りなさを感じるようになっていた。つまりいま、白ご飯にゴマ塩をかけて食べているわたし、その夕食がとくにみじめだとも思わないわたしは、知らず知らずに田中家の食習慣を引きずっているのだ。離婚した夫にはもう未練などないはずなのに、じつは元夫の好みを真似ながらご飯を食べて生きているのだ。と、そんなふうに考えて気が滅入った。

明日は蓑虫をやめて外に出よう。スーパーへ行って卵と肉と野菜を買おう。ふりかけ売場で立ち止まるのは今後はやめようと心に誓い、その晩、自分にカツをいれてお風呂に入った。ところが濡《ぬ》れた髪にドライヤーをあてているときも、ベッドに入ってからも、元夫の古い思い出が頭につきまとって離れなかった。

七年前、いや八年前になるのだろうか、元夫をわたしが「てっちゃん」と愛称で呼んでいたころ、わたしたち夫婦は、やがて産まれてくる子供のことを考えて新車を買い、その新車にお祓《はら》いをしてもらうために箱根までドライブした。車を買い替えたのならお祓いをしたほうがいい、どうせするなら箱根にいい神社があると警察の上役のひとに強く薦められて、夫もわたしもその気になったのだ。神社の拝殿で畏《かしこ》まり頭《こうべ》を垂れ、神主さんのあげる祝詞《のりと》を聞き、車よりさきにわたしたち夫婦がお祓いされるかっこうになって、白いヒラヒラのついた棒を頭の上で振り回された。神主さんの声はクラクションの音色に似て高く、よく響きわたった。わたしは笑いを堪《こら》えるのに苦労した。隣を見ると夫も少し苦労していた。笑うのは不謹慎だとわかっていても、神主さんの口にする古風な言い回しはどうしてもおかしかった。

でもその古風な言い回しは、具体的には一つも思い出せない。いまもずっと忘れないでいるのは、おかしくもなかったのに、なぜかそのとき印象に刻まれたらしい「東へ西へ」という神主さんの言葉だった。

東へ、西へ、どこへ行っても、遠方であっても安全に車を走らせることができるようにと神主さんは祈ってくれたのだと思う。あとになって、でも東へ西へとそんなにあちこち走り回ることはないよね？　とわたしは夫に言った。わたしもてっちゃんもそんなに遠い所には行かないし、行ったり来たりもしないよね？　うん、まあそれはそうだけどさ、東の方角も西の方角も、きちんとお祓いしてもらったからこれで安心だよ。てっちゃんはそう言った。今日だって日本地図でいえば千葉から西へ走ってきたんだし、明日は箱根から東へ戻るんだし、日本中どこへ行こうとこれで安全なんだよ。俺たち夫婦も、産まれてくる子供も。

それから何週間もしないうちに晴子伯母《おば》さんが亡くなった。

報《しら》せをうけてわたしたち夫婦は葬儀に駆けつけた。わたしの生まれ育った土地へと房総《ぼうそう》半島を南下した。東へ西へのお祓いをうけた新車で。

そしてその夜。

あの激しい雨の夜。

帰り道で、わたしはひとを轢《ひ》いた。

……あのとき、とわたしは急に思った。あのときわたしは千葉県の地図でいえば方角的には北へ向かって運転していたのではなかったか。神主さんは東へ西へ安全に、とは言ったけれど、北へ南へとは言わなかったんじゃないか？　北と南はお祓いされず、そっちの方角の安全は保証されていなかったんじゃないのか。もし北と南もお祓いしてもらっていればあの事故は防げたんじゃないのか？　……事故からもう何年も経っているのに、初めてそんな奇抜な考えが頭に浮かんで、考えるうちに目がさえて眠れなくなり、とくに何が悲しいのか自分でもよくわからないまま涙がこぼれた。

朝になってもわたしはベッドで毛布にくるまっていた。つけっぱなしの蛍光灯を起きあがって消すのも億劫《おっくう》だった。外は春の雨が降っていた。とろ火でぐつぐつ鍋《なべ》が煮えるような雨音が聞こえていた。着替えて外に出る気力はわかなかった。でも夕方になると小腹がすいて、結局その日も残りのご飯にゴマ塩をふりかけて食べた。

5

気力がわかないのは、もはや息子に会う意義を見出《みいだ》せないからだった。対面した息子に、たく、わたしがお母さんだよ、と念願の一言を口にできたとしても、それはもうわたしの自己満足に過ぎないと思えるからだった。なぜなら夫は再婚し、息子には新しい母親がいるからだ。入学式前と状況はすっかり変わってしまった。いまさらわたしがのこのこ出ていって息子にしてやれることは何もないのだ。ふりかけ好きの父親を持つ息子は、新しいお母さんからご飯にのりたまをかけてもらって食べるだろう。

わたしが息子の拓と会えるように田中家側と交渉する余地はまだある、というような話を久住呂百合さんはしてくれたけれど、たとえそれが可能だとしても、交渉して仮に会えたとしても、息子はおそらく喜ばないだろう。突然ふたりめのお母さんが現れたら、幼心にただ戸惑うだけだろう。会っても喜ばない息子を見て、わたし自身、喜べるはずもないだろう。

息子を惑わせないために、幼い心をかき乱さないために、わたしは彼から離れているべきではないだろうか。むしろいまいる場所から遠ざかるべきではないのだろうか。

栃木の刑務所から仮出所したとき、元夫に言われた言葉をわたしはまだ憶《おぼ》えていた。彼はこう言った。

「母親が犯罪者の子供と、母親に死なれた子供と、どっちがより不幸か、考えてみろ。これから子供が成長して、社会に出て生きていくうえで、どっちが彼の障害になると思うか、よく考えてみろ」

よく考えて、わたしは死んだ母親になるべきかもしれない。

その選択が正しいような気がした。元夫に面と向かって問われたとき以上に、いま、息子に新しい母親がいると知ったいま、わたしにはその選択が正しいことに思われてならなかった。

このまま、いまいる場所、息子のいる千葉市内からさほど遠くない場所をうろうろして、いままでと同じように生きていけば、いつの日かまたわたしは警察の厄介になる。怖れと区別のつきにくいそんな予感があった。拭《ぬぐ》っても拭っても拭い取れない腋汗《わきあせ》のような感触の、じっとりと肌にまとわりつく嫌な予感が。息子の顔見たさに何かひとつ事を起こせばそのたびにパトカーがやってくる。わたしはこれまで三回パトカーに乗った。そのことが繰り返される。それがわたしの人生になる。わたしはパトカーに乗り慣れた老人になどなりたくないし、そんな母親の姿を息子に見せたくもなかった。そんな母親が自分の産みの母親だと知られるべきではなかった。

母親として、息子にしてやれることはほかにある。

母親として、わたしが息子のためにできるのは、死ぬことだ。

死んだ母親になることだ。

わたしは結論に達して気が逸《はや》った。心臓がトクトクと音をたてているのを聞くといっそう急《せ》き立てられるような気持ちになった。携帯電話を探して狭い部屋をひっかきまわし、入学式の日に着たワンピースと一緒に洗濯に出すつもりで隅に放ってあった上着のポケットの中で眠っているのを見つけた。起こして画面を見ると時刻は九時だった。朝の九時ではなく夜九時なのは確かだったが、いつの九時なのか、入学式の日から今日で何日経っているのかはわからなかった。

電話の着信が何件もあった。未登録の番号から一件。あとはすべてイオンモールの勤め先のお店のひとからだった。わたしは何日無断欠勤したのだろう？　慶太くんからの着信はなかった。鶴子からもなかった。きっとかかっているだろうと期待していた久住呂百合さんからもなかった。

未登録の番号は、入学式の日の朝にかかってきたのと同じ番号のようだった。わたしは折り返しかけてみるか、それともその場で削除するか、迷った。どっちもできなかった。いったいこの番号は誰なんだろう？　と苛立《いらだ》ちながら数秒迷い、その苛立ちを指先にこめて「誰？」という名前で登録しようかとも思った。でもそんなのは後回しにして久住呂百合さんの番号に電話をかけた。

この数日、久住呂百合さんのことを、曖昧《あいまい》なまま白百合のような雰囲気のひととして思い描くことがあった。思い描いては、なぜ彼女は赤の他人のわたしにあんなに親切にしてくれたのだろうと疑問を持った。するとその疑問に、彼女自身が即座に、あたりまえのことだと言わんばかりに答えた。

見て見ぬふりはできません。

それは平凡な言葉だった。平凡だから言うのは簡単で、行うのも簡単なはずの言葉だった。目の前で起きている出来事、目の前で困っているひと、目の前で助けを必要としているひとを、見て見ぬふりはできない、だから見て見ぬふりはしないというのは、誰に言われるまでもなくひととして当然のふるまいだった。でもその当然のふるまいが、ときとしてひとには難しいのだということをわたしは深く身に染みて知っていた。わたしは車で撥《は》ねたひとを見殺しにした。車の外に出て、そのひとに駆け寄るべきだったのに、怖くて見て見ぬふりをした。わたしはひととして当然のことを当然に行わなかったがゆえに、人生を踏み外してしまったのだ。

電話は呼び出し音が五回鳴り続けてもうつながらないかと諦めかけた直後につながった。呼び出し音を聞いているうちに、わたしは久住呂百合さんの平凡な言葉を信頼する、というより彼女の人の好さにつけこむような疚《やま》しさを感じ始めていた。でも相談相手は久住呂百合さんしかいなかった。入学式の日わたしの身に起きたことをいちばん近くで見ていたひとは彼女で、いまのわたしの窮状を理解してくれるのは彼女以外にいなかった。

電話に出たのは、久住呂百合さんの娘だった。

「たっくんママ?」さきちゃんが言った。「元気?」

「うん、元気だよ」わたしは焦《じ》れったい気持ちをおさえた。「ママは?　ママとお話があるから、そばにいたら代わってくれる?」

「ママはいまお風呂だよ」

それでかなり気勢がそがれた。

しばらく黙考したあと、ねえ、さきちゃん、とわたしは拓のことを質問してみたくなった。もしかして、たっくんは、ご飯にふりかけかけて食べるのが好きなんじゃないかな。ちがう？　幼稚園のお弁当の日には、ふりかけのかかったご飯を持ってきてたんじゃない？　たぶんおばあちゃんに作ってもらったお弁当を。でもそんな話をして何になるだろう？

「ねえ、さきちゃん」とわたしは言った。「お風呂からあがったらママに伝えて、市木さんが至急電話を待っていると」

「しきゅう？」

「至急よ、ママにそう言えばわかるから」

充電器に電話をつないだままじりじりと待っていると、久住呂百合さんは三十分もしないうちに折り返しかけてきた。正確には二十八分後だった。萎《な》えかけていた気持ちをわたしは奮い立たせて喋った。

（おりいってご相談があるんです）

（はい何なりと）

そういった前段のやりとりは、わたしひとりで頭の中ですませていたので省いて、用件から入った。

「久住呂さん、わたしを、久住呂さんの会社の生命保険に入れてください。どうかよろしくお願いします」

久住呂百合さんはすぐには返事をしなかった。えっ？　とも聞き返さなかった。

「それで可能なら保険金の受取人を息子にしたいんです。受取人の名義を田中拓に」

「さき、テレビを消して、歯をみがきなさい」

と言ってから久住呂百合さんの声はわたしのほうへ戻ってきた。「……市木さん」

「できますか？　もう親子ではないけれど、田中拓を受取人に指定することは可能ですか？」

「市木さん、こないだ私の言ったことを気にしてるの？」

「不可能でしょうか。許されないのでしょうか、別れてしまった息子を受取人にして母親が生命保険に入るのは」

「それは……別れたと言っても、市木さんの産んだお子さんなんだし、許されないことはないと思います、でも」

「良かった。では契約をお願いします。保険金の金額はどのくらいが適切かわかりませんが、多ければ多いほど、できれば一億円くらいのお金を息子に残したいんです」

久住呂百合さんがまた黙り込んだのでわたしは焦った。

「金額は久住呂さんにおまかせします。とにかく契約の手続きをお願いします。それとじつはもうひとつご相談があって」

「市木さん、あのね、こういう話は電話じゃなくてじかにあなたのお顔を見て……もうひとつ相談があるの？」

「はい」

「何でしょう」

「こないだお話しになっていた働き口をわたしに紹介してください」

「えっ？」と久住呂百合さんは言った。

「あのお話はわたしに向いてると思うんです」

「そんな話をしましたか？　私が？」

「ええお知り合いの弁護士のかたと三人でパスタをいただいたときに、箱根の旅館で人手を探していると」

「箱根？」

「ああ箱根ではなかったかもしれません、どこか東京よりも西のほうの温泉地の、旅館の」

「それは財部さんが言ってた話ね？」

「……そうかもしれません」

「財部さんのダンナさんの親戚《しんせき》の話ね。従業員が高齢化して若い働き手を求めてるって話でしょう、確かにそんな話は出ました。でもそれは箱根じゃなくて、石和《いさわ》よ？　箱根より遠いよ？　山梨県の石和温泉。財部さんのダンナさんがそこの御出身だから」

「石和温泉は、箱根温泉よりもっとずっと西の方角ですか？」

「方角？　どうかな、ずっと西かどうかは知らないけど、ちょっとは西になるかも、山梨県だし」

「山梨県といえば、富士山《ふじ》ですね」

「まあ、それはそうなりますね」

「ぜひそこで働かせてください。久住呂さん、こう見えてわたし船堀のスーパー銭湯で働いてたことがあるんですよ。だからまったくの素人じゃなくて、そのときの経験を温泉旅館でも生かせると思うんです。久住呂さんから、財部さんに推薦していただけますか」

久住呂百合さんは珍しく言葉を濁した。

喋ることを喋ってしまうとわたしは気持ちが楽になった。今日までぐるぐる巻きにしていた毛布をいっぺんに放り出したようにすっとからだが軽くなった。ひさしぶりに未来への道がひらけたようだった。箱根よりもうちょっと西の温泉旅館で、仲居さんとして働くこと、働きながら生命保険の掛け金を支払うことが現実的な未来の選択に思えた。窓の外に富士山を見ながら襷《たすき》がけでお風呂場のタイルを磨くことのほうが、イオンモールのお店で家族連れの客を見るたび息子のことをくよくよ考えながらお給仕するよりもよほどやりがいのある仕事に思えた。

電話のむこうの久住呂さんは無口になり、わたしの本心を測りかねているようだった。聞きたいことがまだありそうだった。久住呂さん？　とわたしは急かした。お願いできますか？　とこちらから問いかけて、でも彼女の顔がよく思い出せないので、下を向いていた百合の花が気を取り直してしゃんとする様子を思い描きながら、わたしは彼女の返事を待った。

第五章（2019）

I

（お母さんがいまいるところは山梨県笛吹《ふえふき》市です。

あなたのいる千葉とくらべると小さい市ですが、笛吹市には温泉があります。

ブドウで有名な山梨県だからブドウ園もあります。ブドウ園ばかりではなく、モモ園もあります。それから方角をまちがえなければ富士山のてっぺんも見えます。

温泉の名前は石和温泉といって、旅館やホテルがたくさんあります。お母さんはそこで働いています。旅行で石和温泉に来たひとたちの接客をするお仕事です。毎日、髪を整えて、着物に着替えて働いていています。朝ご飯や晩ご飯をお給仕するときや、片づけ物のときは着物に前掛けをつけて働きます）

最初はそんなふうに書いてみたのだった。

コンビニで売っているキャンパスノートに、ボールペンで、息子にあてた手紙を書くようなつもりで、この町の様子や、新しい職場のことを毎日少しずつ書いていたのだった。

　でも長続きはしなかった。

　石和温泉で働き出した当初は、着物の着付けに始まり、お辞儀の角度や、挨拶《あいさつ》の声の大きさや、お客さまを案内するときの歩く速度や、朝食夕食の配膳《はいぜん》時の決まり事から何から何まで、新米が学ばなければならない作法や段取りが無数にあって、そのうえ、まごまごしているうちに五月の大型連休がやって来て、団体の予約客がどっと押し寄せてそれこそ目がまわるほど忙しかった。仕事を終えて寮のアパートに歩いて戻る頃にはもうくたくたで、書きものをする余力は残っていなかった。

　だいいち、息子に手紙を書くようなつもりといっても、書いたところで実際にその手紙を出すわけじゃない。出せもしないし、出したところで相手にされないのはわかっていた。本人の目に触れるまえに手紙は破棄されるだろう。仮に本人が手紙を見たとしても何のことか理解できないだろう。手紙を書いているお母さんとは誰のことか理解に苦しむだろう。

　そんなことはわかりきっているくせに、わたしは書きはじめてしまったのだ。息子とはできるだけ距離をとるべきだと自分で決めたことなのに、そう決めて再出発のためにここへ来たのに、新生活の開始と同時に、わたしは自分の身の上を、息子に語りはじめてしまったのだ。

　でも仲居の仕事を始めて十日も経つと、仕事疲れを言い訳に、わたしはズルをするようになった。ノートを取り出してページをめくるのも、ボールペンを握るのも億劫《おっくう》で、手書きの文章はやめてしまい、そのかわり、一日の終わりに、拓、と名前で息子に呼びかけるようになった。自分にしか聞こえない心の声で。そしてその日の出来事をざっと報告してから眠りにつくようになった。どうせ出せない手紙なら、ノートじゃなくてわたしの心の中に書きつけても同じことだろう。

(拓、お母さんは今日も朝六時半から頑張って働きました。着物の着付けにもだいぶ慣れました。ベテランの仲居さんに仕事の失敗を叱られることもめったになくなりました。中抜け、なんていう業界用語もふつうに使うようになりました。担当したお客さまから心づけというものを頂きました。千円だと思ってひらいたら、五千円札が入っていました!)

報告を終えると、わたしは毎晩安心して眠ることができた。

その習慣は長く続いた。

いまもずっと続いている。長く続けるうちにだんだんと、わたしは夜にかぎらず一日のいろんな時間に、息子に語りかける癖が身についた。朝起きたときに、お天気のことを話しかけたりするのはあたり前になった。勤務中でも、館内の廊下を早足で歩きながら、早足になっている理由を、

(お客さまの夕食の時間が十五分早まりました。調理場に伝えに行きます)

と自分でも確認がてら息子に教えたりする。また夜、帰宅途中にも、

(拓、お母さんはいまからコンビニに寄ります)

と呟《つぶや》いたりもする。

もちろん、そんな自分がバカらしく思えるときもある。

わたしは架空の母親を演じて満足しているだけじゃないか? 出産以来一度も拓という名前の息子とは会っていないのに。たとえ会いたくてもおそらく会うことはできないのに。法的にはわからないけれど、実質的にはわたしは彼の母親ではないのに。それなのにわたしは子を持つ母親

の顔をしたがっているだけじゃないのか。実の子と離れて暮らさなければならない境遇の母親の顔を。

でもたとえそうだとしても、いまさらどんな反省をしても、息子への語りかけは、もう長年の習慣として身についてしまっている。(お母さんがいまいるところは山梨県笛吹市です)と最初に書いたときから月日は流れた。その間、わたしは一日もかかさず、拓、と心に呼びかけながら生きてきた。息子のいる千葉県を離れて、初めての町で職を得て、毎月、息子名義の生命保険料の掛け金を納めながら、脇目もふらず今日まで働き続けてきた。たぶん息子の名を呼ぶこの習慣はあらためようがない。

(拓、早いもので、お母さんがこの石和に来てから三年が経ちました。正確に数えると、三年と二ヶ月です。

来月になって、梅雨があけると、あなたは十歳の誕生日を迎えますね。いまふと、あなたを産んだときのことを思い出しました。産室のベッドで何度か抱かせてもらったときのあなたの重さや、あなたの耳たぶの裏にホクロを見つけたときの驚きなどを。職場の更衣室で着物の帯を解きながら。

お母さんは、今日も朝から、中抜けの休憩時間をはさんで一日働きました。ずいぶん慣れたとはいっても、やはり仕事終わりには少し疲れています。

外は雨です。

お母さんは今夜、バイトに寄らなければなりません)

2

傘をさしてスタッフ通用口の外に出たところで、「市木さん」と後ろから声をかけられた。先輩の吉野《よしの》さんという人だった。傘をひらいてわたしに追いつくと、

「送ってあげるよ」と吉野さんは言った。「ダンナが迎えに来てるから、一緒に乗せてってあげる」

「ありがとうございます」わたしはとりあえずお辞儀をした。お客さまにするときよりも角度の浅いお辞儀を。それからちょっとだけ迷った。

「どうしたの。行こ」

「あの、吉野さん、わたし今日、杏《あんず》に出るんです」

「杏のバイト？　今日も？　稼ぐねえ」

そう言って吉野さんがさっさと歩き出したので、わたしは後を追った。

「ほんとは出る日じゃないんですけど、出る予定だった人が急に出られなくなったらしくて、ママさんに拝まれて」

「そう。じゃあ杏まで送ってあげる」

迎えの車はいつもの白い軽自動車だった。わたしは傘をたたんで後ろの席にひとりですわった。バイト先までは車で走ればものの三分の距離だけど、職場の先輩が「送ってあげる」と言うのだから固辞するわけにはいかない。固辞したせいで、あとで、お高くとまっていると陰口をたたか

れた人もわたしは見ている。もう辞めてしまった人だけど。

「稼ぐのはいいけど」と助手席から吉野さんが言う。「からだ壊しちゃうよ、あんまり安請け合いしてると。どっちの代役？」

「はい？」

「誰の代わりに出ろって言われたの。どうせあれでしょ？　コンパニオンやってる、ピンクの。あの年増《としま》の埋め合わせでしょ？　そんなのハイハイって引き受けてたら身がもたないよ。ちょっとは駆け引きもおぼえないと。時給だって、あとから入った市木さんがいちばん安いんだから」

わたしは何と答えていいのか迷った。ピンクコンパニオンという言葉は知っているし、わたしのほかに二人いるバイトのうち年上のほうの女性が、そう呼ばれる仕事をしているらしい話も聞いてはいるのだが、でも今夜、その人のズル休みのせいで急遽《きゆうきよ》わたしが呼ばれたのかどうかまではわからない。時給の格差のこともよく知らない。でも事情通の吉野さんがそう言うのだからたぶんそうなのかもしれない。

助手席で吉野さんは前を向いたまま、返事を待っている。

「すみません、ご心配かけて。でもだいじょうぶです。二時までにはあがる約束ですから」

「あしたは朝出なのに、寝る時間ないじゃん」

「三時間くらいは寝れます、だいじょうぶです」

「だいじょうぶ、だいじょうぶって、ちっともだいじょうぶじゃなかった人、何人も見てるけどね」

軽自動車はいちども信号にかからず、かなりのスピードで狭い道路を走り抜け、バイト先の

「杏」のあるネオン街の通りの入口で停まった。礼を言って車を降りようと、傘を手にしたところで、

「いけない、肝心なこと忘れてた」

と吉野さんが言った。

「市木さん、あなた今日、お客さんとなんかあった？　何か、失礼な口のきき方でもした？」

そう言われても、とっさに思い当たることはないのでわたしは黙っていた。

「夕方チェックインした十二名の団体さん、年配の、グループ旅行のわりにおとなしめの。その中のひとりが、夕食の宴会が終わって部屋に戻るときにね、あなたのこと訊《き》いてきた。廊下に出ていたあたしをつかまえて、宴会場で片づけしてる市木さんを指さして、彼女、名前は？　って。あたしが答えたらこんどは、地元の人？　彼女ここ長いの？　地元の人じゃないけど、どこの人かまでは知らない。長いのかどうかもわからないけどもう三年くらいだよね？　あたしはそう答えた。そしたら、ふーん三年か、三年間普通に働けてるの、彼女、ほかの人とうまくやれてる？　だって」

傘の柄を握ったまま、わたしはお喋《しゃべ》りの続きを待った。

「普通に働けてるのって、どういうことよ？　笑ってごまかすしかなかったけどさ、なんかひとりだけ浮いてるような態度、そのお客さんに市木さんが見せたのかな、それとも気にさわる喋り方でもしちゃったのかな、あたしはそんな心配したんだけど。どう、心当たりない？」

「担当のお部屋のお客さまですか」

「いいえ市木さんじゃなくて、担当はあたし。だからお部屋の案内のときじゃなくて、チェック

インのときにでも、ロビーでブドウ狩りのことを質問されたとかさ、たとえばだけど、たまたま廊下ですれ違って市内観光の質問を受けたとか、そんなことなかった？　そのとき急いでて、ついぞんざいな応対をしちゃったとか？」

「ないと思います。おぼえがないです」

「ああそう。だったら、何だったんだろ、あれ」

「逆じゃないの？」そのときまで一言も喋らなかった運転席のダンナさんが唐突に喋った。「市木さんは、お客さんに気に入られたんじゃないの。不快にしたんじゃなくて、逆に？」

それに対して吉野さんは、

「は？」

と驚き半分、不満半分の声をあげて、

「そんなことがある？　あるのかな？　……そういえば、市木さんの話のとき、そのお客さん妙にニヤニヤ笑ってたかなあ。あれはクレームじゃなかったのかな？　でも、それにしたって市木さんはそのお客さんと喋ったおぼえもないと言ってるんだし」

「たぶん見初められたんだろう？　顔を見ただけで」

「まさか」とわたしが半笑いで異をとなえると同時に、吉野さんが助手席で大きく身じろぎして、半身になって後ろを振り返った。車内のほの暗さの中で、一瞬光る目をして、わたしの顔をまじまじと見て、

「そうだよね。まさかね」

と言い残して、また前を向いた。そしてそれきり車内に沈黙が降りた。ほんの数秒だったが、

雨音を聞きながら、三人三様の考え事に沈むように。

「まあ、いいわその話は」吉野さんが結論を出した。「心当たりがないというなら、市木さんのその言葉、信じるわ」

わたしはどう応《こた》えようもないので黙っていた。

「もう行って。杏のママがお待ちかねでしょう。あたしからもよろしく言っといて」

「はい」

「市木さん、くれぐれも、明日遅刻しないようにね」

もういちど「はい」と返事をして、わたしは外に降り立ち、傘をひらき、軽自動車が水しぶきをあげて走り去るのを見送った。

そのときはまだ、吉野さんの話に出たお客さんのことをさほど気にしてはいなかった。もちろんそのお客さんとわたしが以前どこかで会っていて、こちらは憶《おぼ》えていないのにむこうはわたしの顔に見覚えがあるのかも？　という可能性くらいは、頭の隅で考えてみたと思うけれど、でもそんな不確かな想像よりも、わたしはこれまで三年と二ヶ月働いてきた実績のほうを重視していた。経験からいってそんな可能性はゼロに等しく思われた。過去にわたしと何らかの接点を持っていた人物が、山梨県の、ここ石和温泉の、わたしが働いている旅館を、わたしが働いているとは知らずに泊まり客として訪れる、そんな偶然はこれまでただの一度も起きなかったし、たぶんこれからも、万に一つも起きないだろうと予測がついた。

翌朝、わたしはもちろん遅刻などせず六時に出勤し、六時半までには夏物の絽《ろ》の着物姿になって、朝のミーティングに出た。少し寝足りない顔はしていたかもしれないけれど、できるだけ目を見ひらいて、はきはき返事をして、眠気が態度にあらわれないように努めた。女将《おかみ》さんからも、先輩の吉野さんからも、どんな注意も指導も受けなかった。

もともと「杏」のバイトの口は、仲居として一緒に働いていた人からわたしが引き継いだもので、三ヶ月前に辞めてしまったその人も、やはり前任者からの引き継ぎだった。話によると女将さんと杏のママさんは昔、娘たちが小学校のバスケ部仲間だった頃からの付き合いで、たがいに人手不足の相談にも乗ったりする親密な間柄だそうで、だからわたしが三ヶ月前からときたま「杏」の手伝いに出ていることは、旅館のほうではたいていの人が知っていて、つまりは女将さん公認、というか黙認のバイトなのだった。

七時になり、ふだんどおり朝食のお給仕にかかった。

トラブルといえるものは一つもなく、後片づけを最後まで無事に終えて、それから十時になるとチェックアウトのお客さまを見送るために、ほかの従業員たちと一緒にロビーに立っていた。

そのころになると眠気が急に増して、あくびを嚙《か》み殺すのに苦労するようになった。外は相変わらずの雨だった。単調な雨音がよけいに眠気を誘うようだった。

「ちょっと市木さん」

と呼ばれて、はっと背筋をのばすと、吉野さんがいて、旅館の備品の傘をわたしの手に押しつけてきた。その傘をさしてマイクロバスのそばでお客さまをお見送りしなさいとの指示だった。

玄関で下駄を履き、傘をひらいて外まで出て、マイクロバスの乗車口からすこし離れた後方の位置で待機した。団体のお客さんがマイクロバスに乗り込みはじめると、わたしはひとりひとりにお辞儀をした。同僚のみんなは車寄せの屋根の下にいた。わたし以外に傘を持っている人はいなかった。なんかひとり浮いてるな、と思いながら、傘の陰で、堪《こら》えきれずにあくびを一つした。そのとき、男の人がひとりそばに寄ってきた。奥さん、マエシマです、とその男の人は名乗った。

あわてて傘を持ち上げると、こちらの傘の露先が相手の傘の布地を撥《は》ね上げ、いやな音がして雫《しずく》が散らばった。すいません、とわたしは言った。奥さん、マエシマです、とその人は繰り返した。

夏らしい背広に、白い開襟シャツ姿の人だった。顔を見たが、記憶にない顔だった。ゆうべ吉野さんにわたしのことを訊《たず》ねたお客さんはこの人かもしれない。吉野さんが言っていたとおり顔には笑いを浮かべていた。でも誰なのか思い出せない顔だ。マエシマという苗字《みようじ》も記憶になかった。それにわたしは奥さんではない。

申し訳ございませんがお人違いをされているのではないでしょうか？　相手は泊まり客に違いないので、言葉を選んでそんなふうに答えようと思ったとき、その人は笑いをすっと引っ込め、いかめしい顔になって、

「田中さんの奥さんでしょう？　そうですよね？」

と言った。さっきまで眠気でぼんやりしていた頭でも、さすがにこの問いかけの意味するところは理解できた。この人は、離婚前のわたしを知っているのだ。いや離婚前というより、おそらく事件を起こし夫に離縁されたわたしを知っているのだ。当時の出来事を知っていて話しかけているのだ。そう理解したとたん、わたしの顔つきが変わったのだろう、相手の男の人はこう続け

た。

「ああ、やっぱりそうだ。田中さんの奥さんだ」

　これはつまり、万に一つの偶然が、いま起きているのだ。

「そうじゃないかと思って見てたんですよ、ゆうべから。憶えておられませんか、私、お隣だった前嶋です」

「…………」

「もう十一年経ちますよ。あのときは大変でしたね。にしても、まさかこんなところで働いておられるとは思いもかけなかった。びっくりしました。お元気そうで何よりですよ。まあ、いろいろと御苦労もおありでしょうが」

　……それで？　十一年前にお隣さんだった人がいまのわたしに何の用があるのか。これは何のための声かけなのか。いったいこの人は何が言いたいのだろう？　わたしは次に起きること、次に口にされる予測のつかない言葉を、ただ待つことしかできなかった。

　でも結局、何事も起きなかった。相手はもうどんな言葉もかけてはこなかった。事件とか、警察とか、逮捕とか、裁判とか、そんな単語が次々に口にされるのを怖れていたのだが、何もなかった。ただわたしの反応に満足したのか、その男の人はもういちどニヤニヤした顔に戻り、旅行仲間の声にうながされて、マイクロバスの乗車口へ引き返すと、こちらを一度も振り返らずに傘をたたんで乗り込み、そしてマイクロバスは走り出した。それで終わりだった。

　十一年前、田中さんの奥さんとわたしが呼ばれていた時代に住んでいた借家の、お隣には確かに前嶋という表札がかかっていた。大きな犬を飼っている家だった。前嶋と名乗るお客さんは、わたしにそのことを思い出させただけで帰っていった。マイクロバスを見送ったあと、ふいに、そう仕向けたのは先輩の吉野さんかもしれないと思った。わたしの過去を知っているお客さんとわたしを対面させるために、そしてその様子を物陰から見守るために、わたしに傘を渡してわざわざ外に立たせたのではないか？　理由もなくそんな疑心暗鬼にとらえられて見回してみたけれど、あたりに吉野さんの姿はなかった。

3

七月に入っても雨はやまなかった。

月の前半は毎朝、目覚めると窓の外に雨の気配があって、

（拓、お母さんは今日も傘をさして通勤です）

と呟くほかに芸のない、単調な日々が続いた。

実際にわたしは連日雨のなかを職場まで徒歩通勤し、職場では仲居の仕事をつつがなくこなして——あれ以来、吉野さんからあのお客さんのことで妙なほのめかしをされるようなこともなくて——単調で穏やかな日々を送っていた。単調で穏やかな日々というのは、考えてみればこの石和温泉での三年間がずっとそうだったわけで、そのことに何の文句もなかった。むしろそのことに感謝すべきかもしれなかった。

本業の旅館の仕事が休みの日にはバイトに出た。

休みといっても、午前中に前日から担当していた部屋のお客さまを送り出して、それから帰宅

し、翌日の午後、また新しいお客さまを迎える準備に出勤するまでの、日を跨《また》いだ時間のことを休みと呼んでいるのだけど。そんな休みの日が七月なかばまでに三回あって、そのたびに、わたしは前任者から譲り受けたワンピースやスーツを着て杏のカウンターに入った。

そしてその三回目のバイトの日、ママさんから、もっと店に出る回数を増やしてもらえないだろうか？　と相談をうけた。バイトのひとりが急に辞めることになったそうで、代わりの新人が見つかるまでのあいだ、という話だった。

「なるみちゃんは週に三日が限度で、それ以上出るのは無理だって言い張るし、困ってるのよ」

とママさんは言った。

なるみちゃんというのは、いままでわたしのほかに二人いたバイトのうちの、本業は和菓子屋さんで店員をしているという若い娘さんのことだった。ママさんの話によくその子の名前が出るので、わたしは一回も会ってはいないけれど、おおよそのプロフィールは知っていた。

ということは、ママさんは詳しい話はしないしわたしも訊かないけれど、急にバイトを辞めることになったのはもうひとりのほう、わたしよりも年上の人のほうに違いなかった。口の悪い吉野さんが「コンパニオンやってる、ピンクの。あの年増」と言っていた人のことだ。その人とは、わたしは三回会っている。

正確には、口をきいたわけではないので、その人の顔を三回見たことがある。

最初は夜のコンビニで見かけた。まったくお化粧気がなくて、肌の色が白くて、皮膚が薄く突っ張った感じのする人だった。でも鼻筋がとおって美しい顔立ちをしていた。ほんとのことを言うとわたしは最初、彼女の横顔を、昔よそで知っていた人の顔と空目してしまった。ここ石和温泉で、そんな人とばったり出会うなんて万に一つもないと自分に言い聞かせていたのに、一瞬だけ、栃木にいたとき良くしてもらった中国人女性と見間違えてしまった。見間違えてそばへ駆け寄りたい衝動まで感じた。ぱっと見の雰囲気が似ているだけで別人だとわかると、なんだか無性に寂しくなった。

たぶんひとつは、彼女がそのとき煙草を買っていたことが空目を引き起こした原因だと思う。栃木で一緒だった中国人女性もだいの煙草好きだったから。男よりも煙草を取る、と言ったくらいの人だったから。それともうひとつは、たぶんわたしがそのとき人恋しかったせいもあるかもしれない。わたしはできれば、「久しぶり。お元気でした？」と挨拶をかわすだけでもいいから、話し相手を求めていたのかもしれない。できれば自分と似た境遇の話し相手を。夜の十時をまわっていた。わたしはまっすぐアパートへ歩いて帰るのがつまらなくて、用もないのにコンビニに寄り道していたのだ。

二度目はわたしがバイトに出ているとき、早い時間にその人がお店に現れた。そのときもお化粧気がなくて、コンビニで会った人だとわたしはすぐに気づいた。彼女はお客さんとして杏に現れたのではなかった。彼女を前にしたママさんの態度と、帰ったあとのママさんの口ぶりから、用件がお給料の前借りで、しかも前借りは一度や二度ではないらしいのがわかった。出勤日が重なることはないから知らなかっただけで、彼女がもうひとりのバイトの「みすずさん」なのだということもそのとき初めてわかった。

三度目はまた夜のコンビニで会った。わたしはとくに飲みたいわけでもないレモンサワーを一缶だけレジに持っていった。レジでわたしの前にいたみすずさんは煙草を二箱と、ふりかけを一袋買っていた。このチャンスに声をかけるべきかどうか、わたしは迷っていた。彼女が栃木で一緒だった中国人女性だったら、後ろから肩をつついて振り向かせるのに、と思いながら、思うだけで何もできずに立っていた。会計をすませたみすずさんは、わたしに気づいた素振りもなく外に出ていった。

もし次があれば、四回目に彼女に会うことがあれば、そのときは話しかけたかもしれない。杏のママさんから彼女が急にバイトを辞めることになったという話を聞いて、わたしはそのチャンスが消えてしまったのだととても残念に思った。今後は夜のコンビニで見かける機会もないだろう。こちらから話しかけて、それをきっかけにたがいの境遇を打ち明け合う友人になることなんて永遠にないだろう。彼女は仕事もバイトも辞めて、石和の町から出ていく決心をしたのだから。わたしは勝手にそんな想像をしていた。きっとそうに違いない。なぜだかそんな物寂しい予感がして仕方がなかった。

「ねえ、ゆかりちゃん、考えてみてくれる?」

と杏のママさんが言い、わたしを現実に引き戻した。ゆかりちゃんというのはわたしのお店での名前だった。

「週三か、せめて週二で出てくれると助かるんだけど。時給も悪いようにはしないから」

はい、考えてみます、とわたしは上の空で答えた。

その晩、杏はひまだった。

ひまといえばおおむねいつもひまで、わたしがバイトに出る日に満席になったことは一度もない。ほかの日がどうかはよく知らないけれど、お客さんで連日大賑《おおにぎ》わいのお店ではないからこそ、ママさんとあとはバイト一名のローテーションでなんとか切り盛りできているのかもしれなかった。ずっと前に千葉の居酒屋で働いた経験があるけれど、そこでの毎日が戦争みたいな忙しさと比べたらずっと静かで平和で、従業員としての仕事もずいぶん楽だった。

十時を過ぎてもお客さんは一組しかいなかった。二人連れのなじみのお客さんたちで、そのうちの一人に言いつかってわたしは煙草のお使いに出た。

煙草を売っているコンビニまでは往復で十分以上かかる。でも歩くのは苦にならないし、むしろちょうどいい息抜きになる。千葉の居酒屋のときはこんなにのんびりしたお使いもなかった。

雨はあがっていた。

夜気は蒸し蒸しして、空には黒い雲しか見えない。いつまた雨粒が落ちてくるかもしれない。わたしは用心のため傘を片手に夜道を歩いた。ただ、雨の心配はしてもあんまり急がなかった。用水路に沿った桜の並木道をなるだけゆっくり、散歩でもしているつもりになって歩いた。

たぶんわたしは期待していたと思う。

あのみすずさんのすっぴんの顔を、彼女がこの町を出ていくまえに、もう一回だけコンビニで見かける機会を。見かけるだけではなくて、最後にわたしから声をかけて、ふたりで短い立ち話をすることを。あんまり現実的ではないけれど、こんな話を。

（みすずさん、わたしのほうは前にも何度かお見かけしてたんですよ、ここで。いつだったか煙草と一緒に紫蘇《しそ》のふりかけを買ってらしたでしょう。声をかけそびれたけど、あのときすぐ後ろに立ってたんですよ。わたしも大のふりかけ好きで、あの「ゆかり」という紫蘇のふりかけはよく買うんですよ。おにぎりにして食べたりするんです。実をいうと、お店でのわたしの名前はそのふりかけから拝借したんです。本名じゃないほうがいいとママさんに言われて、たまたま頭に浮かんだのが「ゆかり」だったんです。こんな話、誰にもしないけど。でもみすずさんには、最初に見かけたときから近しさを感じていて、ふりかけ党の同志としても、いつかお友達になれたらいいなと、わたしは思っていたんです。だからお別れするのはとても残念でなりません）

入口脇の傘立てにビニール傘を挿しこんでからコンビニの店内に入ると、ぱらぱらとお客さんは目についたが、もちろんみすずさんがそこにいるはずもなかった。

一ヶ所だけひらいているレジの前には缶ビールを買っている女性の後ろ姿があった。吉野さんだとすぐに気づいたが、指先で肩をつついて振り向かせようという気は起きなかった。そのまま奥まで歩いて、何メートルか距離をとって彼女の会計がすむのを待った。

でもわたしが気づいたのだから吉野さんのほうでもわたしに気づいたかもしれない。後輩がさきに挨拶するのを待っているのかもしれない。頭の後ろにも目や耳がついているとか噂されるような人だから、と思ってフリスクの陳列を眺めていると、「あら市木さん、こんばんは」と吉野さんの声が聞こえた。わたしは振り向いて驚いた顔を作らなければならなかった。

「あ、吉野さん、お疲れさまです」

「きょうも杏の日だった？」吉野さんはわたしの顔からワンピースの裾《すそ》、足もとのパンプスまで視線を下げた。「稼ぐねえ」

わたしは意味もなく笑顔になって、軽くお辞儀をして、レジのほうへ歩き、お客さんに頼まれた煙草の銘柄を店員さんに伝えた。

千円札で支払ってお釣りを受け取っているあいだに吉野さんの気配がなくなったので、「稼ぐねえ」でおしまい？　「いけない、肝心なこと忘れてた」は今夜はなくて、さっさと帰宅して旦《だん》那《な》さんとビールを飲むつもりなのかな？　とも思ったのだが、そうではなかった。吉野さんはそういう人じゃない。つかまえたお喋り相手を簡単に手放すような人じゃない。

外へ出ると、吉野さんは傘立てのそばで待ち構えていて、いきなりこう言った。

「市木さん、話は聞いた？」

「はい？」といったん聞き返しはしたが、見当はついていた。物寂しい予感があった。きっとみすずさんの話だ。

「杏で」と吉野さんは続けた。「あの例の年増の話」

「その人がバイトを辞めることになった話なら、今夜ママさんから聞きましたけど」

「辞める理由も聞いた？」

「理由？　いいえ」

すると吉野さんはわたしの腕を引っぱった。

駐車スペースの隅の薄暗がりへわたしを連れていくと、ため息をつくための間をおいてから、

あの女、と言い、

「ムショ帰りだったんだって」

と声をひそめた。そのときはそれがとてもわざとらしく、滑稽《こっけい》な言い方にわたしには聞こえた。

でも吉野さんはあくまで真剣だった。

「だから辞めたんじゃなくて、辞めさせられたのよ。噂では傷害罪とかいってるけどね、ほんと

のところは、あたしはわからないと思う。ほんとは殺人かもしれない。男を刺して刑務所に入ってたらしい。なにしろ前科持ちだったのよ、あの女」

相づちの打ちようもないのでわたしは黙っていた。

吉野さんは、息を継ぐのももどかしそうに続けた。

「もちろん昔の話だし、刑期も務めて出てきてるんだから、そんなに恐がることはないのよ。でもね、それにしてもね、気持ち悪いじゃない。一緒に働いてるコンパニオンの人らもさ、とうぜんお客さんだってそれ知ったらいい気持ちしないじゃない。罪はつぐなったとは言っても、刃物で人を刺した女なんだから。もうみんな知ってるのよ。噂がぱっと広まっちゃったのよ、ネットでね、誰かがコンパニオンの事務所名指しで、前科持ちが平気な顔で働いてるのはいかがなものか？　みたいな情報流したせいで。そいで事務所も打つ手がなくてクビを言い渡したらしい。その話が伝わって、杏のママさんもうろたえて、右へならえよ。とうぜんよね。だって、コンパニオンの事務所が見放しちゃった女を、店に置いとくわけにいかないでしょう。看板に傷がつくどころじゃないよ。知らないならまだしも、知ってて前科持ち雇い続けてたら、こんどはこっちが集中攻撃だもの。まったくね、杏のママさんもとんだ災難だよね、ただでさえ人手が足りないってぼやいてたのに」

吉野さんは喋るのをやめて、缶ビールの入った袋を左手に持ち替えると、右手を前に差し出した。

右手のてのひらを上にむけて、わたしに差し出したように見えたのだが、それは勘違いで、吉野さんはただ、てのひらで雨の雫を受けとめたのだった。わたしはぼんやりしていたのだ。「あ、また降ってきた」と吉野さんは言った。それから話をさらに続ける意欲をなくしたのか、それとも話すことは全部話し終えたのか、しばらくわたしの顔を見て何も言わなかった。

わたしは、余計なことは口にしないほうがいい、おとなしく話を聞いているほうがいいと、吉野さんといるときはいつも自分にそう言い聞かせていたのに、この沈黙に耐えるのが辛《つら》くて、思わず言ってしまった。

「それでどうなるんでしょう?」

「何が」

「その人どうなるんです」

「どうなるもこうなるもないよ。罪はもう裁かれてるんだから。ただ仕事はクビ」

「居場所なくなりますね」

「うん。当然、この町では暮らせないだろうね。これだけ噂が広がれば。けどそんなの、ゆったら自業自得でしょう。市木さんが心配することじゃないよ。それより市木さんは、あの女がいなくなってかえって得するんじゃないの? もっとバイトに出る時間増やしてほしいってママさんから言われなかった? 言われたでしょう。でも安請け合いしちゃだめよ。うまく交渉すれば時給も上げてもらえるはずだから、いまなら」

わたしは顔をあげて吉野さんを見た。

そのときちょうど吉野さんの旦那さんが車のクラクションを鳴らしたので、吉野さんはそっちへ目をそらした。それがなければ吉野さんはわたしの顔つきを見咎《みとが》めていたかもしれない。どうしてそんな怒ったような顔でこっちを見るのよ? とわたしを問い質《ただ》したかもしれなかった。

「乗ってく?」と吉野さんは駐車スペースのほうへ視線を投げたまま訊ねた。

「いいえ」

吉野さんが振り向いてわたしを見た。

わたしは目を合わせなかった。

「杏に戻るんでしょう。送ってあげるから」

「歩いて戻ります」

「だって雨降ってきたよ、遠慮しないで乗ってきなさい」

「いいえけっこうです。傘があります」

わたしは吉野さんにお辞儀をして、コンビニの入口へと踵《きびす》を返した。わたしは動揺していた。吉野さんが話した言葉のはしばしに心を掻《か》き乱されていた。それを口にした吉野さんへの、怒りの感情も抑えられなかった。

ぽつりぽつりと落ちていた雨粒は、傘立てから傘を取り出すあいだに盛大な音をたてて地面を叩《たた》きはじめ、あっというまに本降りになった。わたしは震える手でビニール傘をひらき、激しい雨のなかへかまわず歩き出した。十メートルも行かないうちに背後で威嚇するようなクラクションの音が鳴り響いた。そして車のヘッドライトがわたしの全身に白光を浴びせかけた。驚いて立ちすくむわたしの横をゆるゆると走り抜けて、吉野さんの旦那さんの運転する軽自動車は通りへ出ていった。

4

迷ったあげくバイトは辞めることにした。

ひとりで川べりを散歩しているとき、そうしようと決めた。

ここ数日、好天が続いたせいで川の流れは穏やかだった。流れる水の音も聞こえなかった。ぴたりと静止したように見える水面《みなも》を前にして、わたしは土手の斜面に膝《ひざ》を抱えてしゃがみ、この町から出ていったみすずさんのことを思っていた。本名も知らず、口をきいたこともなく、知り合いとすら呼べない人の行く末を。かつて船堀のスーパー銭湯に勤めていた頃、徹夜勤務が明けた朝に、陽の光にきらめく川面に目をこらしてめまいを起こしていた、あのときと同じように。

あのときはベンチにすわって煙草をくゆらしながら、独りぼっちで死んだ晴子伯母《おば》さんや、栃木の刑務所で憧《あこが》れていた中国人女性のことを思っていたのだった。そして彼女たちのイメージに自分自身を重ね合わせたりもした。あれから、わたしは一歩も前へ進んでいない。この町から出ていった人のことを思うのは、この先のわたし自身を思うことと同じだろう。わたしはわたしの未来にあらかじめ同情しているだけだ。

いまわたしにまでバイトを辞められたら、杏のママさんは困るだろう。でもこのまま辞めずに働きつづければ、いつかもっと困ることになるだろう。刑務所帰りのバイトが二人もいた店、そんな評判がいつか定着し、看板に深い傷がつくだろう。そうなるまえに自分から辞めておいたほうがいい。わたしに関する噂がどこかで、人の口にのぼるようになるまえに。

旅館の女将さんは、わたしが服役していた事実を知っている。わたしを雇うときに、仲介に立った財部弁護士さんを通じて、かなり深いところまで事情は聞いているはずだ。だから噂が立ったくらいでわたしをクビにするようなことはない。ないと思う。ただ、そうはいってもやはりお客さん商売だから、悪い噂が広まるような事態になれば、黙って手をこまねいているはずもないだろう。

そしてわたしの予感では、おそらく、悪い噂は広まる。自分で隠していても、雇い主が口を噤《つぐ》んでいてくれても、いつかはそのときが来る。たとえば先月の泊まり客の、あの前嶋さんの口から噂は徐々に広まっていくだろう。やがて誰かがネットに情報を書き込み、それを読んだ誰かが「前科持ちが平気な顔で接客している旅館はいかがなものか?」とクレームをつけるだろう。あるいはもう、とっくに前嶋さんの口から職場の先輩の吉野さんの耳に、わたしの前歴は伝わっているかもしれない。

「あの市木とかいう仲居さん、昔は田中って警察官の奥さんだった人でね。十一年前、うちの隣に住んでたんだ。そのとき轢《ひ》き逃げ事件を起こして、それをなかったことにしようと偽装工作までした犯人なんだよ」

仮に、前嶋さんがまじめな顔で吉野さんにそう語っていたとしても、わたしは驚かない。

十一年前、確かにわたしは事件を起こし、また第三者の目から見れば偽装工作と疑われてもしかたのないミスも犯した。そしてそのミスには前嶋さんが関係していた。当時、シベリアンハスキーという犬種の大型犬を飼っていた隣家の主人、その犬を夜中に散歩させる習慣のあった前嶋さんが。そうだ、前嶋さんがわたしに思い出させたのは、たんに彼がお隣さんだったという事実だけではない。「田中さんの奥さんでしょう?」と前嶋さんに話しかけられたそのときから、わたしは思い出している。もう思い出すまいと自分に禁じていたこと、事件当夜の出来事、のちの裁判でも問題視された夜の一場面をくりかえし思い出している。

十一年前のその夜、船橋《ふなばし》市の自宅前に車が着いたときには雨はやんでいた。時刻は、裁判での前嶋さんの証言によれば、犬を散歩に連れ出してすぐだから十一時五分前ということだった。サービスエリアでの休憩をはさんで、わたしは二時間以上ハンドルを握っていた。でも疲れは感じなかった。気が張り詰めていたので、運転の疲れなんかなくて、ただ、ずっと心臓がとくとく音をたて続けているようで、その音を助手席の夫に聞かれそうで不安だった。そのためわたしは気が急《せ》いて、判断ミスを犯した。ふだんなら車はバックで車庫に入れるのに、頭から進入しようとした。バックで入れるには隣家の前までいったん車を進めなければならず、そのときそちらに人影が見えたので、その人影が通り過ぎるのを待ちきれずに車庫へとハンドルを切ったのだ。おい！ とすぐに助手席の夫が声をあげて同時にわたしの腕を押さえた。犬に引きずられた恰好《かっこう》の隣家のご主人が車の前方に入って来ていた。とっさにブレーキを踏むと車がつんのめるようにがくんと揺れて停まった。

犬が一声、二声吠《ほ》えた。わたしは運転席側の窓をさげて、隣家のご主人に謝ろうとした。そこへ犬が襲いかかって来た。窓から飛びこみそうな勢いで顔を突っ込むと牙《きば》をむいた。日頃は道で会ってもおとなしい犬がわたしにむかって狂ったように吠えた。その夜、晴子伯母さんの葬儀から戻る途中にわたしが起こした人身事故、事故のあとにわたしの取った行動。まるでわたしから犯罪者の匂いを嗅《か》ぎ取ったように犬は吠えたてた。それでわたしは恐怖にかられ、パニックになった。隣家のご主人が大声で叱り、リードに力をこめて車から犬を引き離した。わたしはハンドルを切って車を車庫に入れようとした。頭にはそのことしかなかった。おい！　と夫がまた叫んだ。だがすでに遅く、わたしはミスを重ねていた。車の左前方に衝撃があった。ヘッドライトが割れた音がした。車庫入口の柱が目の前にあった。夫は吐息をわたしに聞かせてから、外に出て、破損の状態を見た。つい先月納車されたばかりの新車だった。だめだ、修理に出さないと、どうにもならない、と夫が言った。お隣の前嶋さんは、犬と一緒に少し離れたところに立って、わたしたち夫婦を見ていた。

のちにこの出来事が裁判で取り上げられたのは、翌朝、わたしがまだ寝ているあいだに、夫が早々と車を修理工場へ持っていってしまったからだ。そしてそう仕向けたのはわたしではないかと、みんなが疑っていたからだ。

当夜、帰宅前に人身事故を起こして車の左前方に残っていた痕跡《こんせき》を、故意に車庫入れに失敗することで（車庫入れに失敗した車を修理に出すことで）消そうとした、つまり証拠隠滅をはかったのではないかと疑われたのだ。もちろんわたしは、故意に車庫の支柱に新車をぶつけたのではない。でも偶然にしてはできすぎていると警察は考えた。あるいは警察の中には、わたしが単独でやったのではなく、夫婦で話し合って偽装工作をしたと疑った人もいたかもしれない。本人から直接聞いたわけではないが、たぶん夫は、警察官仲間からも疑いの目を向けられていただろう。本人上司や同僚に疑いの目で見られていることを、本人は強く意識していただろう。当時のわたしと同様に、起きた事実をどう説明しても誰にもまともに信じてもらえないもどかしさを感じていただろう。そしてしだいに説明する気力をなくしていっただろう。

勤め先の旅館で前嶋さんと再会して、わたしがくりかえし思い出していたのはそんなことだった。十一年前のあの夜、犬を連れた前嶋さんの目に、わたしたち夫婦はどんなふうに映っていたのか。犯罪の証拠を隠滅しようと必死になっているように見えたのだろうか。土手の斜面にうずくまって川面を眺めながら、そのときも、そんなことをぼんやり考えていた。いまさらどうでもいいことを。考えてももとには戻らないことを。

それからスマホのアラーム音に考え事を中断されて、わたしは腰をあげた。

旅館に戻る時間だ。

中抜けの時間が終わろうとしている。どこかで一声、鳥の鋭い鳴き声がしてあたりを見回したが、飛んでいる鳥はいなかった。人影もなかった。着物姿でひとり佇《たたず》んでいるわたしを、不審な目で振り向くような人はいない。わたしは川べりの道を勤め先へむかって歩き出した。杏のママさんには、今夜にでも電話で伝えよう。何を聞かれても、ほんとの理由は言わずにおこう。あえて理由は言わなくてもいずれ知れ渡ることだから。知れ渡ったときに、あのとき辞めてもらっていてよかったと、きっと思われるはずだから。そう自分に言い聞かせて、川べりの道をわたしは歩いていった。歩きながら急に思いつき、前方の空へ視線を送ってみたけれど、まったくの方角違いなのか、富士山の頂きはどこにも見えない。

（拓、お母さんがいま住んでいる町の近くには、笛吹川という大きな川が流れています。

昔の映画や小説の題名にもなっているくらいで、笛吹川はとても有名な川です。ひとりになりたいときや、考え事をしたいとき、お母さんはよく笛吹川の土手まで散歩に出かけます。

拓はもうじき十歳の誕生日ですね。

ちょうどその頃、笛吹川の河川敷では恒例の花火が打ち上がります。連続して空に弾《はじ》ける花火の音が、お母さんには、あなたの誕生日の祝砲のように聞こえます。おととしも去年もそんなふうに聞こえました。今年も、花火大会の音を遠くに聞きながら、夜はいつものように旅館の宴会場で働いていると思います。着物に前掛けをして、汗をかきながら、数え切れないほどのお皿やお椀《わん》の片づけをしていると思います。

そしてまた一年が忙しく過ぎて、来年の夏も、今年同様に仲居さんの仕事を続けていられたらいいな、と思っています。

ほんとうにいま、お母さんは心からそう願っています）

第六章（２０２０〜２０２３）

Ｉ

でも願いは叶《かな》わなかった。

一年後も同じ旅館で仲居さんの仕事を続けていられたらいい、夏には笛吹川の河川敷で打ちあがる花火の音を聴きながら息子の誕生日を陰ながら祝えたらいい、たったそれだけのささやかな願いはあっけなくついえた。わたしの前歴が町のひとに広まって居づらくなったのではなくて、日本中、世界中に蔓延《まんえん》したウイルスのせいで。

最初にそのウイルスの名前が話題にのぼったとき、わたしはどこかよその国の人々が見舞われた災難だと考えていた。年が明けて日本で感染者が出たときにもまだ、山梨県の石和温泉で働いているこのわたしの生活にまで影響が及ぶとは考えもしなかった。

それが感染者の数が日を追うごとに増え、全国に広まり、春に緊急事態宣言が出る頃には一変してしまっていた。

温泉街に観光客の姿はぱったり途絶え、土産物屋も飲食店ものきなみシャッターを閉じてしまった。

わたしの働き先の旅館もそれは同じだった。日本中の人々が不要不急の外出を控え、県外への旅行を取りやめ、大人数での宴会もキャンセルになる。もともと団体客頼みの旅館なのでそうなるとひとたまりもなかった。一回目の緊急事態宣言が解除されてもいっこうに客足は戻らず、女将《おかみ》さんは従業員の多くに自宅待機続行の指示をするしかなかった。状況が好転するまでの自宅待機といっても、その間、寮のアパートには住まわせてもらえるというだけで、お給料はないのだからわたしたちは暇を出されたも同然だった。

開店休業状態の旅館の維持も大変だし、従業員寮もいつまで存続できるかわからないという噂が流れ、わたしのような他所者《よそ》の、独り身の人間の不安は募るばかりだった。自宅待機が三ヶ月にもなると、ゆうちょ銀行の貯金通帳を見るたびわたしは恐怖をおぼえるようになった。どんなに切り詰めた生活を送っても毎月着実に貯金額は減っていく。

このままでは拓のために加入している生命保険の掛け金すら払えなくなってしまう。

このままもっと時が過ぎれば携帯電話料金の支払いも重荷になるかもしれない。いやそれよりも住む家をなくし、無職のわたしはひとり路頭に迷うことになるだろう。いまのうちにどうにかしなければ、何か手だてを考えなければ、わたしはおそらくホームレスになってしまう。その恐怖が頭から離れず、夜もろくに眠れなくなっていた。

そんなとき県外へ行こうと誘ってくれるひとがいた。

同じ寮住まいの、わたしと似たような境遇で独り身の、中乃《なかの》森《もり》さんという年上の女性で、それまでとはそんなに親しく口をきく間柄でもなかったのだが、自宅待機になってからはときどきたがいの部屋を行き来してお茶を飲んだり、一緒に話す回数も増えていた。

「市木さんは天涯孤独でしょう」と中乃森さんは口癖のようによく言った。「あたしも同じなのよ、離婚してからずっとひとりで生きている、たぶんこれからもずっと」

わたしには両親も兄弟姉妹もいない、その意味で天涯孤独といえばそれはまあそうなのだけれど、中乃森さんはわたしと違って話し振りからすると出産の経験はなさそうだったし、あともちろんパトカーに乗せられたり裁判にかけられたり刑務所で受刑者として過ごした経験もなさそうだった。わたしもその経験は中乃森さんには伏せて話の相手をしていた。

「岐阜県の工場で従業員を募集してるらしいのよ、パートだけど時給もそこそこみたいだし、岐阜ならあたし土地勘もあるしね、一緒に行ってみない？　ここに残って毎日ぐうたらしているよりずっとましでしょ？　たまに女将さんに呼ばれて働いても、振り込まれる給料はしれてるしさ、よかったら考えてみてよ」

それはその通りだった。ここでこのまま貯金を減らし続けるより岐阜県の工場のパートでも何でも確実な仕事を貰《もら》えるほうがずっとましに違いなかった。

考えるまでもない。というかその頃のわたしにはじっくり考えている時間も気持ちの余裕もなかった。そのくらいわたしは焦っていた。

だから質問らしい質問はひとつしか思いつかなかった。

「そこは何をつくる工場ですか」

「お菓子の工場だって。たぶん柿羊羹《ようかん》とかつくる工場じゃないのかな？　岐阜名産の」

行ってみるとそこは、岐阜名産の和菓子をつくる工場ではなくて袋詰めのパンを大量生産する工場だった。着いたその日に中乃森さんとわたしは人事担当のひとの面接を受け、翌日から工場のラインに立つことを求められた。時給九百円、基本、早朝六時から午後三時までの勤務。週休二日。変則的に夕方勤務、夜間勤務あり。休日祝日出勤の場合、時給割り増し。

ただし従業員寮はなし。すぐにも働かせてもらえるのは願ってもないけれど先に住む家を確保しなければならない。翌日からパン作りの仕事につくなんてとても無理だろう。てごろなアパートを探すためにまず不動産屋回りから始めなければ。

ところが天涯孤独のはずの中乃森さんには、パン工場のある大垣《おおがき》市在住のいとこ（だか、はとこだか）がいて、一時的にそのひとを頼ることができた。しかもそのひとの住む賃貸マンションに赤の他人のわたしまで一緒に泊めてもらうことができた。それも一日や二日ではなかった。当時の記憶はもう曖昧《あいまい》になっているけれど、少なくとも十日、いや二週間ほどわたしたちは１ＬＤＫのマンションに居候させてもらい、そこから工場に出勤した。夜はわたしはＬＤＫの床に確か、ヨガマットみたいな敷物を敷いて寝た。すぐ隣で中乃森さんはソファに横になって寝ていた。

家主の女性は笠原《かさはら》さんといって、わたしの記憶では、ふたりの居候に対して嫌な顔ひとつ見せなかった。わたしたちが掃除や片づけや洗い物をちゃんとして（洗濯は近所のコインランドリーを利用した）できるだけ迷惑を減らすよう気を配ったせいもあるし、もちろん彼女じしんの人の好《よ》さも、いとこだかはとこだかの中乃森さんとの関係性もあったかと思う。でもそれにしても、いきなり荷物を詰め込めるだけ詰め込んだキャリーバッグにリュックまで背負って転がりこんできた得体のしれないわたしに、笠原さんはただの一度も迷惑そうな顔を見せなかった。刺々《とげとげ》しい態度もとらなかった。年齢は四十代なかばの、市内の役所で働いているひとだったが、あの初期のコロナ騒ぎの時代に、他所者であるわたしに、厚意を持って接してくれた人物としていまも印象に残っている。

二週間ほどたって、工場まで徒歩通勤の可能な距離に2DKの物件が見つかり入居することができた。それから中乃森さんとわたしとの家賃折半、光熱費折半、食費折半、何から何まで折半のルームシェア生活が始まった。ついでに言ってしまうと、ふたりとも軽い症状でことなきを得たが、のちには例のウイルスにも一緒に感染した。ちなみにそのときも笠原さんのお世話になった。

中乃森さんは基本の一日八時間労働のシフトを守って働いていたが、わたしは夜間パートの要請があれば必ず手を挙げたので帰りが遅くなることもあり、そんなときは中乃森さんが晩ご飯をひとりで作ってわたしのために取っておいてくれた。月に何日もわたしの残業が続くと（当然わたしのお給料は増えるわけだし）何から何まで折半のわりに不公平な気もしたし、中乃森さんの機嫌が悪くてちょっと気まずくなることもあったけれど、それでもふたりで暮らしていた一年強のあいだに大きな揉《も》め事は持ちあがらなかった。

始終一緒にいても中乃森さんとは喧嘩《けんか》らしい喧嘩もしたおぼえがない。むこうが十歳近く年上ということもあり、わたしに生き別れの息子がいることも、息子の将来のためにお金を残してあげたいのだという話もすでに打ち明けていたから、多少の不公平には目をつむるというか大目に見てくれたところがあったかもしれない。それともうひとつ、これはあとからわかったことだが、中乃森さんには単身者として生活維持のために（わたしのように）目の色を変えて働き続けなければならない理由、というものが徐々になくなりかけてもいたのだった。そのぶんも合わせて中乃森さんはルームメイトに寛容になれたのかもしれない。

わたしは中乃森さんとの共同生活がいつまでも続くものとどこかで勘違いしていた。

そう思ったからこそ安心しきって工場で与えられた仕事に精を出すことができた。焼き上がったパンに焦げがないか、形がいびつになっていないかの検品作業や、袋詰めのパンに貼る賞味期限のラベルシールの確認や、小麦粉やバターの分量を正しく量り生地をこねる機械に投入したり、出来上がった生地を一個一個のパンの形に成形したり、上の人から指示されるまま単純作業を来る日も来る日も飽きずに続けていられた。こうやってわたしはコロナの時代を乗り切るのだと自分に言い聞かせていた。そしていつか、中乃森さんとも別れて（わたしにそのくらいの余裕ができたら）一人で部屋を借りて生活する日も来るだろうが、それはきっと何年か先のことになるだろう。

でも一年後の夏の真っ盛り、わたしの都合におかまいなくその日はやって来た。

中乃森さんは、キッチンのテーブルでひとり遅い夕食をとっているわたしに、わたしのために自腹で買ってくれたビールをお酌しながら、別れを切り出した。急な話で驚かせてごめんなさい、と彼女は謝った。報告が遅くなったけれど、結婚することに決めたのだという。結婚したら相手の家で暮らすことになるので来月には部屋を出たいのだという。

急な話で驚くも何も、わたしはそれまでの仕事中心の自分の生活を顧みて、中乃森さんにはいったいどこで相手の男性と知り合う機会があったのだろうと呆気《あっけ》にとられた。工場で働いてるひと？　と訊《たず》ねると、ううんと中乃森さんは首を振って、市の水道局で働いているひと、と教えてくれた。質問すれば何でも話してくれそうだったが、わたしは馴《な》れ初めを知りたい気にもなれなかった。

「おめでとうございます」わたしは取り敢《あ》えず言うのがやっとだった。「でもあまりにも急で……」

「あたし自身、何ヶ月も迷ってたんだけどね」中乃森さんはすぐそばの流しで洗い物をしながら言った。「おたがいの年齢のこともあるし、前も言ったように結婚は一度目で懲りてるしね、けどむこうも先妻を病気でなくしてて結婚は二度目だし、年齢のことをいえば逆にこれが最後のチャンスかもしれない。このままひとりを通して年老いていくか、残りの人生、死ぬまでパートナーでいてほしいというひとのプロポーズを受け入れるか。あたしは、迷ったけどやっぱり、ひとりよりも彼といるほうを選ぶことにした。先妻の子供さんたちは独立して彼もいまは独り暮らしだし、身ひとつで家に来てくれればいいと言ってくれてる。自分が働いてあんたを養うから、定年まで勤め上げてあとは、退職金と年金で十分やっていける、絶対に不自由はさせないと言ってくれてる。こんなチャンスはもう二度とないと思うの。だからね、ほんとうに急な話で会社にも、市木さんにも申し訳ないんだけど、今月いっぱいで工場は辞める。それから来月にはこの部屋も」

「困ります」わたしはすでに食欲をなくしていた。

洗い物の手を休めて中乃森さんが振り返った。

「中乃森さんに引っぱられてわたしはこっちに来て工場に勤め出したのに。ようやく知らない土地の水にもなじんで、生活も安定してきたところなのに。中乃森さんとはこの先もずっと運命共同体みたいに思っていたのに、それなのに、いま中乃森さんに出ていかれたら、わたしは宙ぶらりんになる。だいいち、ここのお家賃はどうすればいいんですか、ふたりで半分ずつだからなんとかやってこれたのに、八万円もの家賃に光熱費、ひとりでどうやって払えばいいんですか」

「そうだよね」中乃森さんはうなずいた。「だからそれはね、あたしも市木さんをこのまま放り出して行くとか、あんまり無責任なまねはできないと思ったし、少し考えてみた」

中乃森さんは癪《しゃく》なほど落ち着いて喋《しゃべ》っていたが、わたしは気が急《せ》いていた。こっちへ来る前、石和温泉の寮でじりじりしていたときと同じように、自分のちょっと先の未来図が描けずにひどく焦っていた。来月からいったいわたしはどうすればいいのか。少し考えてみた、なんて中乃森さんは言うが何をどう考えたのか。ここより安い家賃の部屋を探すにも、そのために時間も手間もかかる。引っ越し費用だってかかる。敷金だの礼金だの前家賃だの出費もかさむだろう。

「もし市木さんがこれからもいまの工場で働き続けたいというのなら、そうしたらいいし、そのためにあたしもできる範囲のサポートはする。代わりのルームメイトを探すにしても、ここを出てもっと狭い部屋に移るにしても、とにかく最後までお手伝いはする。ただね、それ以外にひとつ、市木さんにはオプションがあるの」

「は?」とわたしは聞き返した。

オプションという言葉が場違いに思えて聞き違いかと思ったくらいだった。いまから十年以上も前に夫婦で新車を買ったとき、それからあとは石和温泉に働きに出る前、久住呂百合さんにわたしが加入する生命保険の説明をうけたとき、その二度くらいしか聞いたことがなかった、あなたにオプションがあるなんて台詞《せりふ》は。

「実はね、ひとつ市木さんにうってつけの仕事があるんだ。はっきり言っちゃうと大阪にあるパチンコ屋さんなんだけど」

「は?」わたしはまた聞き返した。藪《やぶ》から棒に何を言い出すのかと中乃森さんの意図を測りかねて。

「そこでたまたま住み込みの女性従業員を募集してるのよ。ああ誤解しないで、住み込みといってもあれよ、パチンコ屋さんの二階に間借りとかじゃなくて、もちろんちゃんとした寮があるのよ、この部屋みたいな普通のマンションが。でも住み込みで募集なんだから家賃なんて取られないの。たぶんお給料からいくらか引かれるくらいで」

「パチンコ屋さん?」わたしの顔にも口調にも険があったかもしれない。「なんで大阪のパチンコ屋さんなんですか」

「まあ落ち着いて話を聞いて。時給が千二百円、勤務態度しだいでは一年たてば千三百円にあがるっていうのよ」

中乃森さんは答えにならない答え方でわたしの気を引いた。

「いまの市木さんの時給より最初から三百円も高いのよ? そのうえ家賃光熱費の心配も無用、入社祝い金も貰える、となればそれこそ市木さんにはうってつけの仕事じゃない?」

市木さんにうってつけというのは、つまりわたしがお金を稼ぐこと、お金を貯めることにそれほどこだわっている、そんなふうに中乃森さんには見えるということだろう。でもそれはその通りなので異論はなかった。実際のところ、時給の金額を聞いたとたんわたしの気持ちはぐらつきかけていた。でもそれにしてもなぜ大阪なのかがわからなかった。パチンコ屋さんなら岐阜県内というかこの近辺にだっていくらでもあるはずなのに。

わたしの疑問に対する中乃森さんの答えはこうだった。「大阪に弟がいてね、そのパチンコ屋さんの店長なのよ」

わたしはその返答をじっくり嚙《か》みしめてから口をひらいた。

「中乃森さん」

「うん?」

「うん? じゃなくて、中乃森さんは天涯孤独じゃなかったんですか」

「天涯孤独よ。天涯孤独も同然よ。だから二度とないチャンスをつかんで結婚しようと決心したんじゃない」

「でも弟さんは、肉親ですよね。こっちに来たときお世話になった笠原さんは遠縁のかただったけど」

「何が言いたいの市木さん、あたしが天涯孤独か天涯孤独じゃないかそんな言葉の綾《あや》を気にしてる場合? あのね、弟ったって腹違いの弟でね、連絡取り合ったりとかも全然なかったの、いままでもう何年も。ぜんぜん頼りになる身内じゃないし、あてにしたこともなかった。ただ再婚の報告くらいはと思って、久しぶりに電話かけてみたら、そしたら思わぬ長話になってね、弟も四十過ぎてだいぶ丸くなったみたいでいろいろ話したのよ、そのときにあたしと同じ天涯孤独のルームメイトがいるって話もしてみたの、そのルームメイトは年はいくつだって弟が訊《き》くから、まだぎりぎり三十代だって言ったら、じゃあその市木さんてひとうちに来て働く気はないかなって、そういう話になったのよ、姉さんの保証付きならこっちも安心して受け入れられるからって」

中乃森さんはわたしの顔を見てため息をついた。

「これで納得できた？」

「はい、でも」納得できたようなできないような微妙なラインだったが、それにしても時給千二百円と家賃光熱費不要と入社祝い金の話が魅力的なオプションに思えてならなかった。

「でも、やめとく？」

「中乃森さんがあてにしたこともない身内のかたを、わたしがあてにしても大丈夫なんでしょうか」

「それは？　ああ、弟がどういう人間なのか心配？」

「いえ、そういうことでは」手を振って否定したけれど、でも端的にいえばそういうことかもしれなかった。

「言っとくけどむこうは女性従業員を欲しがってるだけで、ほかには何の意図もないのよ」

「わかってます、それは、中乃森さんがわたしのためにならないことを勧めるわけがないし、でも」

「まだ何かあるの」

「いえ別に……」

「市木さんに働く気があればあとは大丈夫よ。弟もフラフラしてたのは若いときだけでね、いまは真面目に働いてるんだから、パチンコ屋さんの店長任されて。本人の話では、私生活のほうもすっかり落ち着いて、年上のしっかりしたパートナーと一緒に暮らしてるみたいだし」

「そうなんですか」

「そう年上の男性と」

「はあ」

「はあって、大丈夫？」

「何がでしょう」

「弟はゲイだと言ってるのよ、ちゃんと話聞いてる？」

そんなことよりもわたしは、

「姉さんの保証付きならこっちも安心して受け入れられる」

という弟さんの言葉が気になっていて、もしわたしの前科を中乃森さんに打ち明けるならいましかないとも思ってみたのだが、思うだけでそれができない自分が歯がゆかった。わたしの過去を知れば中乃森さんは失望するかもしれない。いままでわたしが黙っていたことを、ずるがしこく隠していたと受け取るかもしれない。中乃森さんから事情を聞いた弟さんも気が変わり、この就職話はなかったことになるかもしれない。わたしはそうなるのが心配だった。つまりこのときすでに、わたしは大阪へ行ってみようとほぼ心を固めていたと思う。

2

もろもろの手続きの都合で九月の予定が十月に延びたけれど、結局わたしは中乃森さんの勧めに乗ることにした。九月末日でマンションを解約し、パン工場も辞めた。寝具や冬物の衣類などかさばる荷物はあとから中乃森さんに送ってもらう手はずを整え、山梨県から岐阜県へ移動したときのようにまたキャリーバッグを転がしリュックを背負って大阪へ向かった。

勤め先のパチンコ店は大阪市の大国町《だいこくちょう》というところにあった。

中乃森さんの腹違いの弟さんは、四十代だけどわたしよりもよほど若く見えるくらいの、話し方も態度もきびきびした男性で、中乃森さんによく似た笑顔でわたしを迎えてくれた。気難しいとか、アクが強いとか、そんな言葉には縁のないひとのようで、会ったその日から人懐こくて、口が滑らかで、こちらはうなずいて聞いていればいいので気詰まりな空気などほとんど感じなかった。

これまでの人生でパチンコ未経験のわたしにパチンコ屋さんの店員なんて勤まるのか。岐阜を出るときにあった一抹の不安もすぐに払拭《ふっしょく》された。要領のわからないわたしがもたもたしたり、仕事の手順や休憩の取り方を間違えたり、店独自のルールになじめないでいると、

「ほなこうしましょう」

「ほなそうしてください」

と即座に的確で融通のきく提案が持ち出され、新たなルールが出来あがり、トラブルがあとを引くこともなかった。働き出すと一週間もしないうちにわたしは「市木さん」ではなく下の名前で「かおりさん」と呼ばれるようになった。石和の旅館でも大垣のパン工場でもあり得ないことだったが、それも店長がそう呼ぶとベタベタした感じではなく自然なので気にもならなかった。ただしわたしのほうは——店長の苗字《みょうじ》は中乃森ではなくなぜか藤田《ふじた》だったが——藤田さんと呼んだことは一度もなく最初から最後まで「店長」の呼び方で通した。

事前に中乃森さんから聞かされていた就職の条件はほぼその通りで、時給の金額にも、入社祝い金にも、職場近くにちゃんとしたマンションの寮があることにも偽りはなかったけれど、ただ一点、そのマンションの1LDKの部屋が、同じ店で働く女性従業員とペアの相部屋であることが予想外で、それだけは苦労の種というか辛抱の必要があった。

辛抱というのは、わたしがそこで働いていた一年半ほどのあいだに同室の女性が次々に辞めて憶《おぼ》えているだけでも四人替わったのだが、全員がわたしよりもずっと若い二十代前半か十代後半で、岐阜時代の中乃森さんとは違ってそれぞれにわたしを悩ませる悪癖・非常識の持主で、でもそこを軽めに意見でもすると口うるさいおばちゃん呼ばわりされて（一回ほんとに言われたことがあった）ふてくされて職場でも無視されたりするので、穏便に収めるためには年上のわたしが折れるしかない、つまり意見などしない、不満があっても見て見ないふりに努める、その種の辛抱だった。店長の「ほなこうしましょう」が若い子たちに通用するとも思えず、この問題はわたしひとりで抱え込むしかなかった。

例を挙げると一人はとにかく大きな音で音楽を聴いたりテレビを見たりするのが困りものだった。ベランダで煙草を吸うならともかくカーテンで間仕切りしただけの寝室で寝煙草する子もいれば、共用の冷蔵庫を好みの炭酸飲料で占領する子もいたし、玄関に何足もの靴を脱ぎっぱなしにして平気な子もいた。面と向かってわたしを市木さんではなく「市木」と呼び捨てにする子も、おばちゃんならまだしも「ババア」と怒鳴ってわたしを威嚇した子も、リビングで一緒にいてもわたしなど存在しないかのごとくスマホばかりいじっている子もいた。それらの非常識をひとりで同時に二つ三つ兼ね備えた子もいた。

でもそういった相部屋の苦労を除けば、岐阜にいた頃よりも大阪時代のほうがわたしの生活は（経済的には）ずっと楽だった。できるだけお金を節約して、必要な買い物があるときも一円でも安いものを選ぶという生活方針は変えなかったが、貯金通帳の残高は毎月お給料が振り込まれるごとに目に見えて増えていたので、気持ちの上では楽でいられたし、息子のための生命保険の掛け金を払えなくなるかも、などという不安からもすっかり解放された。

ただそれでもわたしは貪欲《どんよく》に、もっとお金を求めた。騒々しいパチンコ店での仕事にあらかた慣れてしまうと、閉店後の清掃業務のパートがあることを知ってそれにも志願し、「ほなそうしてください」と店長の許可も得て労働時間を増やし、人手が足りなければ休日出勤もいとわずそのぶん手取りのお給料を増やした。できれば休みの日にもどこかにアルバイトの口があれば働きたいくらいだった。わたしは貯金通帳をひらいて、これだけあればもう大丈夫、一生お金の心配などしなくてすむと思えるような気持ちの安寧を求めていた。そんな安寧など（おそらく）得られるものではないことはわかっていてもそれが欲しかった。わたしはお金に貪欲なおばちゃんであることを自覚していた。たとえ陰で職場の同僚たちに「ドケチ」だとか「守銭奴」だとか噂されていたとしても（そんな気がした）、事実その通りなのでかまいはしなかった。

すべてがとは言わないまでも、大阪時代の一年半はおおむね順調だった。わたしはここでもまたこの生活がいつまでも続くものと信じていた。四人目の同室者が去り（給料の前借りをしたきり行方をくらまし）、代わりに雇われた新人がやって来るまでは。

そのわたしにとっての五人目の同室者は斉藤《さいとう》というひとで、見た目も、生活態度もいままでの女の子たちとは違っていた。わたしと年齢も一回りくらいしか差がなかった。寝室で煙草を吸ったりしないし、音楽も聴くときはイヤホンで聴いたし、冷蔵庫やお風呂《ふろ》や下駄箱の使い方も常識的だし、口のききかたもまともだった。先輩のわたしのこともさん付けで呼び、一緒に暮らし始めるとすぐに「かおりさんて呼んでもいいですか?」と断ってそう呼び出した。

いま考えれば何もかも、あたり前のことなのに、それまでの四人があまりにひどかったので、なんだかとても上質な人間が現れたようにわたしは思った。そのせいで最初のうち、わたしは斉藤さんの本性を見誤っていた。

斉藤さんは実は、相手をするのがときにストレスになるほどお喋り好きで、しかもひとの過去を穿鑿《せんさく》したがる、わたしに言わせれば最悪の性癖の持主だと気づいたのは、二週間ほどして彼女がパチンコ店での仕事のルーティーンをほぼ呑《の》み込み、わたしとの同居生活の緊張もほぐれた頃だった。気がついたときにはもう斉藤さんは本領を発揮しはじめていた。

かおりさんはどこの出身なんですか?

穿鑿はまずそこから始まった。関東のほうだと答えると、自分は岡山だが、かおりさんは関東の何県ですかという。千葉だと答えると当然、千葉のどのへんですかという。千葉市内ですか。田舎のほうよ。田舎って? 茨城寄りですか、それとも木更津《きさらづ》とかそっちのほうですか。そこまで訊かれてわたしはもうこの話を続ける気をなくしていた。言葉を濁してテレビに目を向けているわたしに、斉藤さんは冷蔵庫から缶ビールを取ってきて一本押しつけてきた。

「おごりです」彼女は笑顔で言った。「飲めるんでしょう?」

むげに断るのも、飲めないと嘘をつくのも後々しこりが残りそうなので「ありがとう」と言って飲むしかなかった。

「かおりさん、結婚してたことあるでしょう」隣でビールを飲みながら斉藤さんが言った。

これを飲み終わったら寝室に入ろうと決めて、それまでの辛抱だと、相手にならずにテレビに目を向けていると、

「なんとなくそういう匂いがする。夫も子供もいたひとの匂い」と言って斉藤さんはわたしを振り向かせた。

「なんで離婚したんですか。子供さんは？」

そう訊いた斉藤さんの目はらんらんとしていて、なぜか勝ち誇っているようにも見えた。石和温泉の旅館で先輩だった吉野さんというひとのことをわたしはそのとき思い出した。他人の噂話を仕入れて来るのが得意で、わたしにその噂話を披露するときの吉野さんがちょうどそんな顔をしていた。斉藤さんは年は若いけれど、あの吉野さんと同じ匂いがするのだと、わたしは気づいた。

「千葉に置いてきたんですか、子供も夫も」

「縁がなくてずっと独りなのよ」いい加減にしてほしかったのでわたしは嘘をついた。「所帯染みて見えるんでしょう？　着るものにも化粧にもお金をかけてないし、白髪だって染めてないから」

「違いますよ、わかるんですよ匂いで」

缶ビールはまだ半分以上残っていた。とっくに飲む気はうせていたが、おごって貰ったものを

残して捨てるわけにもいかず目をつぶって喉《のど》に通した。

「もうひとつ当ててみましょうか」斉藤さんが言った。「かおりさん大学出てるでしょう」

だとしたら何？　とはわたしは応えなかった。どんな聞き返しもせずにビールを飲みほすことに集中した。

「大学まで出て、結婚して子供も産んだひとが、いまはなんで大阪のパチンコ屋なんかで働いてるんですか。なんでここでこうしてわたしなんかと缶ビール飲んでるんですか」

「斉藤さん」

「はい」

「ビールを御馳走《ごちそう》さま。わたし先に休ませてもらうね」

「そうですか」もっとしつこく絡まれるかと身構えていたが、その晩の斉藤さんはわたしが長椅子から腰をあげても止めなかった。

「まあいろいろですよね、ひとそれぞれ、いろいろ事情はありますよね」

洗面所に歯磨きにむかうわたしの背中に彼女はそんな言葉を投げかけただけだった。

3

穿鑿好きなだけではなく斉藤さんにはもうひとつ困ったところがあった。手癖が悪い、とまでは言わないけれども、ひとの私物を無断で使って平気でいられる図々《ずうずう》しさがあった。

私物といっても安物のシャンプーや歯磨き粉や、冷蔵庫に買い置きしてあるパック入りのオレンジジュースや梅干しや、それからご飯のおとものふりかけやゴマ塩のことで、少しくらい減らされたからといって金銭的に痛いわけではないのだが、でも無断でそういうことをやられると苛々《いらいら》が溜《た》まるし、いつまでも黙ってはいられなかった。彼女が来る前の同室者たちは揃いも揃って非常識な女の子たちだったけれど、それでもわたしのシャンプーで髪を洗ったり、わたしのオレンジジュースに手をつけてパックを空にしたりはしなかった。むしろ逆にわたしみたいなおばちゃんの私物には手を触れたがらなかったと思う。その点でも斉藤さんは異色だった。

あるとき、わたしが閉店後の清掃仕事を終えて深夜に部屋へ戻ると、斉藤さんがほぼ同時に、わざとらしく寝室から出てきてリビングの長椅子でテレビを見始めた。お風呂あがりなのかパジャマに着替えていた。一目、何やら様子がおかしかった。

その理由は、カーテンで半分に仕切られた寝室の自分のスペースに入ってみてわかった。シングルベッドの横のテーブルにわたしは一冊のノートを置きっぱなしにしていた。石和温泉で仲居さんの職に就いた頃に始めて、その後何度も中断しながら、たまに取り出してはボールペンで綴《つづ》っていた日記、というか息子への手紙のようなものを書きつけたノートだった。斉藤さんはわたしが帰ってくる直前までそれを盗み読みしていたのだ。

そうに違いなかった。確たる証拠はないけれども盗み読みされたことにわたしは直感的に気づいた。思いなしか自分で置いた位置とは若干ずれたテーブルの端のほうにボールペンを挟んだノートが戻されているようにも見えた。あるいは元の位置にきっちり斉藤さんは戻したのかもしれないが、どっちにしても、ひとの私物を無断で使って平気な女がテーブルに無造作に置かれたひとのノートをひらいて読まないはずがない。わたしは仕事に出る前に、個人スペースの壁に据え付けの貴重品入れの金庫にノートをしまうべきだったのだ。金庫じゃなくてもせめて押し入れのリュックの中に戻すべきだった。それともベッドのマットレスの下に隠すべきだった。

いまさら悔やんでもおそい。うかつだったとわたしは自分を責めた。自分を責めてそれから頭に血がのぼり斉藤さんに激しい怒りをおぼえた。

わたしは震える指で四桁《けた》の暗証番号を押して金庫にノートを押し込み、そのうえで寝室を出て斉藤さんのそばに立った。

「斉藤さん！」わたしは喧嘩腰で怒鳴った。

でもそのあとの言葉が続かなかった。

「はい？」と平然と斉藤さんに見上げられて、わたしは早くも気勢を殺《そ》がれた。彼女はまったく悪びれた顔をしていなかった。わたしの剣幕にたじろいだ様子もなかった。徒労かもしれない。このひとには何を言っても無駄かもしれない。

「斉藤さん、あなたね」

「何ですか？」

「ひとのものと自分のものの区別がつかないの？」

「何の話ですかいきなり」

「シャンプーの話よ」わたしは思わず言った。斉藤さんがまだ湿った髪のままタオルを肩に掛けているのを見てついそう言ってしまった。「あなたお風呂に入るたびわたしのシャンプーを使ってるでしょう。それからそのいま髪を拭《ふ》いてるタオル、それもわたしのタオルじゃないの？」

「ああ、そうなんですか、知らなくてごめんなさい、共用のやつかと思ってました」

「共用？　タオルが共用なわけないでしょ、スーパー銭湯じゃあるまいし。それはわたしがお風呂からあがってすぐ使えるように棚に重ねておいたタオルじゃないの」

「それならそうと最初から教えてもらわないと」斉藤さんはわたしのタオルで髪の毛をごしごし拭きながら言った。「それか黒マジックで市木って持主の名前を書いといてもらわないと」

「じゃあわたしのオレンジジュースは、オレンジジュースも共用だと思った？　冷蔵庫の飲み物にもいちいち名前を書いておかないと誰のものかわからないの？　それから梅干しは、それからあと、ふりかけ……」

斉藤さんが口をあけたまま何も言わずにわたしを見た。呆《あき》れてものも言えないと態度で示したのかもしれなかった。わたしはわたしで自分がしみったれたことを言い立てていると気づいて情けない思いがした。

「かおりさんて、噂通りですね」

「え？」

「お金に細かいって、みんな言ってますけど。そこまでしてお金貯め込んで何に使うんですか。別れた子供さんに仕送りでもしてるんですか」

ああやっぱり、このひとはわたしのノートを盗み読みしたのだと確信した。

「わたしがお金に細かいとかどうでもいい。わたしが言いたいのはそういうことじゃない、他人の私物を無断で使わないでと言ってるの、使うなら使うで一言断ってからにしてほしい。オレンジジュース一杯くらいいと思うかもしれないけど、自分のものを黙って飲まれたほうの身になって考えてほしい。朝食にオレンジジュースを飲むつもりでいたら、あるはずのものが失くなってるのよ、空になった紙パックがゴミ箱に捨ててあるのよ？　それでこっちは予定が狂うの、ジュースの代わりに水道の水を飲みながらトースト齧《かじ》って仕事に出ることになるの、そういうのがわたしは我慢できないと言ってるの」

わたしはまたしみったれたことを喋っていた。

本当はいちばんにノートの盗み読みを責めたいのに、その話の前に、これでは自分自身で「お金に細かい」という噂を証明しているだけだと気持ちが萎《な》えてきた。斉藤さんもわたしの腰くだけに気づいたようだった。

「わかりました」彼女は口だけ非を認めるようにうなずいた。「ごめんなさい、これから気をつけます。でもかおりさん、わたしはかおりさんと違って締まり屋じゃないし、今月はとくに出費がかさんでお金に困ってるんです。シャンプー一本、リンス一本買いたくても買えない事情があるんです。ひとのシャンプーを借りないと髪も洗えない、そういうルームメイトのことも考えてみてください」

「は？　何を言ってるの斉藤さん、あなた缶ビールだって飲んでるじゃないの。あなたの毎日飲む缶ビールと、わたしのシャンプーと値段がどれくらい違うと思ってるの」

「毎日飲んでなんかいませんよ。あのときは入社祝い金が残ってたから贅沢《ぜいたく》ができたんです。でも今月は違います。今日だってお風呂上がりのビールなんか飲んでないし、冷蔵庫をちゃんと見てください、発泡酒だって入ってないですから、お給料日前の金欠でお酒どころかジュースも買えないですから」

「それは斉藤さん、あなたの、お金の使い方に問題があるからそうなるんでしょう」

「お金の使い方に問題があるって、かおりさん、あのとき一緒にわたしの贅沢ビール飲んだじゃないですか、わたしが自分のお金で買って冷蔵庫に冷やしておいた缶ビール。わたし奮発してかおりさんにおごりましたよね？」

缶ビール一本、たったの一本だけ、「おごりです」と言って飲ませてもらったのは確かだった。確かだけれども一回きり、缶ビール一本のおごりを奮発なんて言葉で恩に着せられるのが癪で仕方なかった。だったら奮発して貰ったビールの代金は返すから、あなたも使ったシャンプーや飲んだオレンジジュースを弁償してちょうだい。と意地汚い文句が喉まで出かかったが、言ってしまうとしみったれの泥仕合になるので言えない。それも悔しかった。

そのとき返事に詰まったわたしに斉藤さんが提案した。

「じゃあかおりさん、こうしましょう。シャンプーの共用がどうしても嫌だというなら、わたしはわたしでシャンプー買いますからそのお金を貸してください。お給料日まで、一万円貸してください」

わたしはこれまで、同室だった女の子たちにさんざん悩まされてきたけれどお金を貸せと要求されたことはなかった。彼女たちはわたしなどあてにせず店長を頼っていた。

「店長のところへ行きなさい」わたしは斉藤さんに言った。「前借りの申し込みなら、店長は慣れてるはずだから」

「店長のところにはもう行ったんです」斉藤さんが答えた。「お給料の前借りもしてるんです。だからこんどはかおりさんに頼んでるんじゃないですか。ね？　お給料出たら絶対返しますから。そうしてもらわないと、このままわたしシャンプー使い続けますよ。かおりさんが買ってくる紙パックの飲み物だって毎日減り続けますよ？」

こんなひとと、わたしはこれからずっと同室で暮らさなければならないのだろうか。そう思うと深いため息も出るし、つづけて首を振らずにいられなかった。それからわたしは斉藤さんがすわっている長椅子の端っこに腰をおろした。

「給料日までまだ十日以上あるじゃないの」

「そうなんですよ。ほんとは二万円貸してもらえると助かるんだけど、貸せますか？　……そうですよね、二万円は厚かましいですよね、やっぱり一万円で。それでなんとかしのぎます、かおりさん見習って粗食で頑張ります。お昼は二個三百円以内のパンにします。それかゴマ塩のおにぎり作ってお弁当に持っていきます」

「自分で買ったお米とゴマ塩でね」

「はい、もちろん。だから一万円貸してください。ちゃんと利子をつけて返しますから」

「利子なんて要らない、わたしは高利貸しじゃないんだから」

「ありがとうございます」金額に見合わぬくらい深々と斉藤さんに頭を下げられて、もう引き返す道は閉ざされていた。

「明日の朝、郵便局のATMでおろしてくるから、約束はほんとに守ってね」

「え？」

「何」

「いま貸してもらえないんですか」

「持ってないもの一万円なんて。お財布に入ってるのは千円札と小銭だけだし」

わたしが正直にそう言うと、斉藤さんは目を丸くして呆れ顔になった。

「何よ」

「いえ何でもないです」

「言いなさいよ」

斉藤さんは、わたしの財布の中身にさも感心したふうにこう言った。

「かおりさんて、ほんと噂どおりのひとなんだなあと思って」

4

わたしが現金を少額しか持ち歩かず、かといってカード払いをするわけでもなく持ち歩く現金もなるべく使い惜しみする、そして余分なお金は全部通帳に貯め込んでいる、たぶんそういう意味で「噂どおりのひと」と斉藤さんは言ったのだろうが、事実、わたしはその噂どおりのひとであり、それはもうだいぶ昔から——刑期を終えて出所して、離婚して、ひとりになってからずっと——身に染みついたお金との付き合い方だった。

わたしは毎月口座に振り込まれるパチンコ店のお給料を、振り込み日に確認するだけで、ATMでおろす現金は上限一万円と決めていた。それも月に三回、つまり十日に一回程度にとどめていた。急の出費さえなければ、十日を一万円以下の現金でやりくりする。わたしは自分にそういうノルマを課して日々を送っていた。

ふだん持ち歩く財布には千円札が三枚もあれば特に不都合もなかった。残りの所持金は貯金通帳にそれなりの数字として打ち込まれている。そしてその通帳は印鑑と一緒に貴重品入れの金庫にしまってある。大阪暮らしのあいだにわたしはそのことにすっかり馴染《なじ》んでいた。お金をなるだけ節約する毎日、そのためお財布には少額しか入れない習慣、堅実以外のなにものでもないその身についた習慣が、まさか、のちに仇《あだ》になるとは夢にも思わなかった。

ＡＴＭで引き出した一万円は返って来ないかもしれない。返って来ないどころか、この一万円をきっかけに斉藤さんとの関係はさらに悪い方向へ転がっていくかもしれない――日頃の堅実をみずから踏みはずしたという罪悪感のせいか、何だか嫌な予感がしていたのだが、案に相違して、斉藤さんはお給料日になるとわたしから借りた一万円を渋らずに返済してくれた。

その後しばらくは私物無断使用のトラブルもなく、以前と比べたらしごく平穏な同室生活を送ることもできた。

でもその後しばらくというのは文字どおりしばらくにすぎなかった。翌月になると斉藤さんはまたもとの斉藤さんに戻っていた。

顕著なのは、彼女のお喋りのなかに妙に具体的な、細かいというか馴れ馴れしい情報が混じり始めた点だった。

「こっちに来る前、かおりさん、岐阜のパン工場で働いてたって本当ですか、店長のお姉さんと一緒に」

とか、

「岐阜の前は山梨の旅館で仲居さんやってたんですか、そこでも店長のお姉さんと一緒に。だから店長、かおりさんにはちょっと甘いところがあるんですかね？」

とか、

「石和温泉て、山梨の笛吹市ってとこですよね。笛吹川って有名ですよね。八月に笛吹川の河川敷で花火があがるんでしょう？　八月のいつ頃ですか、例年だとお盆過ぎぐらい？」

そうかと思えばわたしの経歴の穿鑿だけではなく、

「知ってましたかおりさん？　店長て、年配の男性と同棲《どうせい》してるんだって。もちろん知ってますよね、かおりさんは店長のお姉さんとは一時期ルームメイトだった間柄なんだし」

だとか。

最後の店長に関する情報はともかく、わたしの経歴のことは、例の盗み読みしたわたしのノートから得た情報をいまになって小出しにして――目的が何かはわからないけれど――わたしの反応を観察しているのか、それとも店長やほかの同僚たちとの雑談から仕入れてきた情報を、ただ単に本人に確認したがっているのか微妙なところだった。

いずれにしてもわたしはまともに相手にならず、おざなりの返事で受け流していたのだが、その場はそれで済んでも斉藤さんの穿鑿は止まなかった。なかでも彼女はわたしの石和温泉時代の話をしつこく聞きたがった。ひょっとして彼女自身、旅館の仲居さんという職業に憧《あこが》れでも持っているのかも、と思えるほど前のめりに質問を浴びせてくるので、和服の着付けだとか宿泊客の迎え方だとか配膳《はいぜん》の仕方だとか、中抜けという言葉の意味だとか、わたしも根負けしてぽつりぽつり答えてしまったこともある。

そしてそんな長話になるときには、いつも斉藤さんの奢《おご》りでわたしたちは缶ビールを飲んだ。

斉藤さんはその頃にはまた、つまりお金に困っていないときでも、入浴のときはまるで共用みたいにわたしのシャンプーやリンスを使い出していたし、冷蔵庫の食品にも断りなく手をつけていたけれど、贅沢ビールも気前よくルームメイトのわたしの分まで買ってきてくれた。そういうひとなのだ斉藤さんは。お金に困っていようといまいと、手近にあるものは他人の私物でも平気で利用してしまう。その代わり、自分が支払って買ったものもルームメイトには平等に分けてくれる。しみったれたことなど言わずに。

斉藤さんはわたしのような倹約家ではない。でも欲深いとか、お金に汚いとか、そういう人でもない。実をいえば先月貸した一万円を返してもらったあとも、この次はもっと大きな額の借金を申し込まれるのではないか、返済はそのための布石ではないかとも疑って警戒していたのだが、そんな気配はなかった。お金はあれば欲しいものに使う。惜しみなく使う。ただそういう性格のひとなのだ斉藤さんは。わたしはそう考えることにした。そう考えて折り合いをつけるしか斉藤さんみたいなルームメイトと上手に暮らしていく方法はないのだろう。こちらもしみったれたことなど言わずに。

そんな矢先のことだった。

ある日、いつものごとく徒歩出勤したわたしは、朝から店長に呼び出された。

事務所でテーブルを挟んで向かい合った店長は見るからに困り果てた顔をしていた。何か良くない事が起きている。それはもはやあきらかで、「市木さん」と重い宣告口調で呼びかけた店長は予想にたがわず、わたしがいちばん怖れていたことを切り出した。

わたしが受刑者であった過去が露見したのだという。

そのことを知っていてわたしを雇い入れたのかと会社の上の人に問われて、店長は自分は知らなかったと答えたという。それはその通りで、つまりわたしはわたしの前科を意図的に隠して就職したことになる。就職の際提出していた履歴書に賞罰の罰を書く欄はなかった。とはいえそんな言い訳は通用しない。問題にされたのはその点と、もうひとつ、会社の人事に関わるひとがSNSに書き込まれたわたしに関する情報を見て、その報告がすでに社長にまで伝わっていることだった。

どこの誰による書き込みかはわからないが、それは人殺しがこのパチンコ店で働いているという書き込みだったらしい。むろんわたしの起こした事件のことを会社の人事のひとはとっくに調べあげていたし、わたしが刃物を使ったり、いわゆる情痴のもつれであったりの殺人事件の加害者ではないことは承知していた。でもわたしが車でひとをはねて死なせたのは紛れもない事実だし、はねたひとを放置して逃げたのも事実だ。そのことを人殺しだと言われても反論はできない。しかもわたしは裁判にかけられ、刑に服し、更生し出所した人間であるけれど、浅はかにもその事実をいまのいままで、お世話になった店長にまで隠し通していたのだ。

「かばいきれません」と店長は率直に言った。いつもの歯切れのよい口調は一切消えていた。

「ほなこうしましょう」という妙案などいつまで待っても聞けるわけがなく、わたしはうなだれて最終宣告を待つしかなかった。

「社長がこうと決めたらそれに従うしかない会社やから」店長は言いづらそうだった。「気の毒やけど僕にはどうしようもない。いますぐ荷物をまとめろとは言わんけど、早いうちに、今週中にも、寮のほうも出てもらわんと」

「ほな」わたしは精いっぱいの空元気で声を出した。「ほなどうしましょう?」

店長は無言だった。わたしの下手な関西弁の真似に頬を緩めたりもしなかった。

「どうするもこうするもないですよね。ここクビになったら、わたし、また岐阜にでも戻るしか……」

「あのね」すると店長がすぐに言った。「申し訳ないけど、ゆうべ岐阜の姉とも電話で話しました、市木さんのこと、姉も何も聞いてなかったそうで、大変驚いてました」

こんどはわたしが黙り込む番だった。

やはり中乃森さんにはこっちへ来る前に自分で打ち明けておくべきだったのだ。そうしておけば中乃森さんは事情を呑み込んで、店長さんにも最初からうまく話してくれていたかもしれない。その話は店長さんから会社の人事のひとにも伝わり、その上でわたしは正式に雇用されていたかもしれない。今頃になってこんな目にあわなくてもすんだかもしれない。

もう手遅れだ。店長から電話で話を聞かされて、中乃森さんのわたしを見る目はすっかり変わってしまっただろう。都合の悪い過去に蓋《ふた》をしたまま一年もルームメイトとして暮らし、就職先まで紹介してもらったあげくに身内の弟さんの顔に泥を塗った。そんな人間を今後──どう言い訳しようと──二度と信用してはくれないだろう。ゆうべの電話で中乃森さんは、自分だって寝耳に水で、市木さんがそんなひとだとは知らなかった、いまは裏切られたという思いでいっぱいだと店長に語ったに違いない。だのに、わたしはどんな顔をして岐阜へ戻れるというのか。

「こちらとしても痛手なんですよ?」放心しているわたしに店長が話しかけた。「市木さんに、斉藤さんにと、ふたりもいっぺんに辞められたらかなわん。でもこればっかりはどうしようもない」

「わかりました。ご迷惑をかけて申し訳ありません。店長には、こっちに来てからずっと良くしてもらっていたのに」

そう応えたあとで、わたしは我に返って訊ねた。

「斉藤さんも？　斉藤さんもクビになるんですか？」

「いやいや斉藤さんは解雇やなくて、実家に帰って病気のお母さんの介助をされるとかで、どういうか、円満退職というかね、市木さん何も聞いてないの？」

「はあ」

「はあって、同室やのに。あの斉藤さんて子も変わった子やね、今日にも寮から出ていくいうて聞いてるけど？」

そういえば今朝斉藤さんとは口もきいていないことをわたしは思い出した。それは思い出せたけど、一足先にわたしが出勤するとき斉藤さんがどこで何をしていたのか、洗面所にいたのかリビングでテレビを見ていたのか、カーテンで間仕切りされた寝室にまだいたのかまったく憶えていなかった。

「僕に用のあるときは彼女、前借りの話ばっかりやったけど、市木さん、お金貸したままとか、なってたりしません？」

「いいえ。そんなことも一度ありましたけど、それはちゃんと」

「ふーん、そうかそのへんの感覚はまともなんやね。うちのほうもね、僕のポケットマネーから貸してたぶんも合わせて、借金はきっちり返済してくれたし」

店長から言い渡された処分を納得して聞き終わり、事務所をあとにすると、なぜか急に胸騒ぎがしてわたしは足早に寮の部屋へ戻った。そして部屋中さがしてみたけれど、斉藤さんの姿はどこにも見つけられなかった。寝室も覗いてみたが、もともとシングルベッド以外に目立つ家具などもない殺風景なスペースだったので、無人の空気がより濃くなったような気がしただけでどこがどう変わったとか、斉藤さんが何を持ち出して何を置いて行ったのかは知り様がなかった。

それにしても、店長に退職の意思を伝えるくらいなら、同室者のわたしに一言の断りくらいあってもよかったのではないか。前の子みたいに給料前借りのまま失踪《しっそう》してしまうというならまあ話は別だけど。

そう思っているうちにわたしは胸騒ぎの原因に気づいた。

斉藤さんについて店長が語った人物評だ。

「ふーん、そうかそのへんの感覚はまともなんやね」

そこにちょっとした、いやちょっとではすまない違和感があった。

「うちのほうもね、僕のポケットマネーから貸してたぶんも合わせて、借金はきっちり返済してくれたし」

わたしはそのとき最悪の予感にふるえて自分の寝室スペースに駆け込んだ。貴重品入れの金庫の扉はちゃんと閉じていたのでひとまず安心し、息子の誕生日に設定してある四桁の暗証番号を押して中を確認した。例のノートはそこにあった。通帳や印鑑を入れたポーチもそこにあった。チャックをひらくとポーチの中身も無事だった。

ああ、よかった。とわたしは声に出してつぶやき、安心の吐息をついてしばらくポーチを胸に抱いていた。これがあればわたしはどうにかやっていけるだろう。またどこか他所の街に移って仕事を見つけてひとりで生きていけるだろう。けれどもそれは偽の安心だった。ほんの数十秒後、ポーチから取り出した通帳をひらいて、そこに打刻された数字を目にしたとたん視界が斜めに傾き、わたしはお尻《しり》から床に倒れ込んでいた。あまりのことに膝ががくがく揺れて立っていられなかったのだ。……いったいこれはなんなの。訳がわからなかった。通帳のいちばん新しい取引のページには七桁の数字が打ち込まれてあるはずだった。それがごっそり減っていた。わたしの貯金口座の残高はたった五桁の数字に変わってしまっていた。

第七章（2023）

I

（お母さんは岡山に来ています。

今朝新幹線で大阪から着いたばかりです。

着いて数時間しかたたないのに、この街にもう用はありません。

いまは知らない道を歩いて道に迷い、途中で見つけた公園でひと休みしているところです。背負っていたリュックを脇に降ろしてベンチにすわっています。

ここから次にどこへ向かえばいいのか、考えています。四国の高松《たかまつ》へ行くべきか、それとも、もっと西の九州へ行ったほうがいいのか、でもどちらも気が進まず、心が決まりません。

もしお母さんに信じられるものがあったらと思います。

たとえば昔あなたが通っていた千葉の幼稚園の、そこへあなたを迎えに行ったとき、地べたにしゃがんで振り仰いだ記憶のある尖塔《せんとう》の、天辺《てっぺん》に十字架の見えたあの白い教会の信者だったら、もしそうならお母さんは熱心にお祈りして、聖母マリアさまでもイエスさまでも誰でもいいからお慈悲にすがりたい気持ちです——どうすればよいのか教えてください。どんな小さな事でもいいからヒントになるものをお示しください。この街を出て次にわたしの行くべき道を指し示してください）

わたしはいつもの習慣で、息子の拓にあてて心の中で架空の手紙を書き、書き終わると一言、こんどは声に出してつぶやいてみる。

「どうしようか、拓」

ここは岡山市内。わたしのいまいるここは岡山市内にあるどこかの公園。でも地図でいえば市内のどのあたりなのか、何という名前の公園なのかわからない。いますわっているベンチからどっちの方角に岡山駅があるのかもすぐには判断がつかない。確か駅から遠くないところに大学があったような気がするのだけれど、ここからはそれらしい建物も見えない。

二時間ほど前、バスに乗って斉藤さんの実家を訪ねた。斉藤さんの実家は市内の外れの道路沿いにある中華屋さんで、斉藤さんの両親が、従業員も雇わず夫婦ふたりだけで切り盛りしているこぢんまりしたお店だった。

大阪で店長さんや本社からやって来た人もまじえて話したときには、斉藤さんが実家に戻っているはずがない、病気の母親の介助のために退職という話も信用できない——もし市木さんの貯金通帳からお金を引き出したのが斉藤さんだとしたらなおさら——とさんざん意見されたのだが、それでもわたしは一縷《いちる》の望みを捨てきれず自分の目で確かめずにはいられなかった。

けれどもやはり店長さんたちの言ったとおりだった。

斉藤さんの母親はピンピンしていて、調理場担当の父親よりもむしろ元気に見えたくらいで、旅行用のキャリーバッグを片手で転がしおまけにリュックまで背負ったわたしを見てどう思ったかは知らないけれど、大阪の知り合いだとわたしが名乗ると、斉藤さんのお母さんは怪しむ様子もなく、質問にも言葉をにごさず答えてくれた。娘をかばって嘘をついている様子は全然見えなかった。

わたしは注文した五目焼きそばに箸《はし》をつけながら斉藤さんのお母さんとぽつりぽつり話をした。それによると斉藤さんは実家にはもう長いこと戻っていない。ただ、つい何日か前、ひさしぶりに電話をかけてきたそうで、そのときは四国へ行くと言っていたそうだ。香川県の高松に友だちがいて就職の世話をしてくれることになったらしい。でも斉藤さんのお母さんは、娘が高松の友だちにどんな就職口を世話してもらうのか具体的な職種は知らなかったし、友だちの名前も、またわたしはあえて訊《たず》ねなかったけれどその友だちが同性なのか異性なのかも知らなそうだった。もっと言えば、斉藤さんの友だちという人物が本当に高松にいるのかどうかも微妙だった。大阪の店長さんならきっとでたらめに決まっていると言うだろう。

お昼どきだし中華のお店はそこそこ繁盛していた。でもこの三年ほど、飲食業の人たちがみんなそうだったように、斉藤さんのご両親も自分たちの店を存続させていくためにそれ相当の苦労をしたはずだった。家を出たきりの娘の消息も気掛かりだろうが、それより自分たちの生計をたてることで精一杯だっただろう。わたしは五目焼きそばを食べ終わると結局、詳しい話は何もしないまま、リュックを背負い直してお店を出ることにした。大阪のパチンコ店の寮で同室だった娘さんが、わたしの貯金通帳からお金を引き出して行方をくらましている（その可能性が濃厚）

などという話は他のお客さんの耳もあるし一言も口にはできなかった。たとえ母親に伝えたところで盗まれたお金が即座に戻ってくるわけでもない。

わたしがいる公園には人工池が設けられ、丸い池の中央には噴水がある。大きなお皿のような台座の上に脚付きのグラスを二つ重ねたかたちの噴水装置が。でも故障中なのか、時季的に止められているのか、水は噴き上がっていない。

噴水のある池の周囲はレンガを敷きつめたドーナツ型のスペースになっていて、ちょうどわたしのベンチと池をはさんで対面する位置のベンチにいましがた二十代くらいの若い男性が現れて、大きな布袋の中から何かの道具を取り出して胸に抱えると、ゆったりした足取りでドーナツの外縁に二段積みにされたレンガの敷居を越え、隣接した芝生の広っぱに場所を移した。

上下青いジャージ姿の若い男性はそしてそこで一目でわかるトレーニングを始めた。

ボウリングのピンに似た形のものを一つ、二つ、三つ……と投げ上げ、順番に落下してくるピンをもう一方の手で受け止めてはまた投げ上げる。目をこらして確認するとピンの数は全部で五つ。五つのピンを一定の間合いを保ちつつ両手であやつっている。

ジャグリングの練習だ。わたしはしばらくその様子を眺めた。男性の頭より一メートルも高く上がり、落ちてきてはまた投げ上げられる、まるで訓練された生き物のように同じ軌道を描き続ける五本のピンに見とれていた。それから自然とわたしは思い出した。同じようにジャグリングが得意だった慶太くんのことを。

もう遠い昔、晴子伯母《おば》さんの葬儀の晩に、彼が庭の柿の実をもいできて、ジャグリングを披露して親戚《しんせき》の喝采《かっさい》を浴びたことを思い出した。あれはわたしが二十七歳になった年の秋だったから、もう十五年も昔の出来事なのだ。

大学の大道芸サークルで才能を発揮し、のちにプロの師匠に弟子入りして慶太くんはいまではいっぱしの大道芸人になっている。幼なじみでもあるいとこの慶太くん。思えばこの一、二年すっかり連絡が途絶えてしまっているけれど、いまもまだ好きな仕事を続けているだろうか。あのジャージ姿の若者と同じように、どこかの街の公園で孤独にトレーニングを積んでいるのだろうか。

わたしは慶太くんに電話してみることをそのとき考えた。

実際にリュックのポケットからスマホを取り出して番号をタップする寸前までいった。これからどうするべきか迷っているわたしの前にジャグリングをやる青年が現れたのは、何かの暗示かもしれない、慶太くんに相談して、力になってもらえという天の神様のお導きかもしれないとすら考えた。でも本当はそうではなくて、わたしはただ見知らぬ街に独りぼっちでいて、いまは誰でもいいから昔からわたしを知っている人間に、わたしの話すことを信用してくれる人間に頼りたいだけなのかもしれなかった。

わたしは、わたしの貯金通帳からお金を引き出したのは斉藤さんだと見抜いている。店長さんたちはその決めつけにためらいがあるようだったけれど、やったのは彼女以外に考えられないし、その手口も、わたしには想像がついている。

貯金通帳はいつも寮の部屋の金庫に入れてあった。貴重品入れの金庫を開けるには四桁《けた》の暗証番号が必要だが、彼女はその番号を知っていたのだ。ひとつには、わたしが拓への手紙を書きつけたノートを盗み読みしたことで。そしてもうひとつは、わたしへの誘導尋問めいた質問と、わたしの無防備な回答から、その四桁の数字をとっくに割り出していたのだ。

斉藤さんはわたしが石和温泉の旅館で働いていた過去を知っていた。石和温泉が山梨県笛吹市にあることも、笛吹川の名も知っていた。

「八月に笛吹川の河川敷で花火があがるんでしょう？　八月のいつ頃ですか、例年だとお盆過ぎぐらい？」

斉藤さんにそんな質問をされたのをわたしは憶《おぼ》えている。そして「そうね」とだけおざなりの返事をしたことも。でもそのあと斉藤さんはしっかり調べたのだろう。ネットで検索をして過去の、笛吹川の花火大会の日程を。

そしてその日程と、盗み読みしたわたしのノートの書簡体の文章――実際には投函《とうかん》することのない息子への手紙――を突き合わせて、ずるがしこい頭で推測したのだ。

（拓はもうじき十歳の誕生日ですね。
ちょうどその頃、笛吹川の河川敷では恒例の花火が打ち上がります。連続して空に弾《はじ》ける花火の音が、お母さんには、あなたの誕生日の祝砲のように聞こえます）

わたしはそんな文章をノートに書いていた。斉藤さんはそれを憶えていたから、拓の誕生日を知ることができた。そして08から始まる四桁の数字を試してみた。わたしの貴重品入れの金庫を開けるために。簡単なことだ。

開いた金庫の中には貯金通帳がある。あとはわたしのいない隙に通帳を持ち出して郵便局のATMへ行く。寮の近所にも郵便局はある。ATMもある。そこで試しに同じ四桁の暗証番号を入力する。ATMが受け付けることを知ると、一日に引き出せる限度額の五十万円を引き出す。それから素知らぬ顔で通帳を金庫に戻し、翌日また同じことを繰り返す。味をしめてその翌日も、またその翌日も、その翌日も……。

わたしはその犯行に気づかない。なぜならわたしが郵便局のATMへ行きカードで現金を引き出す機会は、十日に一度ほどしかないからだ。斉藤さんはその間隔も知っている。十日間、わたしはわたしの貯金通帳の残高が毎日毎日五十万円ずつ減っている事実にまったく気づかない。もしかしたら一度や二度金庫を開けることはあるかもしれないが（実際にあったかもしれないが）、見慣れたポーチはそこにある。ポーチの中に貯金通帳ももちろんある。用もないのにいちいちビニールケースから通帳を取り出して、開いて残高を確認するようなまねもしない。斉藤さんはそのへんも計算済みだ。簡単な手口だ。わかってみれば、斉藤さんの犯行は実に簡単なことなのだ。

それはもちろん、金庫の暗証番号と貯金口座の暗証番号を同じ数字に設定していたのはわたしのミスなのかもしれない。けれど自分が産んだ息子の、出産後離ればなれになりながらも片時も忘れたことのない息子の誕生日を、特別な思いをこめた数字として、どんな場合にも暗証番号に設定する習慣で生きていること、今日まで生きてきたこと、それが責められるようなミスだろうか。誰より先に責められるべきなのは悪知恵を働かせ他人の暗証番号を悪用した斉藤さんだろう。彼女がやったことはどこからどう見ても立派な犯罪なのだから。斉藤さんはわたしのほぼ全財産を盗んだ犯人なのだから。

でも店長さんたちは斉藤さんを犯人と決めつけることになぜだかためらいがあるようだった。彼女をかばうとは言わないまでも、これが窃盗事件であり彼女が窃盗犯であるという事実を直視せず、そこは曖昧《あいまい》にして事態の紛糾を避ける、できれば穏便《おんびん》に収めたがっている。話を聞いているとわたしにはどうしてもそう思えて仕方がなかった。

第一に、斉藤さんを犯人と呼ぶには確たる証拠に欠ける、みたいな言葉を本社から来た年配の男性は口にした。

確たる証拠とはどういう意味だろう？

「市木さん、あなたの大切な通帳を金庫から持ち出して、一日に五十万円引き出す、それを何日かにわたって繰り返す、そうした人物がいたとして、その人物が斉藤さんだと特定する根拠はないわけでしょう」

「じゃあほかに誰がいるんですか」

「それはわかりませんよ。わかりませんが、誰かほかの人物である可能性もゼロではないという話です」

「だったら調べてください。わたしの通帳を使ってお金が引き出されたＡＴＭの防犯カメラの映像を調べてみてください、そこに誰が映っているか」

「そんなことを言われてもね。防犯カメラの映像なんて、われわれにはそう簡単に調べさせてもらえませんよ」

「警察は？　警察なら調べることができるでしょう？」

あたり前のことをわたしは訴えたつもりだったが、本社の人は横にいる店長さんと顔を見合わせて即答はしなかった。その代わりに何か言いかける店長さんを片手で制して、わたしが予想もしなかったことを言った。

「市木さん、仮にね、仮に防犯カメラの映像を調べて、斉藤さんが映っていたとします。だとしてもそれが、斉藤さんが盗みを働いた証拠には必ずしもならないと思われるんですよ。いや落ち着いて聞いてください。なぜかといえばね、斉藤さんには斉藤さんの言い分があるかもしれないからであって」

「言い分って何ですか」

「たとえばの話、市木さんに頼まれてお金を引き出したんだと言われたらどうします」

「そんなこと頼んだおぼえはありません、頼むわけがないじゃないですか、五十万円もの大金の引き出しを赤の他人に」

「うん、普通はそう思います。でも警察はおそらく、斉藤さんがそう供述すれば手の打ちようがないでしょう。斉藤さんが引き出したお金を自分で所持していなければ、どうなります？　つまり、そのお金は市木さんに通帳と一緒に返却したのだと言えば。だって現に市木さんの通帳はいま市木さんの手もとにあるわけだしね」

「しかもそれも、斉藤さんの行方がつかめたとしての話やね」横から店長さんが口をはさんだ。

「でもわたしが斉藤さんに頼んだのなら、ATMでおろしたお金はどこにあるんです。わたしは現金はいくらも持っていませんよ。いま手もとにあるのは数万円残して空になった通帳だけで」

「うんそれは、お金は使ったらなくなるものです」と本社の人が急に妙なことを言い、話し合いの場に沈黙が降りた。

その沈黙が長びいたせいで、ようやくわたしは一つの懸念に思いあたった。この人は——店長さんは別としてもわたしや斉藤さんの人柄をよく知らないこの本社の人は——もしかしてわたしの狂言を疑っているのではないか？

一日に五十万円ずつ、何日にもわたって他人の通帳から現金を盗み出す、しかも毎日毎日、通帳はいったん被害者の金庫に律儀に戻しながら。そんな悠長な犯罪に手をそめる人間がいるのか。この市木という前科持ちの女は、その前科を隠していたことを会社に咎《とが》められクビになる腹いせに、斉藤さんと連絡がつかないのをいいことに、彼女を偽の犯人に仕立て上げ、ありもしない犯罪をでっちあげて被害者づらをしているのではないか。本当はこの女は自分の手で毎日五十万円の金を引き出して、それを何か必要に迫られて使い果たしたのではないか。あるいはどこかに隠し持っているのではないか。そのうえで、会社に難癖をつけて賠償金でもふんだくろうという魂胆ではないのか、行きがけの駄賃に。

「店長さん」わたしはそのわたしの考えがほとんど妄想だと頭ではわかっていても言わずにいられなかった。「じゃあわたしが斉藤さんを見つけてきます。警察が相手にしてくれないのなら、自分で捕まえて、白状させます」

「そうは言ってもやね、市木さん、斉藤さんの居場所なんて簡単にはわかりませんよ。何百万ものお金を盗んでむこうも必死で逃げてるわけやからそう簡単には」

「わたしだって必死なのは同じです。警察へ行っても無駄だとおっしゃるなら、実家に行ってみます、斉藤さんの岡山の実家に。住所を教えてください」

「それこそ無駄足になると思うよ。彼女が実家に立ち寄るなんていちばんあり得ない。浅はかなまねはせんほうがええよ市木さん」

その通りだ。

冷静に考えれば無駄足になるのは最初からわかりきっていた。

なのに浅はかなわたしは岡山にいる。

岡山市内の名前も知らない公園のベンチに、わたしのいま持てるものすべてをそばに置いてすわっている。

わたしの全財産——衣類や、履物や、息子への手紙を書き連ねたノートや、こまごました身のまわりの品を詰め込めるだけ詰め込んだキャリーバッグとリュック、刑務所を出た年から使っている傷だらけのスマートフォン、あとは斉藤さんがお情けなのか、いや引き出す日にちが足りなかったのだろう、僅《わず》かばかりの金額を残して金庫に戻していた貯金通帳、大阪の寮を出るときに店長さんが「雀の涙やけど退職金と、僕からの餞別《せんべつ》」と言って手渡してくれた現金入りの封筒。

そのうちいくらが退職金でいくらが店長さんの餞別なのかはわからないけれど、封筒には一万円札が二十枚入っている。それから最後にもうひとつ、店長さんの温情。温情だろう、パチンコ店を解雇されたわたしに持たせてくれた一枚の名刺。

「岡山からその先、もし行くあてに困ったら」名刺の住所を訪ねてみてくださいと店長さんは助言してくれた。「九州だからちょっと遠いけど、働き口はあると思う。僕からも市木さんのこと話しておきますから」

わたしはスマホを手にしたまま慶太くんの番号をタップするのをやめ、結局、電話をかける代わりに列車の時刻表を画面に表示させた。

自分が困ったときばかり相手を懐かしがるのは虫が良すぎる。慶太くんには過去に二度、就職先の世話をしてもらっている。しかもどちらもわたしの都合で勝手にやめてしまい、迷惑もかけている。久しぶりに声を聞きたいのは本当だけれど、話せばまたわたしの今後の身のふりかたの相談になりそうな気がする。弱気のまま彼に電話をすれば泣き言になるだけかもしれない。前科持ちの従姉《いとこ》に頼られた彼にまた気を揉《も》ませる結果になるかもしれない。

青いジャージ姿の青年はジャグリングの練習をひと休みしてベンチに腰をおろし、タオルで汗を拭《ぬぐ》いながら布袋の中を覗《のぞ》き、何か別の道具を取り出そうとしている。

あの青年には特別な才能がある、とわたしは思う。ジャグリングやほかにも曲芸をやって人の目を楽しませる才能が。もちろん慶太くんにも。でもわたしにはない。才能なんて何もない。ただわたしは、わたしの過去の犯罪歴のせいで、他人から特別な人間として見られるだけだ。ある人はわたしを異物として追放し、ある人はわたしに温情をくれる。同じ公園に居合わせていても、大道芸に打ち込む青年が特別であることと、わたしが特別であることとは違う。

世間一般の人たちの歩く道をわたしは踏み外した。結婚して、子供を産み、家族を作り、子供を成長させ、夫とともに年をとり、次の世代の家族へバトンを渡す。二十代までのわたしは確かにそんなゴールのある道を歩いていた。いまはまったく違う。二十七歳だったあの晩の事件を皮切りに、わたしは予定のコースを外れて歩き出した。ひとりで居場所を転々としながらいつのまにかずいぶん遠いところへ来てしまった。もう後戻りはきかない。あれから十五年の時が流れ、わたしは今年で四十二歳になる。

ここから次にどこへ行くか、さっさと決めなければ。

いつまでも公園のベンチにすわっているわけにはいかない。一芸に秀でた青年がその才能を磨いているのにぼんやり見とれている場合ではない。

わたしは自分を叱咤《しった》する気持ちになって時刻表を調べた。

高松へ行っても斉藤さんがつかまるはずもない。大阪市内を探しまわったほうがまだましだったかと思えるくらいだ。たとえどこを探しまわっても、仮に斉藤さんが見つかったとしても、そして彼女の犯罪を立証できたとしても、そのときにはお金は使われてしまったあとかもしれない。そんな不毛なことに時間や労力を費やすよりも、店長さんたちが言ったように（はっきりとした言葉ではなくそれとなく言外に滲《にじ》ませたように）、通帳から消えたお金は、大金には違いないけれども、みずからの不注意や油断が招いた災難だと諦《あきら》めをつけるのが賢明なのかもしれない。

一方で、もし斉藤さんの行方がこちらでつかめたら市木さんに連絡します、約束しますと店長さんは請け合ってもくれた。だったらむこうの言葉を信じて、こちらにできるのはまた働くことしかない。お金が足りないのなら働いて、切り詰めた生活をする。そうするしかない。自分自身のためにも、息子に残す保険金のためにも。三十代の十年間ずっとそうしてきたように、この先も、やがて年老いて死を迎えるそのときまで倹《つま》しいやりくりを続けていくしかない。また一から始めて貯金残高を月々少しずつでも増やしていこう。それが一度道を踏み外してしまった人間にとっての最善策に違いない。

店長さんに渡された名刺にある社名からは、どんな業務内容の会社なのかよくわからなかったが、働く場所さえ与えてもらえるのなら何でもいいと思った。これまでわたしはいろんな職種を経験してきた。和食の店でも洋食の店でも居酒屋でもスナックでもスーパー銭湯でも旅館でもパン工場でもパチンコ店でも働いてきた。これからもおなじだ。仕事さえあれば何だってやる。

わたしはそのときすでに心を決め、九州行きの列車の時刻表を調べ出していた。手にしたスマホが途中で音を立て始めるまでは。スマホのディスプレイが時刻表のアプリからいきなり電話の着信表示に切り替わるまでは。

2

電話の着信音を耳にするのがあまりに久しぶりだったせいもあったと思う。わたしは慌てた。おまけにその電話は未登録の番号からかかって来ていた。それもあってわたしは冷静さを欠き、いつまでも鳴り止まない音を消すために電話を切るという機転もきかせられず、気づいたときには通話をタップしていた。

あとから思えば、一年に一度あるかないかくらいの頻度で、誰とも知れない人物からの着信がスマホに残っていることがあり、着信履歴のみでただの一度も留守電メッセージを残したことのないその人物から、そのときもたまたまかかって来たのだと頭の片隅では判断していたと思う。でもそれは勘違いで、その誰とも知れない人物の番号はもうだいぶ前——拓が小学校にあがった春だった——最初にかかり始めたとき、電話には出ないまま「誰?」という名前で登録してあったから着信時にもそう表示されるはずだった。

だからこれはそれとは別人の、誰とも知れない人物からの、初めてかかって来た電話だった。

「市木さんですか」と電話の声は最初に言った。

そしてわたしが何とも答えないでいるうちに先を急いだ。

「そちらは市木かおりさんのお電話でしょうか。突然申し訳ありません、徳永《とくなが》と申します。妻の古い携帯のアドレス帳を見てかけています。市木さんご本人でしょうか」

徳永という苗字《みょうじ》と、妻という言葉で遠い記憶にさざ波が立ったようだったが、わたしは用心して黙っていた。

「もしもし？」相手が続けて喋《しゃべ》った。「鶴子のお友達の、市木かおりさんではないですか？　僕は鶴子の夫の徳永です」

ああ、やっぱりそうか、とわたしは思い出した。

このひとは鶴子の夫だ。

鶴子が結婚した相手の苗字はそういえば徳永だった。確か商社を経営している人だ。都内に会社事務所を構え、中国だったか東南アジアだったか、とにかく外国から何かを輸入する仕事をしていて、年収が二千万以上もあって、鶴子より一回りも年上の男性だったはずだ。

「市木さん？　違いますか？」

「市木です」とわたしは声を出した。

鶴子の夫は仕事がら出張が多く、長期の出張から戻った夫を迎えると、鶴子はくしゃみや鼻水が出て、ひどいときには二の腕やおなかに蕁麻疹《じんましん》まで出た。かかった医者はアレルギーだと言い、鶴子は、ふだんいない夫が家にいると決まってアレルギー症状が出るのだとわたしに電話で打ち明けた。

「良かった、市木さんですね」鶴子の夫が言った。「あなたと連絡を取りたくてお電話したんです」

わたしはほかにも思い出していた。

二十七歳でわたしがあの事件を起こしたとき、高校の先輩とずぶずぶの不倫にのめり込んでいた鶴子は、わたしが刑期を務めているあいだに、意外にもまったく別の男性と結婚して主婦の座におさまっていた。わたしが名前も聞いたことのなかった男性と。それが徳永さんで、徳永さんの生まれ故郷は新潟県で、実家へ行くと土地の人たちはみんな喋るとき語尾に「け」を付けるのだと言って鶴子は大げさななまりで口真似をしてみせた。メッセージをよこすときもわざとでたらめな方言を使ってきた。当時、服役を終えて離婚届に判を押し、息子と会えなくてふさぎこんでいたわたしを笑わせ元気づけるために。でもそれから……。

「市木さん」徳永さんの喋り方にはなまりは感じられなかった。「じつは鶴子のことでお訊ねしたいことがあって電話しています」

……でもそれからしばらくして鶴子は以前の不倫相手とよりを戻した。相手にはもとから妻も子供もいて、鶴子にもこんどは夫がいるからW不倫で、いっそうずぶずぶの関係にはまり、そうなるとわたしを励ますどころではなく鶴子は、昔から自分勝手なところがあったけれど、たまに電話をかけてきては「ねえ、かおりちゃん、聞いてくれる?」と、思うようにならない恋の悩みを相談するばかりでわたしを辟易《へきえき》させた。

「鶴子ちゃん、何かあったんですか」

「居場所がわからないんです。僕が仕事で留守をしているあいだに家を出てしまって」

わたしは辟易して、その頃から鶴子と電話やメッセージで連絡を取り合う回数も減っていったと思う。半年に一度、いや一年に一度くらいかもしれない、たまに電話がかかってきて、「久しぶりだねえ」「ほんと久しぶり」「かおりちゃん、いまどこで何してるの？」そんな挨拶《あいさつ》が定番の、ただの高校時代の同窓みたいな間遠な関係になってしまった。

最後に鶴子から電話が来たのはいつで、そのとき何を話したのだったろう。いつもの悩みの相談にわたしは生返事で適当に相づちを打ち、鶴子からの質問には、岐阜のパン工場の夜勤手当の話でもしただろうか。そうするともう一年半以上、いや二年くらい前のことになる。もっと昔の鶴子とのやりとりは憶えているのに、いちばん最近に交わした会話が何ひとつ思い出せない。

「家出？」わたしは徳永さんに聞き返した。

「家出というか、何というか、お恥ずかしい話ですが、おととい出張から戻るとそういった内容の書き置きがありまして」

「行先は」

「わかりません皆目。わからないから、いまこうやって市木さんを煩わせている次第で。申し訳ありません。市木さんのお名前は鶴子からよく聞かされておりましたので、もしかして、市木さんなら何かご存知ではないかと。事前に鶴子から、何かしらお話が市木さんのほうへはあったのではないかと」

「いいえ何も」わたしは間を空けず答えた。答えたあとで、あまりにも素っ気ない気がして、本当は思ってもいないことを訊ねた。

「家出じゃなくて、事件に巻き込まれたとか、その心配は？　警察へは？」

「いえ書き置きは妻の自筆に間違いありませんし、内容が内容なので、これは警察沙汰《ざた》にするような事件ではないと思います」

「そうですか」わたしは型通りの返答をした。「でもご心配ですね」

「市木さん？」

「はい」

「本当に何もご存知ありませんか。鶴子がいまどこにいるか、ちょっとした心当たりもありませんか」

鶴子が結婚前、不倫関係にあり、一度は解消したはずなのにその後また、どんな経緯でかは知らないけれど焼け木杭《ぼっくい》に火がついた相手。高校の一個上の先輩だった男性の苗字は何といっただろう。ぼんやり顔まで浮かんでいるのに思い出せない。

「いいえ、心当たりなんて何も」

「市木さん、鶴子は」そこで徳永さんは言葉に詰まった。

わたしは鶴子の不倫相手の、記憶では「長」という漢字で始まる苗字を思い出そうとしていた。

……長井、長野、長沢、長田。

徳永さんは咳払《せきばら》いで喉の通りを良くしてから言い直した。

「恥を忍んで申しあげますが鶴子は、男と一緒に逃げているようなのです」

わたしは無言のままでいた。……長山、長川、長島、長塚《ながつか》。……長塚？

「その男の名前に心当たりがないか、お訊ねしているんです」

「いいえ」わたしは繰り返した。「心当たりはありません」

「そうですか」徳永さんの吐息が聞こえた。

「ごめんなさい。何のお力にもなれなくて」

「いいえそんな、市木さんが謝られるようなことでは。僕は市木さんを責めるつもりはありません。そんなつもりで電話をかけているのではありません」

そう言いつつも、徳永さんはさらに深い吐息を洩《も》らした。

「ただ、こうなってみると手の打ちようがなくて。妻の電話はいくらかけてもつながらないし、実家に戻った様子もありません。妻の立ち寄りそうな所もいくつかあたってはみたのですが、最近妻と会って話した人すら見つからないんです。ですからあとは、妻には市木さん以上に親しいお友達もいなかったはずなので、もしかしてこうなる前に、市木さんだけには、僕の知らない秘密も打ち明けていたのではないかと、想像をめぐらせた次第で」

一秒でも間が空くと余計な疑いを持たれそうな気がして、わたしは早口で答えた。

「知りません秘密なんて。鶴子ちゃんと電話で話したのは記憶ではもう二年くらい前だし」

「そのときはどんな話を?」

「さあ、よく憶えてないけどわたしの仕事の話とか」

「鶴子のほうから何かいつもと変わった話は?」

「とくに何も。変わった点はなかったと思います」

徳永さんが押し黙り、わたしも黙った。

このまま沈黙が続くのが苦痛で、次はわたしのほうから口をひらいた。

「鶴子ちゃんの電話、つながるのはつながるんですか。鳴らしても出ないんですか?」

「だいたい電源を切っているんです。切っていないときは、僕の電話は無視です」

じゃあ鶴子は蕁麻疹のアレルゲンである夫のもとを去り、高校時代のあの長塚先輩とどこかに一緒にいるのだろう。そうは思ったけれど徳永さんにはどうにも言いようがなかった。

「でも鶴子は」代わりに徳永さんがこう言った。「そのうち市木さんには電話してくるかもしれません。高校時代からの古いお友達ですからね、鶴子が連絡を取るとすればまず市木さんでしょう。もし電話がかかってきたら、そのときはぜひご一報願えますか、居場所だけでも聞き出してもらえばあとはこちらで……いやその前に、市木さんからかければ鶴子は電話に出るかもしれませんね？」

そうかもしれない。鶴子は前々から事情を知っているわたしとなら話すかもしれない。でもわたしから鶴子に電話をかけて何を話せばいいのだろう。不倫相手との逃避行などいつまでも続けられるわけがない、蕁麻疹くらい我慢して夫のもとへ戻りなさいと説得するのか。道を踏み外したわたしが？ 他人にまっとうな人の道を説くのか。しかもいまは自分の身の振りかたを考えることでせいいっぱいのこのわたしが？

「市木さん、試しに一度電話をかけてみてもらえませんか」

「それは、かけてみるのはかまいませんが。でも鶴子ちゃんはいまは誰の電話にも出るつもりはないのかも」

「そのときはそのときです。お願いです市木さん、助けると思って一度だけ、一度だけでも試してみてください」

そこまで言われるとわたしには断る理由が思いつけなかった。

あるいは徳永さんは最初からこうなるのを見越していたのかもしれない。そのときになってわたしは気づいた。鶴子に電話で連絡を取るようにわたしはうまく誘導されたのかもしれない。

「……じゃあ、電話してみます」

「それでは、もし妻が電話に出たら」と徳永さんが言った。「そのときは僕からの伝言を伝えてください」

「ええもちろん、徳永さんがとても心配していらっしゃると伝えます」

「ああいえ、そういうありきたりのことではなくて」

「え？」

「僕の伝言はこうです。よく聞いてください。きみが離婚を望んでいるのなら僕は応じると」

「え？」

「ただしそれはお金の問題をきちんと片づけてからの話だと」

「……お金の問題？」

「お金の問題です。そう伝えてもらえばわかります。よろしいですか、伝言の内容、もう一度繰り返さなくても大丈夫ですか？」

徳永さんのその言い草が、子供のお使いでもあるまいし、なんだか小馬鹿にされているようで嫌な気がした。

わたしは返事をしなかった。もう一つ嫌な気がしたのは、妻の家出の問題よりも「お金の問題」のほうがよほど重大そうな徳永さんの口ぶりだった。わたしは当初思っていたよりかなり複雑な夫婦間のトラブルに片足を突っ込まされたような気持ちだった。わたし自身、解決のつかない「お金の問題」を抱えているのに。

するとと徳永さんはわたしの無言をどう受け止めたのか、最後に落ち着き払った声で「市木さん」と呼びかけ、「どうかよろしくお願い致します」と形式的な挨拶の文句を残して電話を切った。

3

鶴子とはその日の夕方になって連絡がついた。

昼間公園のベンチで一度、あとは岡山駅に戻って博多《はかた》までの切符を買い、むこうでの宿の手配をしてからもう一度かけてみたが、二度とも留守電に切りかわった。二度目のときに留守電にメッセージを入れた。

「久しぶり。かおりです。ちょっと話せない？」

それから一時間もしないうちに電話がかかってきた。日が暮れかかり新幹線が山口県を走っているときに鶴子から折り返しがあった。わたしはその電話を切り、スマホのメッセージアプリで返事をした。

（いま電車の中だからあとでまた電話するね）

まもなく鶴子からメッセージの返信が来た。

（ほんと久しぶりだねえ。元気？　いまどこ？　何してるの？）

それはこっちの台詞《せりふ》だよと思いながらわたしはまたメッセージを送信した。

(九州に向かってるとこ。鶴子ちゃんは?)

(九州!)と鶴子は返してきた。(旅行?)

(旅行じゃない。就職の面接)

(あれ大阪のパチンコ屋さんは?)

(いろいろあって辞めた。大阪の話、鶴子ちゃんにしてたっけ?)

(うん聞いた聞いた。そのとき以来だよ、かおりちゃんが連絡くれるの。九州のどこまで行くん、博多け?)

(そう。鶴子ちゃんは?)と文字を入力してわたしは迷った。(いまどこ?)迷ったけれどやっぱり単刀直入に訊《き》いた。(長塚先輩と一緒なのけ?)

(おや?)

と鶴子が返した。

それからだいぶ時間があいて、次にまた一言、

(さては?)と来た。

(はい。お察しの通り)わたしは正直に書いた。(徳永さんから電話があった。妻が家出したって。男と一緒に。男ってどうせ長塚先輩でしょ? 長塚だったよね、先輩の苗字)

(ご名答。ほいで? ぺろったのけ、彼の名前)

(うんにゃ、何も知らんことにしとったわ)

(友情! 泣かせるのう)

(あのね鶴子ちゃん、ふざけてる場合じゃないよ。徳永さんからわたし伝言預かってる)

（何て言っとるん、あのひと）

わたしは次の文字を打っていいものかどうかまた迷った。鶴子のそばには長塚先輩がいて、ふたりで一緒にわたしのメッセージを見ているのかもしれない。離婚に応じる件はまだいいとしても「お金の問題」のほうはどうだろう。

（むこうに着いてから電話するわ。ホテルにチェックインしてから夜にでも）

（いま言うてみ。言えんのけ？）

（フクザツなんよ、文字打つの長うなってめんどいわ）

（ふーん、だば）

（だば？）

（だば）だばのあとに今度は手のひらの絵文字が付いていた。（あとで電話待っとるわ）

（うん。だば、夜にまた）


予約しておいたビジネスホテルは博多駅から徒歩で十分ほどの街なかにあった。チェックインしたのが七時過ぎで、夕食に途中のコンビニで買ってきたお弁当を食べ、歯を磨いて、入浴後に浴衣《ゆかた》に着替え、翌日の朝から面接に行く場所を地下鉄路線図と地図アプリで何度も確認して頭に入れた。

そうこうするうちに十時になっていた。ぼうっとテレビ画面を眺めていると電話がかかってきた。鶴子の夫からだった。昼間のうちに番号を『徳永さん』という名で登録済みだったのでこんどは一目でわかった。鶴子と話せたかどうか報告を聞きたがっているのだろう。わたしはその電話をシカトして鳴り止むまで待ち、テレビを消してベッドに横になった。

鶴子に電話をかける前に頭を整理する必要があった。

徳永さんはあなたが離婚したいなら応じると言っている。ただそれはお金の問題をちゃんと片づけてからだとも言っている。言葉通りそう伝えて、それでおしまいにしていいのだろうか。子供の使いじゃあるまいし、じゃあね、伝えることは伝えたよと言って電話を切れるのか。

お金の問題とは具体的にどんな問題なのだろう？

徳永さんの口ぶりからすれば、想像だが、込み入った事情のあるお金なのだろう。妻の家出、というか駆け落ちのほうは諦めきれてても——要するに妻にはもう未練などなくとも——お金のほうには執着がある。それなりの理由のあるお金。あるいはそれほどの金額なのかもしれない。もしかしたら、これも想像だが、鶴子は家から大金を持ち出して逃げているのではないか。たとえば夫婦の全財産である預金通帳だとか？　もしくは夫婦共有の財産ではなく徳永さん個人名義の預貯金とか？

もしそうだとすれば——徳永さんに無断で大金を持ち出して男のもとへ走ったのだとすれば、鶴子は不倫どころか盗みを働いて逃亡していることにならないか。想像は止まらなかった。想像しているとわたしは徐々に腹が立ってきた。つまり鶴子が徳永さんにしたことは、あの斉藤さんがわたしにしたこととそっくりの犯罪なのではないか。斉藤さんだってひょっとして鶴子同様、わたしの貯金通帳から盗み出した現金を持っていま男と一緒にいるのではないか？

鶴子の行動が斉藤さんの行動と重なり、ふたりの犯罪者のイメージが重なって見えた。わたしはわたしのお金を盗んだ斉藤さんに怒っていたが、鶴子にも怒りをおぼえていた。ベッドに横になって天井を見上げながら全世界の、他人のお金を盗んで逃げて平気で男と一緒にいる女に怒り、彼女たちを呪っていた。

そこへまた電話がかかってきた。また徳永さんからの催促の電話かと思ったらそうではなくて、こんどは鶴子からの電話だった。おそらく自分が盗み出したお金のことで夫がどんな行動に出るか気になって仕方ないのだろう。一刻も早く夫の伝言を聞きたがっているのだろう。自分の都合ばかり。罪悪感はあるのか。自分で稼いで貯めた大金を盗まれた側の気持ちをちょっとでも想像できるのか？

そんな思いにとらわれたままわたしは電話に出た。

「ごめんね、こんな遅くに」と鶴子は最初に謝った。

「遅くないよ別に。こっちから電話する約束してたんだし。待ちくたびれたんでしょ」

「そうじゃないけど。なんだかあたし、心細くなって、急にかおりちゃんの声が聞きたくなって」

「声じゃなくて話でしょ？　徳永さんからの伝言」

「疲れてるのにごめんね。もう博多にいるんだよね？　就職の面接はうまくいった？」

「面接はあした。ねえ鶴子ちゃん、そんなの気にしてる場合じゃないでしょう。わたしの就職のことなんかどうでもいいでしょう」

「そんなことないよ、あたし、かおりちゃんの就職のことは心配してる。うまくいくといいね」

「わたしの心配はいいから、自分のこと心配しなさい」

「うん、ごめんね。かおりちゃんにまた迷惑かけて。昔からかおりちゃんには迷惑のかけっぱなしで」

「またって、何のこと」

「いろんなこと相談に乗ってもらって、長塚先輩のことも……」

「またっていうか、いつものことでしょ？」

「……かおりちゃんはそれどころじゃないのに、あたしはかおりちゃんには何もしてあげられないのに、かおりちゃんはいつもあたしの話を親身になって聞いてくれて……ほんとにごめんね」

ごめんねが多すぎる。

高校のときからの懐かしい口癖といえば口癖だが、鶴子の「ごめんね」は別段相手に謝る必要のないとき口にされる文句だった。何かしら困った事態が起きたとき、わたしに愚痴や泣き言を聞いてほしいとき、その前置きとしての「ごめんね」。要は彼女が発信するＳＯＳ信号みたいなものだ。

「長塚先輩は」とわたしは訊いてみた。「そばにいないの？」

「うん、外に出てる。ひとりでお酒飲みたい気分だってさっき出ていった。でも本当は外で電話してるんだと思う」

外で誰に電話をしてるんだと思うの？　とは、わたしは聞き返さなかった。妻に決まっている。それと、確かふたりいるはずの子供たちにも、かもしれない。

「鶴子ちゃん、今夜何かあったの、長塚先輩と？」

「聞いてくれる？」

「だからいま聞こうとしてるじゃない。何があったの」

「よくわからないけど彼、夕方からずっと機嫌が悪くて、ちょっとしたことで口喧嘩《くちげんか》になって、ひとりになりたいって出ていった」

「ちょっとしたことって？」

「ホテルで晩ご飯食べたとき、あたしがビールを断ったとかそういうこと。いつもは乾杯するのにどうして嫌がるんだよ、とか」

「ビールで乾杯しなかったのが喧嘩の原因？」

「うんたぶん。あと生理が遅れてるんだよねとか、そういう話にもなって」

「え」わたしはベッドに肘《ひじ》をついて体を起こした。「生理が遅れてるんだよね？　って、え、何なのそれ」

「わかんない」

「わかんないってことないでしょ、鶴子ちゃん！」

「まだわかんないのよ」

「まだわからないにしても、仮に、仮によ？　そうだった場合、どっちが父親かはわかるんだよね。もちろんわかるよね？」

「うん、それはわかる」

「だよね、徳永さんは鶴子ちゃんのアレルゲンだもんね」

「けど長塚先輩はどうかな」

「え、長塚先輩もそのことは知ってるんでしょ？　徳永さんが出張から帰ってきたら蕁麻疹出るって、その話、前に長塚先輩にもしたって言ってなかった?」

「うん言った。そのときは笑ってた」

「じゃあ、どうかなも何もないじゃない、もし妊娠してたら長塚先輩の子に決まってるじゃない」

「そこがよくわかんない。彼は疑ってるような気がする」

「蕁麻疹の話を聞いたときは笑ってたのに?」

「うん今日は笑ってなかった全然」

「どんな感じだったの、生理が遅れてる話を聞いたときは」

「不機嫌だった。よりによってこんなときにって言われた。こんなときに生理が止まるかよって」

「はあ?」

わたしはついさっきまでの鶴子への腹立ちを忘れて、入れ替わりに彼女の不倫相手に怒りをおぼえていた。こんなときに生理が止まるかよ? もし本当に止まったままなら止めたのは長塚先輩、あんたでしょうが!

「ねえ、かおりちゃん」鶴子の声がいっそう弱々しげに聞こえた。「あたし、もうだめかもしれない。あたしたち、もうここまでかもしれない」

「あたしたち? 鶴子ちゃんと長塚先輩のこと? もうここまでかもしれないって、何バカなこと言ってるのよ、あなたたち、一緒に逃げて今日で何日目なの」

「三日……? 四日目かな」

「駆け落ちしてまだ四日目で諦めてどうするのよ!」

この励まし方はどうだろう、いや励ますこと自体どうだろうと自分でも思ったけれど、取り消すわけにもいかないし、勢いで続けるしかなかった。

「徳永さんはね、駆け落ちなんかして逃げなくても、鶴子ちゃんが離婚したいなら受け入れると言ってるのよ？　それが徳永さんからの伝言なの。長塚先輩と一緒になりたいんでしょう？　あなたたちの未来は、まだこれから始まるんでしょう？　たった四日目で弱音吐いてどうするのよ！」

「そう言うけど、かおりちゃん、聞いて、彼、こっちに来て三日か四日で里心がついちゃったみたいで、いまだって外でこそこそ奥さんに電話してるような気がするの。彼の大学の先輩をあてにして岡山県まで来たのに、先輩が世話してくれるはずの就職先の話も怪しい。だいいち、昨日も今日も彼、その先輩とはLINEしただけで会おうともしてないし、どこまで信じていいのかもわからない。おまけにあたしは、よりによってこんなときに」

「鶴子ちゃん、いま岡山にいるの？」

「うん岡山県の倉敷《くらしき》市にいる。ぜんぜん知らない街。あたし、もし彼に心変わりされたらどうしよう。夫にも離婚だと言われて、そしたらこんなとこでひとりぼっちで、高齢出産で子供産んでどうやって生きていけばいいのかな」

「だいじょうぶ」とりあえずわたしはその言葉しか思いつかなかった。今日の昼間、岡山から次にどこへ行くか迷っていた自分の頼りない背中が思い浮かんだ。もしあと一日、いや数時間決心がつかないままでいたら、わたしは岡山から倉敷へ行って鶴子と会うことになっていたのかもしれない。そして徳永さんからの伝言を電話ではなく鶴子にじかに伝えることになっていたかもしれない。そんな思いが慌ただしく頭をよぎっていた。

「だいじょうぶ。なんとかなる」

「だけど、長塚先輩にも夫にも見捨てられたらどうしていいのかわからない。あたしは、独りでは無理なの。かおりちゃんみたいに強い女じゃないのよ」

「だいじょうぶ」の次は「取り越し苦労」という慣用句を口にするつもりで用意していたのだが、それより早くわたしは鶴子の言葉に反応していた。

「ちょっと待って、強い女？　わたしが？」

「だって独りで強く生きてるじゃない。千葉でも船堀でもしっかり自立してやってたし、仕事があれば山梨にだって岐阜にだって大阪にだって行ったし、いまは九州の博多でしょう？　この調子だとどこまでだって行けそうじゃない」

「それは」千葉でも船堀でものその前が抜けているとわたしは思った。その前はわたしが刑務所に入れられていたのを鶴子は忘れたのか？　「そうしなきゃやっていけない事情があるからそうしてるんでしょう。歯くいしばって頑張ってるんでしょう。この調子だとどこまでだって行けそう？　好きで博多まで来たんじゃないんだよわたしは」

「ごめん、急に怒らないで。かおりちゃん、何かあったの？　大阪の職場で」

何かあったどころじゃない！　ていうか何かあったからこそ九州くんだりまで来てるんでしょ、とわたしは言いたかった。でもその話をし出せばこの電話はいっそう紛糾する。人のお金を盗んだ女への怒りもぶり返す。わたしは大阪の件には触れなかった。

「怒るよ。博多の次はどこかしら？　みたいな言い方されると。気ままな一人旅をしてるんじゃないんだから」

「そんな言い方してない！」

「したよ。そんなふうに聞こえた」

「してないってば」そこで鶴子の声が半泣きになった。「そんなふうに聞こえたのなら謝るから許して。あたしいま独りで心細くて、不安で、不安で自分が何を喋ってるのかわからない。かおりちゃんの苦労もわかってるのに、子供と別れ別れになって辛《つら》い思いをしてるのも知ってるのに。でもかおりちゃんにまで見捨てられたらあたしもう生きていけない。ほんとにごめんね」

電話でしくしく泣き出されても困ると思い、わたしは気持ちを立て直し、逸《そ》れていた話を元に戻した。

「わかった、もういい、わたしの話は。とにかく取り越し苦労はやめて。悲観しないで。高齢出産で子供を産むって言うけど鶴子ちゃん、妊娠してるかどうかもまだ決まってない。長塚先輩だってそれなりの決心をして妻も子供も捨てて家を出たんだから、そう簡単に元の家に戻れるわけない。わたしももう怒ってないから、だから鶴子ちゃん……鶴子ちゃん？　聞いてる？」

「いま彼、帰ってきたみたい」泣いてるのかと思ったら、一転して鶴子は声を低め早口で喋った。

「この電話一回切るね」

相も変わらずの身勝手さで、わたしが何を言う隙もなく電話は容赦なく切られてしまった。

そして幸いなことに――幸いなことにと言うべきだろう――「一回切るね」と鶴子が言った電話は二回目がかかって来ることはなかった。電話がなかったのは、宿泊先のホテルに戻ってきた長塚先輩がそばにいて（たぶん仲直りして）鶴子が独りで不安がってはいないという証拠だろう。

電話の代わりに翌日、鶴子からのメッセージが届いた。

それによると長塚先輩は妻と離婚すること、一日も早く倉敷で就職先を見つけること、ふたりで住むための家を探すこと、この土地に骨を埋《うず》める覚悟であること等を鶴子に誓ったらしかった。

わたしは就職面談の帰りに地下鉄の座席でそのメッセージを読んだ。遅れている生理のことは手っ取り早く妊娠検査薬で確かめてみたらどうかとか、実はもうひとつ徳永さんから大事な伝言を預かっていてそれを言い忘れたとか、メッセージの返信を書くことも考えたが結局、どちらもやめておいた。

どちらも彼らの問題、他人の問題に過ぎなかった。成り行き次第ではいずれ徳永さんからも、また鶴子からも電話が来るかもしれないがそれはそのときのこととして、わたしはスマホをリュックに戻し、自分自身の新生活へと頭を切り替えた。

第八章

1

福岡での新生活は順調だった。

博多駅に着いた夜から数えて三日目、早くもわたしは新しい職を得て働き出していた。

就職先は福岡市博多区にある全国展開のホテルだった。

午前八時半に出勤、朝礼のあと午後三時までは客室の清掃係として働き、夕方からはホテル内のレストランの厨房《ちゅうぼう》に入る。厨房といっても裏方の単純作業で、食材や調味料をパントリーから運び入れたり、指示されて箱詰めの野菜や果物を冷蔵庫に移し替えたり、調理に使用されたボウルや金笊《かなざる》やバットを洗う。もちろんレストランが込み合う時間には洗い場にはりついて食洗機にかける前の汚れた食器やナイフやフォークやスプーンを下洗いする。洗いつづける。

夜の仕事はそれだけじゃない。新型ウイルスの感染症法上の分類がインフルエンザと同等に引き下げられて客足が戻ってきているせいもあり、人手が足りず、別の日には与えられた制服に着替えてテーブルまで料理や飲み物を運ぶ。ルームサービスのお手伝いをすることもある。また別の日には大人数の会議やパーティーのヘルプとして駆り出されることもあった。

はじめの三ヶ月は試用期間ということで、時給額は千円にも満たなかった。でもわたしは客室清掃とレストランと掛け持ちで午前中から深夜まで働かせてもらっていたしお給料に不満はなかった。それに何より職場のホテルから地下鉄で七つ先の駅に社員寮があり、社員急募中のためかその女性専用のワンルームマンションにはいくつも空き部屋があって――しかも全室個室だった――試用期間中からわたしは入寮を許されていたので住む家にも困らなかった。

試用期間が終わる頃には客室の清掃もベッドメイクもひとりで手際よくこなせるようになり、夜勤の飲食部門との掛け持ちにもすっかりからだが馴染《なじ》んでいた。職場の同僚も先輩もそれから人事のひとも働きぶりを認めてくれていたと思う。三ヶ月後、わたしはすんなり正社員として採用された。

ほんとうにこれで、このままでいいのかと思えるほど順調そのものだった。

正社員としての契約が決まった日、わたしはなぜか気持ちが落ち着かず、三ヶ月前にそのホテルの仕事を仲介してくれた人物に電話をかけた。大阪のパチンコ店の店長さんが、行先に困ったら福岡のこのひとを頼るようにと渡してくれた名刺の人物に。

名刺の人物は馬渡《まわたり》さんという年齢がわたしとそんなに変わらない女性で、求職者と社員募集企業との仲介役をつとめる会社の、経営者ではないけれども実務上のトップにいるようなひとで、でもその割りに偉ぶったところも、忙しぶるところもなくわたしからの電話にも気さくに出てくれて、ホテル勤めがうまくいっていると知って喜んでくれた。わたしが気にしていたのは、わたしの履歴、というかいわゆる前科のことだったが、馬渡さんは電話ではそこに一言も触れなかった。三ヶ月前に初めて会って話したときにもその話題は出なかった。

だから彼女がわたしの服役の事実を知っているのかどうかも実のところはわからなかった。事実を知っている店長さんの勧めでわたしは三ヶ月前福岡へ来て彼女を頼ったのだし、彼女もとうぜん承知しているものと考えて面接を受け相談に乗ってもらったのだが、あとから思い返すとその点も定かではなかった。

勤め先のホテルに提出した履歴書にはもちろん前科のことなど書かなかった。前科を記入する欄がないのだから書きようがない。でもそんな言い訳がいざというとき通用しないのは、前職のパチンコ店でのいきさつで身に染みている。ホテルの人事課は何もかも呑《の》み込んでわたしを採用したのだろうか。大阪の店長さんから福岡の馬渡さんへ、そして馬渡さんからホテルの人事課のひとへと、わたしの特殊な履歴——履歴書には記入していない履歴はちゃんと伝えられているのだろうか。

その点を確かめるべきなのに、わたしは電話でどうしても言い出せなかった。試用期間が終わり正式な採用が決まったという報告の電話なのだ。「よかったですね」と心から喜んでくれている相手にむかって「ところで馬渡さん、わたしの前科はご存じでしたか?」などといまさら訊《たず》ねるような間抜けなまねはしたくなかった。三ヶ月前の初対面のとき充分に時間をとってもらったのだし、やはりその場で話すべきことは全部話しておくべきだったのだ。

「市木さん?」電話の切り際に馬渡さんは、わたしの口ぶりにちょっとした迷いでも感じ取ったのかこう言った。「もし何か話したいことがあったら遠慮なく電話してくださいね、こうやって、いつでもいいから」

「はい、ありがとうございます」

「いまいる市木さんの職場が唯一の職場だとしがみつく必要はありませんから。市木さんが働く気を失わないかぎり、ほかの選択肢は見つかります。以前、面談のときにもそんな話をしましたね、ひとには向き不向きもあれば、個人の思惑を超えたところでつながる不思議な縁というものもあります。たとえいまの仕事に行き詰まったとしても、悲観してひとりで悩んだりしないでください。わたしがいつでも相談に乗ります」

もういちど御礼を述べて電話を切ったあとで、三ヶ月前に彼女と最初に面談したときのことを思い出した。確かに彼女はそんな話をした。ひとには向き不向きがある。出会うひととの縁もあれば、職場との縁もある。でもそのときのわたしには正直、向き不向きなど気にしている余裕はなかった。ただ一日も早く働いてお給料を貰《もら》える仕事が欲しかっただけで。

三ヶ月前のわたしが最優先したのは即決だった。

馬渡さんは、わたしのような求職者への応対にも慣れている様子で、

「今日にも人手を欲しがっている」

という職種の候補をすぐにひとつ挙げた。福岡市内に何ヶ所かある住み込みで働ける高齢者介護施設。その提案にわたしは飛びつかなかった。即決を渋っているわたしを見てとると、次に挙げたのがいま働いているホテルでの仕事だった。

候補が二つ並んでみると、考えるまでもなかった。わたしは山梨の石和温泉の旅館で働いていた経歴を話し、同じ業種の接客経験を生かしたいと理由をつけて——地方旅館の仲居さんとチェーンホテル従業員の違いなどろくに考えもせず——ホテルの仕事への仲介をお願いした。知らな

い土地でとにかく居場所を見つけなければと気が急《せ》いてはいたけれど、選択に迷いはなかった。少なくともそのときは、迷いなどないはずだった。

ただわたしの希望を聞き入れた上で、馬渡さんは人手不足のより深刻な介護施設の仕事についても時間をさいて話をしてくれた。せっかくのその説明をわたしはだいたいでしか聞かなかったのだが、介護施設の現場で、決められた年数の実務経験を積めば専門職（介護福祉士だったか）の受験資格を得られるということも、施設でパートで働きながら一から介護を学ぶ専門学校に通うのも可能であるというようなことも。つまり将来的に継続して長く携われる仕事として、介護にかかわる国家資格を取得する道も考えてみたら？　とアドバイスをしてくれたのだった。

それから三ヶ月後のいまになってわたしが、試用期間終了の報告の電話中に、馬渡さんはわたしの前歴をほんとうに知っているのだろうか？　と曖昧《あいまい》で心許《こころもと》ない気持ちになってしまったのは、面談時のその親身なアドバイスが――だいたいで聞き流したはずなのに――実は耳にこびりついていたせいもあったと思う。

なぜなら昔わたしが栃木刑務所に収容された理由は、車でひとを撥《は》ね、撥ねたひとの安否を確かめもせず逃走して死に至らしめたからで、当夜わたしが撥ねた人物、つまり轢《ひ》き逃げ事件の被害者であるひとは高齢者だったからだ。激しい雨の降る田舎道を、傘もささずに、寝巻き姿で、両腕に柿の実をかかえて歩いていたおばあさんだったからだ。

そのことをまったく知らずに馬渡さんは、わたしにあのアドバイスをしたのだろうか。就職を世話する側の単なる義務として。それとも、すべて承知の上であえて、高齢者介護の仕事を勧めてきたのだろうか。かつておばあさんを車で撥ねて死なせてしまった加害者であるわたしに。

どっちなのだろう。

三ヶ月後のいまになってではなく、三ヶ月前の面談の最中にもすでにその疑問はわたしの頭にあったような気がする。このひとは大阪の店長さんから聞いてわたしの過去をよく知っていて、にもかかわらず、あるいはだからこそ？　わたしに高齢者介護の仕事について詳しく語っているのだろうか。

あなたが犯した罪を忘れてはいけないと？　お年寄りのお世話をする仕事はあなたの贖罪《しょくざい》にもなるはずだと？　それともそんな含みなどは毛頭なくて、ただ単に、職探しを急ぐわたしにもっと長期的な展望を持ったほうがいいとアドバイスをしてくれているのか。真意はどっちだろう。そんなことまで考えて混乱していたせいで集中を欠き、面談の席でのわたしは彼女のアドバイスをところどころ聞き流してしまったのだ。

それにもうひとつある。面談中に集中できず考えていたこと、その後ホテルに職を得てからもずっとわたしの頭に住み着いている考えがもうひとつ。

それは馬渡さんではなくわたし自身の真意だ。

わたしは、旅館での接客経験があるからと、もっともらしい理由をつけてホテルの求人を選んだ。未経験の高齢者介護施設の求人のほうは、最初から切り捨てるようにして。でも本当にそうなのだろうか。職業選択にあたってわたしは、わたしが過去に起こした事故、わたしが犯した罪を意識していなかっただろうか。そしてむしろそれが理由で介護職の求人を頭から切り捨てたのではないだろうか？

わたしはホテルで働くことを望んだのではなく、実のところは高齢者介護施設での仕事を忌避したのではないか。あからさまに言えば、わたしが命を奪ったあのおばあさんを思い出させる、多くのお年寄りたちとの接触を避けたかったのではないか。

将来的に継続して長く携われる仕事——その馬渡さんの発言にわたしは魅力を感じなかっただろうか。感じた自分を一瞬でも押さえつけなかっただろうか。長期的な展望を持つべきだという助言に、少しも心を動かされなかっただろうか。できればそのほうがいいに決まっている、そうは思わなかっただろうか？

でもわたしは一も二もなくホテルスタッフの職を選び、介護施設の職を一顧だにしなかった。それはとりもなおさず、将来の長期的な展望を捨て、過去に犯した罪、刑務所に入って償ったはずの罪をもうなかったものとして忘れたい一心の、臆病《おくびょう》な選択に過ぎなかったのではないか。

三ヶ月の試用期間を終え、ホテルに正式採用された報告の電話で馬渡さんがわたしの口ぶりから感じ取ったらしい迷いのようなもの——「もし何か話したいことがあったら遠慮なく電話してくださいね」——それはわたしの心の底にある真意ではないだろうか。わたし自身もつかもうとしてつかみかねている真意。

わたしはこの先も変わらず昼間は客室の清掃スタッフ、夜はレストランの皿洗いやウエイトレスの掛け持ちで働くことを望んでいるのか。すでに四十歳を過ぎているわたしは、そう遠くない未来に待ち受ける、老いを迎えたときの自分の人生を想像してみるべきではないのか。

本当にこれでいいのか。順調ないまだけを見て、確実に訪れる未来から目を背けたままでいいのか。ずっと独りぼっちで、会うこともかなわぬ息子のことを思いながら仕事に精を出し、お金を貯めつづけるだけの人生。そのことに一片のためらいもないのか。

けれど一方で、わたしには、ためらう資格などないのかもしれない、そう思うのも事実だった。ひと一人の大切な命を奪ってしまったわたしは生涯その罪を背負って生きていく。車のヘッドライトに照らされた雨降りの田舎道、寝巻き姿のおばあさんのイメージから逃れられずに生きていく。とうぜんの報いだ。そう思って殻に閉じこもっているわたしがいる。いまが順調であればかまわない。わたしはほかの一般のひととは違う。ひとには向き不向きがありますという馬渡さんの言葉とは無縁の場所で、どんな職種だろうと働かせてもらえる場所で、五十歳を過ぎようと六十歳を過ぎようと働いてお金を稼ぐしかない。それがわたしの未来だ。

馬渡さんへの報告を終え、彼女の温情ある励ましを受けても心はすっきり晴れなかった。電話をかける前の落ち着かない気持ちも治まらなかった。わたしはわたしの心の底に徐々に澱《おり》のように溜《た》まっている感情があるのに気づいていた。迷いを吹っ切れない自分、煮え切らない自分自身へのわだかまりの感情が。

いまの職場を唯一の職場だとしがみつく必要はありません、と馬渡さんは言う。たとえそうだとしても、わたしはいまはとりあえずホテルの仕事にしがみつくしか手段がなかった。それ以外のことは考えられなかった。働かせてもらえる職場で、昨日までと同様、明日からもまた働くしかない。馬渡さんの真意も、アドバイスも、またわたし自身の真意も、わたし自身へのわだかまりも、とりあえず全部心にしまって働くしかなかった。

（拓、元気に暮らしていますか。

お母さんはいま九州の福岡県にいます。

早いもので福岡に来て半年が過ぎようとしています。

こちらに来た当初、季節はまだ春で、確か五月には「博多どんたく」と呼ばれる賑《にぎ》やかなお祭りが（四年ぶりに！）開催されたのですが、そのお祭りムードに心が浮き立った記憶すらなく、ひたすら新しい職場での慣れない仕事をおぼえるのに懸命でした。春から夏へと、時間はただ慌ただしく流れていくばかりでした。

長い夏が終わり、いまやっと、お母さんの毎日の生活は、社会人としてのゆとり、というか平凡さを取り戻しています。通勤途中のよそよそしく感じられた街並みにも、道端の立木や草花にも慣れ親しみ、あと地元の、特に年配のひとたちのお国訛《なま》りにも徐々に耳がなじんで、自分が千葉とは遠く離れた九州の土地に根をおろしつつある、という手ごたえのようなものを感じています。

初対面で誰が誰やらわからなかったひとたちの顔と名前もしっかり覚えました。性が合って話がはずむひともいれば、これまでのどんな職場でも同じでしたが、なかにはどうしても苦手なひともいます。ホテルの職場と社員寮の行き帰りの道でたまたま一緒になっても、目礼だけで地下鉄の車両では別々になるひともいます。

同じ寮通いでなくても、休憩時間にむこうから話しかけてくれたり、自販機のコーヒーを差し入れてくれたりするひともいます。女性男性にかかわらずいます。この調子でもっと長くおつきあいが続けば、友だちと呼べる間柄になるのかもしれない、そう思えるひとも一人、二人います。性別だけでなく年齢も関係なく。

拓の中学校生活はどうですか。

近頃はインフルエンザの流行で学級閉鎖のニュースなども耳にしますが、拓の通う中学校はだいじょうぶですか。今年二年生になったあなたにも、クラスで新しいお友だちができましたか。お母さんは、拓が大勢の仲間の子たちと、スポーツの部活で走りまわって汗をかいている姿を想像しています。サッカーや、野球や、バスケットボールや。チームのみんなと、帰宅途中にわいわい騒いで買い食いしている様子なども想像したりします。

お母さんは、あなたがお友だちの多い子であればいいと思っています。お母さんの何倍も多くの、良いお友だちにめぐまれた中学生であることを、そして将来もそういう大人のひとになってほしいと願っています）

ホテルの試用期間中も、正社員として働き出してからも、わたしのスマートフォンは鳴りをひそめていた。仕事に関わる電話を除けば、誰からの連絡もなかった。

いちばん期待していたのは大阪の店長さんから、斉藤さんが見つかった、彼女が持ち逃げした現金も大半が戻ってきたという報告だったが、そんな奇跡のような電話はかかってこなかった。鶴子からも、福岡に着いた晩に話して以来ぱったり音信が途絶えていた。鶴子の夫の徳永さんからも、二度も電話でせっついたくせに、あれ以来何も言って来なかった。だからわたしは鶴子と徳永さんとのあいだに生じていたお金をめぐるトラブルがどう片づいたのか、片づかないままなのか知らなかった。わたしのほうから鶴子にあえて訊ねもしなかった。

鶴子と長塚先輩の逃避行は続いているのか、ふたりは倉敷にとどまっているのか、鶴子の生理はまだ来ないのか、高齢出産は既定の事実となったのか、それすら知らなかった。妊娠が事実なら生まれてくる子の父親は法律上どっちになるのか悩ましい問題でもあるはずだが、二組の夫婦と、あと長塚先輩夫婦の子供たちと、ほかにも周囲の人々まで巻き込んだはずのゴタゴタがその後どう進展したのか、どこまでどう拗《こじ》れまくっているのか何も知らなかった。短いメッセージでも送ればすぐに鶴子から何倍も長い返信が来て、もしくは電話がかかってきて詳しい話を聞けるかもしれなかったが、聞けるに違いなかったがそれも望まなかった。

わたしは福岡での新生活を軌道にのせるのに精一杯で、他人の世話を焼いている余裕などなかったし、自分から他人のトラブルに首をつっこむお人好《ひとよ》しになるのも御免だった。

大阪の店長さんには――馬渡さんへの橋渡しをしてくれた御礼かたがた――電話をかけてついでに斉藤さんの話をしてみたい衝動にかられたときもあったけれど、その都度、むこうから何も言ってこないのだから話したって無駄だ、店長さんをわずらわせ困らせるだけだと思い直した。やがてそんな衝動も、新しい職場で三ヶ月、そして半年と朝から晩まで働く生活をつづけているうちにいつか消えていた。

悔しいのはむろんいまでも悔しい。でも冷静に考えて、偶然にも斉藤さんの行方がわかり、彼女が盗んだわたしのお金が戻って来るなどという確率はおそらく万に一つ、どころか百万に一つもないだろう。宝くじの一等に当たるのを夢見るようなものだと比喩《ひゆ》を考えたりするうちに、徐々にだが諦《あきら》めの境地に達した。宝くじの一等に当たる幸運なひとは現実には何人もいるだろうが、わたしは当たらない。そもそもわたしは宝くじなど買わない。買うくらいなら貯金する。

試用期間の時給制から正社員のお給料に変わったところで、わたしの毎日やることはほとんど変わらなかった。何ヶ月経っても福岡での日常に変化らしい変化はなかった。言い方を換えればそれは順調そのものにほかならなかった。

わたしは順調な生活に少しずつなじんでいった。

息子の拓にむけた手紙のような文章や、わたし自身の心覚えを書き溜めたノートも、福岡での生活が長くなるにつれ、ページ数が残り少なくなってそろそろ二冊目の買い時だった。

一日の終わり、わたしは社員寮の自室で文章を書いた。勤めが終わって帰宅した深夜に、たまの休日で外出から戻った夜にも、ノートをひらき、ボールペンを手にその日その日の出来事を、短い文章に残すことが就寝前の欠かせない日課になっていた。もちろんどんな些細《ささい》な内容の文章にしても、まだ見ぬ息子を念頭に置いて、つまり、拓に呼びかけ話しかけるような心持ちで書いた点に変わりはないのだが。

福岡でホテル勤めをしていたその時期、ノートには主に二人の人物が登場した。

鶴子でも慶太くんでも久住呂百合さんでも他の誰でもなく、福岡に来て新たに出会った二人の人物が。その二人の名前がしだいに頻繁にノートに現れるようになるのを、わたしはボールペンを握り文章を書きながら自分でも意識していたと思う。

ひとりは百崎《ももさき》さん、もうひとりは土居《どい》さんというひとだった。

3

百崎さんはレストランのホール担当で、わたしの試用期間、三ヶ月毎日職場で顔を合わせていた。そして毎日何かしら裏方のわたしにちょっかいを出してきた。ちょっかいといってもまったく嫌味はなく、要はヒマさえあれば厨房の新人に話しかけて世話を焼いてくれた。

わたしより十歳ほど年下の、年齢よりずっと若く見える快活な女性で、お喋《しゃべ》り好きなところ、すぐにわたしを下の名前で「かおりさん」と呼び始めたところはあの斉藤さんと同じだったが、百崎さんのお喋りは穿鑿《せんさく》とは無縁の、邪気のない世間話ばかりで、声も明るくて大きく、まだ三十歳なのに裏表のない陽気なおばさんみたいな雰囲気があって、相手をするのもぜんぜん苦痛ではなかった。

レストランの仕事はバイトということで、寮住まいでもなかったから、会うのは職場での短時間に限られていたけれど、一ヶ月もしないうちに百崎さんはわたしをまるで旧知の同級生みたいな気分にさせて、乗せられたわたしも彼女に合わせて遠慮のない口をきくようになった。つまり、ため口で話す仲になった、一回り近く年は離れているのに。三ヶ月の試用期間が終わる頃には、少なくともわたしのほうは、同じ職場で気のおけない友人がひとりできたような心強い気持ちにもなっていた。

ところが百崎さんは、わたしが正社員になってまもなく、レストランのバイトを辞めた。辞めた理由は知らされなかった。本人からも誰からも。

百崎さんが急にいなくなってから気づいたのだが、わたしは彼女の私生活については何も知らないのだった。彼女はわたしの、職場でのいちばん親しい同僚に過ぎなかった。自宅から通勤していることや、母親と同居していることや、離婚経験のあることは、言葉の端々から察してはいたけれど、元夫と別れた経緯などは知らなかった。自宅がどの辺なのかも知らなかった。

ホテルの外で会ったことも一度もなく、仕事の合間や休憩時間に話すのは、ホテル内の職場恋愛の噂とか、芸能界のスキャンダルとか、彼女が再放送で見た古いドラマとか、そのドラマの主人公の口真似とか、どうでもいいことばかりで、気のおけない友人としてのプライベートな話は皆無だった。百崎さんもわたしも、互いに相手の身の上に深く立ち入ろうとはしなかった。だいいち電話番号の交換さえしていなかった。

だからバイトを辞めた百崎さんには連絡のつけようがない。会いたくても会う手だてがない。彼女のほうからわたしの職場なり社員寮なりを訪ねて来ないかぎり。

そしてそんな再会はおそらく期待できないだろう。バイトを辞めた百崎さんには辞める理由があり、わたしの知らない私的な理由があり、辞めたあとには百崎さんの新たな生活があり、次の職場があり、そこでの新たな出会いがあるはずだから。わたし自身がそうだったように。これまで幾つもの職を転々とし、千葉から福岡まで流れてきたように。

毎日会っていたひとが目の前からいなくなる。ぷつんと糸が切れたようにもう次の日からは会えなくなる。そんな別れが珍しくないのは経験から学んでいる。年下の百崎さんと再会し、ため口で話す機会はもうないだろう。古いドラマの題名は確か『お登勢《とせ》』だったと思うが、主人公を演じる沢口靖子《さわぐちやすこ》が奉公先の主人やお嬢さんに呼ばれたときに口にするらしい高い声の「へーい」という返事や、仕事でミスをしたときの「すんまへん」という謝り方の（誇張した）口真似をする百崎さんを見ることは今後、二度とないだろう。

（いつまでも続いていくもの、不変なものなど一つもない。たった一日で人生は変わる。両親の死も突然だった。まだ中学生だったそのときからわたしは知っていたし、四十二歳になったいまのわたしは、子をもうけた夫婦の絆《きずな》さえいざとなれば脆《もろ》いものだとよく知っている。赤の他人との交友関係ならなおさらだろう。いつかはその日が来て、ひととひとは、こうやっていとも簡単に疎遠になってしまうのだ）

職場でいちばん仲の良かった百崎さんが理由も告げずにいなくなったせいもあり、わたしは、読み返すとかなり大仰だが、そんな無常観みたいな文章までノートに書きつけたりもした。

でもわたしは間違っていた。百崎さんとの再会の可能性についてのわたしの予測は、まったく見当外れだった。

十一月に入ってまもないある日のことだ。

週末だったがその日は夜のシフトがオフの日で、わたしは久しぶりに日が暮れる前に職場を出て地下鉄に乗った。早くあがれたからといって夕方からの予定はなかった。いつものように七駅先で降りて寮に戻るだけだ。ただ、その日のわたしは何か物足りない気分だった。地下鉄のホームで電車を待っているときから、レストランの厨房で忙しく働いているはずの同僚の顔がちらついていた。

秋の夕暮れ時。見知らぬ人々にまじって立つ地下鉄のホーム。急いで帰っても誰もいない、がらんとしたワンルーム。めったにないことだが、来るときは不意打ちでやって来る人恋しさにそのときも捕まっていたのかもしれない。博多駅から乗ったいつもの電車の二駅目が「天神南《てんじんみなみ》」で、社員寮とホテルとの行き帰りに何度となく素通りしてきたその駅で、気づいたら下車していた。

市内に天神と呼ばれる繁華街があるのは知っていた。だから「天神南」の駅名に釣られて降りただけで、行くあてもなく、天神の中心地がどの辺で、どこに何があるのかも知らなかった。駅の外に出て十分ほど通りに沿って歩いた。わたしにできるのは立ち並ぶビルやお店の看板を見ながらぶらぶら歩くことしかなかった。

大きな声が聞こえたのは「岩田屋《いわたや》」というデパートの前で立ち止まり、店内へ入ってみようかと建物をぼんやり見上げているときだった。中へ入って買い物をするにしても、思いつくのは新しいノートを一冊くらいのものだったけれど。

大きな声はもう一度、同じ言葉で繰り返され、それがわたしの名前だと聞き取ってようやく声のほうへ顔をむけた。

「かおりさーん！」

呼ばれたわたしだけではなく、通りで足を止めて彼女を見ているひともいた。数メートル先で手を振っているのは百崎さんのようだった。毎日会っていた頃はポニーテールにまとめていた髪をおろしていたし、職場の制服ではなくワンピースに薄手の上着をはおった他所《よそ》行きの服装だったので数秒、途惑って目をこらしたが、百崎さんに違いなかった。親しい友人など誰もいない街で、大勢の他人が行き交う街の真ん中で、大声でわたしの名を呼ぶひとがいる。百崎さん以外にあり得なかった。

わたしは自然と笑顔になり、手を振り返して百崎さんのほうへ向かった。それより早く百崎さんが駆け寄ってきて距離を詰めた。わたしが履いていたのは通勤用のスニーカーで、百崎さんのはコツコツ音をたてるやっぱり他所行きっぽいパンプスだった。

「かおりさん！　良かった！　また会えて。こんなところで会えると思ってなかったよ」

「うん、わたしも」

「元気そうで良かった。仕事のほうは相変わらず？　頑張って働いてる？　朝から晩まで」

「そうよ。百崎さんは？　急に辞めちゃったからどうしたのかと心配してたのよ」

「すんまへん」彼女は笑顔でわたしの手を握った。「うっかり勘違いしてました。連絡先スマホに登録してあると思い込んでたから、かおりさんにはあとから話そうと思ってた、どこか外で会ってお茶でも飲みながら。ご飯でもいいけど」

「そうだったの？」

「うん、でもスマホのリスト見てもかおりさんの名前ないし、辞めたあとでよく考えたら、わたし、かおりさんの電話番号も聞いてなかったんだよね」

「毎日顔見て話してたからね」

「そうでしょ？　いつでも会えるし連絡も取れるって勘違いしちゃうよね。仕方ないからホテルに電話してかおりさん呼び出してもらおうかと思ったけど、何回か思ったんだけど、そのたびにね、そこまでするほどのことか？　って。会社を辞めた人間と外で会うなんて、かおりさんには迷惑かもしれないし」

「そんなことないよ、言ってたでしょ、心配してたの」

「じゃあこんどお茶する？」服装にお似合いのセカンドバッグを手にした百崎さんが、空いたほうの手を差し出した。「かおりさんのスマホ貸して、連絡先登録するから」

（お茶ならいまからでもかまわないけど？）

と言いかけて、わたしは百崎さんの斜め後ろに立っている男性に気づいた。四十年配のスーツ姿の男性だった。わたしは喋るのをやめて百崎さんにスマホを渡した。男性はわたしに会釈をしたが、何の挨拶《あいさつ》も口にしなかった。

「電話でもメッセージでもいいから、かおりさんの都合のつく日を教えて。こんどゆっくり話そ」

わたしがうなずくと、百崎さんは「はい」と言って登録をすませたスマホを返してくれた。

「でもほんと良かった、かおりさんとの縁がつながってて」

「……縁？」

「やっぱり縁だよこれは、縁。違う？　就職もひととの出会いも縁なんだって、いつかそんな話をしてたでしょう、かおりさん」

「わたしが、百崎さんに？」

「うん、誰かにそう言われたって、話してくれた。わたしずっと印象に残ってる。調理場の土居さんも横にいて同感だってうなずいてた。ああ、土居さんも相変わらず？」

縁のことと、土居さんのことと、両方わたしが答えあぐねているうちに、百崎さんは笑顔を絶やさず、

「じゃあ、その話もこんどね」

と一歩、二歩後ずさりし、お別れの合図にてのひらを挙げ、連れの男性の紹介は省いたまま、わたしをその場に残して夜の天神の街へ颯爽《さっそう》と歩き去った。

4

それからほどなく、わたしがまる一日オフの日に、百崎さんとふたりで会う機会を持った。午前中に寮の自室を掃除し、たまった洗濯物を片づけ、冷凍してあったご飯を温め直したゆかりのおにぎりとお味噌汁《みそしる》で昼食をすませ、午後から地下鉄で博多駅まで出て、職場のホテルからもそう遠くないコーヒーショップで落ち合って、話しこんだ。

その日の百崎さんは、わたしに合わせたかのように、ジーンズにスニーカーで現れた。三十歳の離婚経験者（もしかしたら別れた夫とのあいだに子供もいるかもしれない）というより、学生の普段着みたいな恰好《かっこう》だった。手荷物は膨らんだリュック一つ。

わたしのほうは十年一日、色褪《あ》せたジーンズに夏は半袖《はんそで》、春秋は長袖のボタンダウンのシャツで通していたから、普段着も外出着もなく変わりようがなかった。朝から気温が低く、冬の気配を感じたのでその日はシャツの上にセーターを重ねていた。

「かおりさん、髪の色変わったね」開口一番、彼女は言った。

「自分で染めたのよ、白髪隠し」

「土居さんのアドバイス？」

「土居さん？　土居さんは関係ない。百崎さんが辞めてホールで接客する機会も増えたから。上のひとにも注意されたし」

「かおりさんがその気になれば十歳は若返るのに、髪のせいで年よりだいぶ老けて見えるって、土居さん悔しがってたよ」

「余計なお世話よ」

「でもほんとに若返ったし」

「それはどうも、ありがとう」

「土居さんの言ってたこと正解」

「だから土居さんは関係ないって。そんなことより百崎さん」

「へい」

「バイト辞めていま何をしてるの」

「へいわたくし、学生をやらせてもらってます」

「……学生？　大学生？　百崎さん、あなた大学に入るためにレストランのバイトやってたの」

「大学じゃないよ、専門学校」

「専門学校って」

「専門学校にしても、この年で学生なんてまさかでしょ。自分でも思うもん、このわたしが学生？　まさかって。それがいまはね。どこから話せばいいか、結構長くなるんだけどね、そのまさかにたどり着くまでの展開は。聞く？」

「そのために会ってるんでしょう」

「わたしはもっと実りのある話をしてもいいよ。かおりさんと土居さん、良かったね、おめでとは読めるくせに」

「嘘。そうなんだ？　だらしないなあ、あのおじさんも。何ぐずぐずしてるんだろ、難しい漢字

「デートなんかしてないよ、一度も」

「ね、最初のデートはどこに誘われた？」

「はあ？」

うとか」

あのおじさん、と百崎さんが呼ぶ土居さんは、わたしの夜の部の職場の先輩で、調理場の主任として洋食を担当している料理人だった。年齢はわたしより六つ上。独身。結婚歴なし。東京暮らしが長かったらしく、地元の福岡に戻ってホテルに勤め出してもうじき十年。わたしが知っているのはそのていどに過ぎなかった。

あと漢字の件は、いつだったか休憩時間に職場の誰かが読んでいた本か雑誌かにルビの振ってない漢語があって、たしか「槍《やり》」という漢字が頭につく二文字の単語だったが、わたしを含めて誰もがお手あげのところへ、土居さんがそれは「やりぶすま」と読むのだと思わぬ教養を見せて、意味までですらすら説明したので一同驚いた経緯があり、百崎さんはただその一回きりのことを指して「難しい漢字は読めるくせに」と言っているのだった。

ただ土居さんがわたしなんかより読書家で物知りなのは間違いなかったし、その土居さんについ最近デートに、というか映画に誘われたのも事実だった。誘われたのは二回目で、二回ともわたしはいい返事をしなかった。理由としては第一に、昼間にしろ夜にしろ土居さんとわたしのオフの日を合わせるのはシフト上きわめて困難だった。それから第二に……と理由はほかにもある

し、その辺のわたしの迷いを誰かに相談してみたい気持ちがないといえば嘘になるけれど、でもそんな話を最優先で百崎さんに聞いてもらうつもりはなかった。

「ねえ百崎さん、話してみて」

わたしは彼女が専門学校の学生となった「まさか」に至るまでの話を聞いてみたかった。だから土居さんの件は脇へ追いやり、どんな職種の専門学校なのかを訊ねた。

「聞いて驚くよ」

「驚きたいから言ってみて」

でも彼女の答えを聞いても驚かない自信があった。

「びっくりでしょ?」と彼女は言ったけれど、現にわたしはさほど表情も変えず「いいえ」と首を振ることができた。いま思えば最初から予感めいたものがあった。そんな気がする。もしかしたらわたしは百崎さんが、介護を学ぶ学校に通っているのだと答えてくれるのを心のどこかで期待していたのかもしれない。


百崎さんの母親は市内の内科クリニックで看護師をしている。長年勤めていまは看護師長の職にある。夫とは死別しており、百崎さんは一人娘だ。百崎さん自身は高校卒業後、事務仕事に就いたが短期間で退職し、実家を出て博多の夜の街で働くようになった。クラブのホステスとしてお給料もたくさん貰った。でもそこも三、四年で辞めた。妊娠し結婚したからだ。結婚した相手とも長続きしなかった。百崎さんは幼い娘を連れて母のいる実家に舞い戻った。

百崎さんの娘は今年小学生になった。バイトではなく腰を据えて定職に就けと母親からはよく説教されるし、自分でもそうするべきだと考えていた。でもバイトを辞めてどんな仕事に就きたいのか具体的なプランは浮かばなかった。

そんなある日、街なかで「お仕事情報プラザ」という看板を目にした。ハローワークの出張所みたいな小規模の施設だった。ガラス越しに見える中の様子がヒマそうだったので入ってみると、年配の女性職員がにこやかに応対してくれた。

「仕事探してるんですけど」百崎さんは気軽に訊ねた。「バイトじゃなくて、何かありますか」

「きっとありますよ」と言って職員は質問に移った。

興味のあるもの、趣味、得意にしていることなどありますか、何でもいいから教えてくださいと言われて、「クルマの運転」と百崎さんは答えた。実際のところ百崎さんははたちで免許を取得し、同時にローンを組んで買った中古のミニクーパーから数えて三台目のホンダの軽自動車にいまは乗っていて、バイトの通勤にもどこへ行くにも使っていた。趣味はドライブ、運転は得意とアピールできるほどではないにしても、ドライブが趣味でなければ彼女は無趣味だったし、ほかに得意なことなど思いつかなかった。テレビのバラエティ番組やドラマを見るのも好きだけど、そんなのは仕事に生かせる趣味でも特技でもないだろうし。

といった話を聞いた職員は、では「タクシーの運転手」はどうでしょう？　と一例を挙げた。

ぜんぜんぴんと来なかった。

「ほかに運転の仕事ってありますか」

「ありますよ。トラックやバンの配送の仕事、保育園や幼稚園のマイクロバスの運転、デイサービスのお年寄りのかたの送迎の仕事もあります。一般のタクシーとは違いますが、介護タクシーと呼ばれるものもあります」

やはりぴんと来なかった。ただ介護という言葉に多少のひっかかりを感じた。高齢者や体の不自由なひとの介護。それはたぶん母親の職場ともつながりのある仕事だろう。

「それってわたしにもできるかな」

「どれ？」

「介護タクシーの運転手になるには普通免許とは別の免許が必要ですか？」

「ああ、その前に介護の知識が必要なのじゃないかしらね、介護タクシーの運転手になるには。興味がありますか」

「若干」

「若干でも興味があるならぜひともハローワークを訪ねてご相談ください。ここはあくまでお仕事の情報を発信する場所ですので、お手伝いできるのはここまで」

で、百崎さんは本丸のハローワークに乗り込んだ。そしてそこの窓口で担当してくれた相手が（やはり中年の女性だったが）百崎さんに言わせれば当たりだった。

担当の女性は懇切丁寧に——百崎さんがどんなに的外れな質問をしても、また「昔は水商売をしていて、離婚して、子供がいて、同居している看護師長の母が口うるさくて、ここには若干の興味があって来てみただけで」といったお喋りを長々と続けても——決してめげることなく介護タクシーや介護職についてしっかり説明してくれた。あげく、高齢者介護施設のパートタイムの仕事を紹介し、おまけに市の職業訓練校を通じて介護の専門学校へ入学する道まで指し示してくれた。

「それってどういうことですか」

「どれ？」

「職業訓練校に行って、介護の専門学校にも行くって」

「毎月一定の金額を受給しながら専門学校で介護を学べます」

「一定の金額ってどのくらい？」

「約十万円ですね」

「え？　そんなにお金がもらえる？　誰でも？　わたしでも？　学校に行きながら十万円貰えるの？」

「ええ、やる気があれば誰でも、百崎さんでもです」

「そのお金は、介護施設のパートのお給料とは別？」

「別です。そのお金は、専門学校の授業料や教材費の補助として支給されるわけですから」

「だけど介護施設で働きながら、わたしはいつ介護の専門学校に通うんですか」

「専門学校の授業は月曜から金曜の週五日です。時間割は午前九時から午後四時まで。卒業までの期間は半年。ですから介護施設でのパートのお仕事はそれ以外の時間に、ということになりますね」

「それ以外の時間て、夜とか？」

「ええ夜とか土日とか、そのへんはわたしではなく百崎さんと施設のほうとの話し合いで」

「でも半年間、わたしは学校行って何を勉強するんですか」

「基礎的な介護の知識を」

「介護施設で働きながら」

「はい」

「え、でも、基礎的な介護の知識を勉強する前に、介護施設でパートで働ける？　わたしにできることがあるのかな」

「働けます。先方は人手を求めています。百崎さんにできるお仕事の内容については、それもやはり施設のほうとの話し合いで」

「じゃあわたし、何のために介護の学校に行くんですか」

「介護の知識を学ぶためですね、基礎から」

「……ああ、ちょっと頭痛くなってきた」

「だいじょうぶですか、百崎さん」

「もう一回最初から説明してもらえます？」

「はい。半年間、専門学校に通うことで、百崎さんは教科書に書かれていることを週五日の授業で学び、さまざまな介護の知識を身につけます。もちろん実習の授業もあります。試験もあります。そこを卒業すると介護職初任者としての実務者研修修了の認定がなされます」

「認定がなされたら、そのあとは？　どうなるの、パートの時給があがったりする？」

「パートの時給は……たぶん若干。それから卒業後は、介護タクシーの運転手にこだわらなければ、介護福祉士という国家資格への道がひらけます。介護施設の現場で三年の実務を積めば、受験資格が得られます。ただし」

「三年縛りってこと？」

「……はい。三年縛り、そういう言い方もできますね。ただし、その三年縛りには、百崎さんが専門学校に通いながら介護施設で働いた半年の期間もカウントされます。つまり卒業時にはすでに百崎さんは六ヶ月の実務を積んでいるという計算になります」

「ポイントが加算されるんだ？」

「……はい。仮にポイントカードに譬《たと》えるとするなら、お得なポイントが加算されます。百崎さんはもう二年半、介護施設で介護の仕事に携われば、介護福祉士になる資格を得るわけです」

「その介護福祉士のお給料ってどうなのかな」

「それは、何と比べるかにもよりますが、決して高給とは言えないと思います。ですが将来を見据えて、長期的に考えればいまのレストランのバイトのお給料よりかは安定性が見込めます。介護職は世の中になくてはならない仕事です。高齢者介護は今後ますます必要とされる重要な仕事です。看護師長をされているお母さまも賛成してくださると思いますよ。日本の人口は一億二千数百万人、いまや全体の約三十パーセントは高齢者です。百崎さんのお母さまも、わたしも遠からず高齢者の仲間入りです。百崎さんご自身も、いまはまだお若いですが、うかうかしているとあっという間に四十、五十の自分と向き合うことになります。ひとはみな平等に年老いていきますからね。いかがですか百崎さん、ここらで長期的にご自分の将来を考えてみませんか。百崎さんのお子さんのためにも、考えるならいまのうちです。半年間、学校で介護を学んで、将来に備えてみる気にはなれませんか」

「なれるかも」

「かも、ですか。先に言っておきますが、若干のままでは困りますよ。そうと決めたら全力で頑張ってもらわないと」

「うん、学校に行けば毎月十万円も貰えるんだしね。半年間なら頑張れると思う」

「全力で、介護の勉強を」

「うんできる、信用して」

「わかりました。では早速手続きに入りましょう。若干という言葉は頭から消してください」


結構長くなるんだけどね、と最初から予告されていた百崎さんの話は、途中あっちこっち――初めて買ったクルマから三台目までの車種や、運転免許を持たない看護師長の母親や、生意気盛りの小学生の娘や、養育費を払う約束を守らない元夫のほうへ寄り道しながら、一時間以上かかってハローワークの当たりの担当者のくだりまでたどり着いた。わたしは寄り道もふくめて百崎さんの話にじっと耳を傾けていた。

「そう、それでいま介護の学校に」

「へい。介護タクシーの運転手とか、介護福祉士とか、あと介護福祉士のもっと先にはケアマネージャーへの道というのもあるらしいんだけど、将来の展望はおいときまして、いま現在は介護の勉強に励んでおります」

「話してくれてありがとう。忙しいのにこうして会ってくれて。学校での勉強も、介護施設での慣れないお仕事も毎日たいへんでしょう」

「そこまでじゃないよ。……まあ忙しくなくもないけどね。でも勉強と仕事ばっかじゃ人生アレだし……無味乾燥だし、たまに気晴らしになることもやってるから」

「ドライブとか」

「マッチングアプリとか」

「……ああ」

「ああって、かおりさんわかってる？」

「憶《おぼ》えてるよ。いつだったかそのマッチングアプリのこと話してたでしょう。出会い系？」

わたしは慣れない単語を口にしながら、先日天神で百崎さんの後ろに寄り添っていた男性の姿もぼんやり思い出していた。

「かおりさんもね、毎日朝から晩まで働くばかりじゃ体によくないよ。たまには息抜きしたほうがいいって。マッチングアプリ使えとは言わないけど、そばに手ごろな相手もいるんだし」

「またその話」

「だって、むこうが前からその気なのはわたし知ってるし。かおりさんは、全然興味なし？」

「全然てことはないけど」

「マッチングアプリは」

「全然興味ない」

「じゃあ土居さんで手を打てば？　こんど誘われたら、つれなくしないで一緒に晩ご飯でもつきあってみたらいい。あのおじさん、見ようによってはシブくていい顔してるし、仕事真面目だし、物知りだし、教わって得することもあるかもよ」

「そうね。難読漢字の読み方とか」

「ね？」

飲み終わったカフェラテのそばに置かれた電話が鳴っていた。

百崎さんがその電話をとって話しているあいだに、珍しくわたしの電話にも着信があった。わかった、もう出るとこ、と言って相手と話し終えると百崎さんはわたしの手もとを見た。

「誰？　もしや噂の土居さん？」

わたしは首を横に振ってみせた。

「出なくていいの電話？」

「いいの」

わたしはいまはほかの用事にわずらわされたくなかった。

「ねえ百崎さん、またそのうち会える？」

「会えるよもちろん。今日はこれから夜のシフトだけど。土居さんの話でも、職場の悩み事でも何でも、わたしで良ければいつでも相談に乗る、また連絡して」

このときわたしが本音を隠していたせいもあるけれど、百崎さんは誤解していたと思う。わたしが望んでいるもの、興味のあるもの、それは働き詰めで過ぎていく人生の息抜きなどではなく、一緒に晩ご飯をつきあってくれる相手でもなかった。

わたしはもっと介護のことが知りたかった。

百崎さんがパートで働いているという高齢者介護施設での仕事の内容をもっと知りたかったし、時間が許せば彼女のリュックの中に入っているはずの介護の教科書も取り出して見せてほしかった。ただそのときそこまでは踏み込めなかったというだけで、わたしの考えは現在よりも将来のほうへと向いていた。一年先、二年先ではなく、自分が五十歳六十歳になるとき、そしていずれ高齢者の仲間入りするときを見据えた、長期的な意味での将来のほうへ。

第九章

I

専門学校に通う百崎さんと会って話を聞けた日、別れ際にかかってきた電話は「誰？」という仮の名で登録してある誰ともわからない人物からだった。およそ一年に一度、思い出したようにわたしの電話を鳴らす例の謎の着信だった。無視してほうっておいても、しつこくかかってきた例《ためし》はない。こちらから折り返しもしない。今度もいつもどおり着信履歴をひとつ残しただけで、それっきり相手は通信を諦《あきら》めた模様だった。

ただそのかわり夜になって別口からまた電話がかかってきた。一日に二度もわたしの電話が鳴るのはめったにない。

社員寮の自室でわたしは葉書を書いていた。久住呂百合さんに宛てた葉書だった。百崎さんと別れた帰り道、なぜか、誰かにわたしの消息を伝えたい気持ちが募って、先走りして葉書を用意したはいいものの、自分がいまどこで何をしているか、伝える相手はほかにいなかった。いまも（きっと）千葉の保険会社で働いている久住呂百合さんの顔がふと思い浮かんだ以外、これといって誰も思いつかなかった。

近況報告を数行したため、結びに「近いうちにお電話してもかまいませんか?」と一行書き足そうかと迷っているところだった。久住呂さんに電話して何を相談するつもりなのか——息子に遺産を残すために加入している生命保険の話以外に——わたしはまだ、はっきりと自分の気持ちが整理できていなかった。やみくもに、というしかないけれど、わたしはわたしの過去の事情をよく知っているひとに、そしてこのひとならと信頼のおける誰かに、自分のいまとこれからの話を聞いて欲しかったのだと思う。

やっぱり書き足しておこう。この突然の葉書を久住呂さんが読む頃に、具体的な相談ではなくただの雑談になってもいいから電話をかけてみよう。そう思ってペンをかまえたとき、座卓の上でスマートフォンが鳴りだした。目をやると発信者名は「鶴子ちゃん」と表示されていた。鶴子からのほぼ七ヶ月ぶりの電話だった。


近いうちにお電話してもかまいませんか?

久しぶりにお声が聞けたらと思っています。


二行書き足しているあいだに電話はいったん鳴り止み、葉書を頭から読み返してやはりこの二行は押しつけがましいかと反省しているとまた鳴り始めた。

ほんとうは鶴子と話す気分ではなかった。安定した結婚生活を投げ捨て、妻子ある男と駆け落ちするような軽はずみな友人とは。長期的展望とはまるで無縁の、目の前の欲望に負けてしまい、さきで必ず泣きをみると決まっている友人とは。だいいち生きていくためにろくに働いたこともない友人とは。そう思いながら「応答」をタップした。

四月末だったか、最後の電話で半泣きの声を聞かされてから七ヶ月。鶴子はいまも倉敷にいるのだろうか。長塚先輩と一緒に？　あのときの生理の遅れは妊娠と確定し、彼女は高齢出産の覚悟を決めているのだろうか。長塚先輩の同意を得て？　そのまえに夫とのお金のトラブルはどう片づいたのだろう。

「鶴子ちゃん」

わたしは突っ慳貪《けんどん》にならないよう気をつけて、声を弾ませた。

「久しぶりだね」

「うん、ほんと久しぶり」

そう答えた鶴子は平静だった。装った平静ではなく、頬に自然な微笑をたたえたような穏やかな口振りだった。なんだか知らないが彼女の人生はうまくいっている。鶴子はいま心穏やかな日常を取り戻している。それが一言で感じ取れた。

よかった元気そうで、とわたしが続ければいつもの電話になりそうだった。昔、ときどきかかってきては夫アレルギーの愚痴を聞かされていた頃のいつもの、笑いまじりの会話に。

でもそんなはずはない。夫の預金通帳か隠し財産か（これはわたしの想像だが）とにかく家から大金を持ち出して、男と駆け落ちして、しかも妊娠やら高齢出産やらの心配までしていた女が、たったの七ヶ月で平穏な日常を取り戻せるはずがない。よかった元気そうで、なんて挨拶《あいさつ》はあり得ないだろう。わたしは口を慎んだ。電話をかけてきた鶴子のほうがここは何か言うべきだ。

「元気そうだね、かおりちゃん」と鶴子は言った。「まだ福岡？」

「そうだよ、仕事をみつけてずっと福岡にいる」

「いまどんな仕事してるの」

「ホテル勤め」

「ふつうの？」

「ふつうのって？」

「チェックインとかチェックアウトとか、フロントに立って働いてるんだ？」

「ちがうよ、客室の清掃と、あと夜はレストランで働いてる」

「ふーん」

鶴子の口にする言葉、「まだ福岡？」の「まだ」にも、「ふつうの？」にも、わたしはいちいち引っ掛かった。――とっくに福岡を出て次の土地へ放浪者みたいに転々としているとでも思ってた？　ふつうのホテルでなければどんなホテルで働いてると思った？

そのあとの「ふーん」という、のんびりくつろいだ相槌《あいづち》も癇《かん》に障った。

なぜこうも無神経に話せるのだろう。大昔の学生時代から彼女にはそんな傾向があったような気もするが、ここまで言葉に鈍感な人間ではなかったはずだ。歳月が、もともと鈍感なひとの感覚に、ヤスリをかけ摩滅させてしまうのだろうか。

それとも変わったのは鶴子のほうではなく、わたしなのか。ひとの言葉に神経質になり、相手の意図しない悪意まで汲《く》み取ろうとしているのはわたしなのか。歳月はわたしの神経にヤスリをかけ友人の言葉を曲解するほど尖《とが》らせてしまったのか。いつもピリピリしていて嫌われ者だったあの晴子伯母《おば》さんのように。

わたしは不意によみがえった晴子伯母さんの面影を——というより彼女の葬儀の日から脳裏に焼き付いている遺影のイメージを振り払った。このまま鶴子と言葉をやりとりすれば苛々《いらいら》が増すばかりだ。この七ヶ月のあいだに彼女の身に何が起きたのか。なぜ彼女はわたしの話に「ふーん」なんて余裕で相槌を打てるのか。どこをどうやって七ヶ月前の混沌《こんとん》から現在の平穏へと帰還できたのか。

たったの七ヶ月ではないのだ。わたしは考え直した。七ヶ月はじゅうぶんに長い時間だ。わたしはわたしで新天地での生活にすっかり馴染《なじ》み、百崎さんという年下の知人の経験談に接して、以前は考えもしなかった長期的展望などという言葉に目を向け始めている。

「鶴子ちゃん」

「うん？」

「あなたいまどこにいるの。どこから電話してるの」

「いま？　千葉だよ」

「千葉のどこ」

「自宅」

「自宅って……徳永さんと一緒に？」

「うん、そう。夫は今日は出張で家にはいないけど」

「長塚先輩は？」

「だいぶ前に別れた、五月か六月頃」

「どうして」

「まあいろいろあってね、愁嘆場とか刃傷沙汰《にんじょうざた》とか」

「そりゃいろいろあったんでしょうけど……刃傷沙汰？　刃傷沙汰って何のこと」

「そういうんじゃなかったっけ。ニンジョウザタ、そんな言葉なかったっけ？」

「あるけど、鶴子ちゃん、刃傷沙汰の意味わかって喋《しゃべ》ってる？」

「たぶんわかってると思うよ。刃物でひとを刺したりしたら刃傷沙汰じゃない？」

「ひとを刺したの鶴子ちゃん？　誰を」

「決まってるじゃん」

「決まってるじゃんて……長塚先輩を？　嘘でしょ！　ひっぱたいたならわかるけど刃物で刺したなんて。長塚先輩は鶴子ちゃんの大事なひとでしょう。駆け落ちまでした相手でしょう。おなかの子の父親じゃなかったの？　妊娠は気のせいだったの？　ね、その話はどうなったの。ううんその前に、鶴子ちゃんに刺された長塚先輩はどうなったの、無事なの、生きてるの？　生きてても死んでても刃物でひとを刺したら刑事事件だよ、刺した犯人は警察に捕まるでしょう、パトカーに乗せられて、留置場に入れられて、取り調べ受けて、裁判にかけられて……ちがうの？　それなのになんで、鶴子ちゃんはいま千葉の自宅に帰ってるの。夫は今日は出張で家にはいないけど、なんてくつろいでいられるの」

「そんなに何もかもいっぺんに訊《き》かれても」

「だって訊かないと何がどうなってるのかさっぱりわからないじゃない」

耳にあてたスマートフォンから鶴子のため息が伝わった。

「鶴子ちゃん？」

「大声で騒がないで。おなかの子がびっくりするから」

「え？　だって鶴子ちゃん」

「だからね」鶴子が諭すように答えた。「いまこうやって電話してるんでしょ」

落ち着き払った声で。過去に抱えていた重荷をぜんぶ肩から降ろしたひとの、音信不通だった七ヶ月間に自分ひとりで気持ちにけりをつけたひとの、わたしには決して真似のできない、ふっきれた声で。

「親友に事件の話を聞いてもらいたくて」と鶴子は言った。

2

それからわたしは鶴子が長塚先輩と別れて夫のもとへ戻るまでの顚末《てんまつ》を聞いた。聞いているうちに神経の昂《たかぶ》りは鎮まり、後半は次第にしらけた思いのほうが優勢になった。だから詳しい事情を聞き出したというよりも、むしろすすんで聞きたくもない話を聞かされたとの思いがあとに残った。

とどのつまり、どこにでもある話だった。テレビドラマでも映画でも小説でもそしてたぶん現実にも、掃いて捨てるほどありふれた男女間のトラブルに過ぎなかった。少なくともわたしはそんな感想を持った。

駆け落ちしてから十日ほど経って、長塚先輩はいちど東京へ戻らなければならないと言い出したらしい。勤めていた会社へ果たすべき義務——どうしても自分がやらなければならない残務整理があるというのが理由だった。嘘かもしれないし、多少は本当がまじっているかもしれない。だったら一緒に東京まで行ってその残務整理とやらが片づくのを待つと鶴子は言い張り、長塚先輩は露骨に嫌がった。嘘にしろ本当にしろ仕事を楯《たて》に、鶴子から離れてひとりになりたがっているのが見え見えだった。でもこのときは鶴子は長塚先輩にすがりついて離れなかった。

都内のホテルに身をひそめ、シングルベッドが二つ並んでいる部屋で鶴子はひとり、胸騒ぎとともに二日を過ごした。長塚先輩が戻ってきたのは三日目の午後で、鶴子の顔を見るなり相談があると切り出した。

三日ぶりの抱擁はなかった。長塚先輩は鶴子の体に手を触れなかった。というより鶴子とは距離を置き、一メートル以内には近寄るまいと自分でルールを決めているふうに見えた。ふたりはおのおのシングルベッドに腰を下ろし向かい合って話し始めた。

で、その相談の途中に事件は起きた。

記憶が飛んでいる空白の時間がどれくらいあったか憶《おぼ》えていないそうだが、気がつくと鶴子は利き手にフォークの柄を握りしめていて、そのときすぐ隣にいた長塚先輩が太腿《ふともも》のあたりを手でかばいながら、

「痛っ！」

と声をあげたので我に返り、自分がいま手にしているフォークで長塚先輩の太腿を突き刺したのだと理解した。鶴子はもう一回フォークを持った手を振りかぶった。長塚先輩の発した「痛

っ！」がどこかに脚をぶつけたくらいの「痛っ！」に聞き取れて、その声の軽さが自身の、腹の底からこみあげる怒りと釣り合っていない気がしていっそう頭に血がのぼったからである。でもふた刺し目は、本気を出した男の力強い手で防御された。

鶴子の手から払いのけられたフォークが床に落ちた。それを長塚先輩のスリッパ履きの足が蹴《け》った。怒りに火のついた鶴子は立ち上がってそばのワゴンまで駆け寄り、こんどはフォークではなく果物ナイフを、こちらも本気で男を刺し殺すつもりで摑《つか》んだ。ちなみにそのワゴンは、鶴子がルームサービスで頼んだ料理やフルーツが載せてあったキャスター付きのワゴンで、ほかに食べ残しの皿やカップやグラスやスプーンやナイフもあったが、咄嗟《とっさ》に目に飛び込んだのは黒い柄の刃渡り十五センチほどの果物ナイフだった。それを摑み取った弾みでワゴンはガシャガシャと音をたてて鏡のある壁際へと走った。

その鏡に映っていたのは果物ナイフを構えた鶴子の後ろ姿と、ベッドの上で痛む太腿を押さえながら逃げ場を失ってうろたえ怯《おび》える男の顔だったはずだ。それからほんの一秒の間もおかず鶴子はベッドへ突進した。男が悲鳴をあげた。さっきの「痛っ！」とは比べものにならない大きな悲鳴を。

鶴子はベッドに飛び上がり、なおも悲鳴をあげ続ける長塚先輩の仰向けの体に馬乗りになって、両手に握りしめた果物ナイフを、渾身《こんしん》の力で相手の腹に突き立てた。

「え、刺したの、ほんとに？」わたしは鶴子に訊《たず》ねた。「フォークならまだしも……まだしもでもないけど、果物ナイフで？　長塚先輩のおなかを？」

「うん刺した」

わりと平気な声で鶴子が答えた。

「だって長塚先輩、やっぱり妻と離婚はできないとか言い出したからね。妊娠しているあたしの前で、子供の父親にはなれないとはっきり言ったからね。おなかの子はどうにか始末してくれないかと拝むようにして頼んできたから。始末だよ？　ひどい言葉だよ。生まれてくる赤ちゃんを殺せと言ってるのとおんなじだよ。聞いてるうちにあたし、頭の中が真っ白、じゃなくて真っ赤になって、燃えたぎったみたいにカッとして、この男は許せない！　絶対に許せないと思った。もう昔から知ってる長塚先輩とは別の男に見えた。あたしの体を性の捌《は》け口に使って、身重になったら使い捨てる、セックスマニアの異常者に見えた。だからベッドにすわってたあいつの太腿フォークで刺したし、そんなんじゃ足りないからナイフで刺し殺すつもりで刺した。けどあいつ、悪運が強いっていうか、何ていうか……」

突き立てた果物ナイフの先端は、長塚先輩の柔らかい腹にずぶりと沈みこむ、はずだったがそうはいかなかった。鶴子が思い描いたイメージを裏切り、硬い物に当たって鈍い音をたてた。

そんなことがあるのかと呆《あき》れるほどの偶然で彼が締めていたベルトのバックルに命中し、果物ナイフだからもともと安全性を重視した作りになっているのかもしれないが、ただの一突きで脆《もろ》くも刃先は折れ曲がってしまった。長塚先輩は鳩尾《みぞおち》に当て身をくらったように「ウッ！」と呻《うめ》いただけだった。もはや兇器《きょうき》の役目を果たさなくなったナイフに気づいた鶴子は呆然《ぼうぜん》とした。「うそ……」と一言、声が洩《も》れた。

その一瞬のすきに長塚先輩は鶴子の膝《ひざ》の重しからするりと抜け出し、ごろごろ横転して体ごとベッドから落ち、また「痛っ！」と声をあげると、あとは床を這《は》うようにして部屋の出入口のほ

う へ避難した。そしてドアのむこうへ大声で助けを求めた。

そこまでの様子を鶴子はベッドの上に両脚開脚の姿勢で座りこんだまま黙って見守っていた。その後、鶴子の戦意喪失を見てとった長塚先輩が立ち上がり、片足をひきずってドアを開けて、ふたたび大声で助けを求めながら部屋の外へ躍り出たところまでは目に焼きついている。

「それから?」わたしはまた鶴子に訊ねた。「どうなったの」

「大騒ぎになった、たぶん」鶴子が他人事《ひとごと》のように答えた。

ホテルの従業員やら警備員やら、野次馬やら、医師や看護師や大勢の人間が一挙に部屋の中へ雪崩《なだ》れ込むように入ってきた。そのいちばん後ろに長塚先輩は身を隠すように立っていた。あくまで鶴子の朧《おぼろ》げな記憶によれば、ということだが。

そのころには鶴子は冷静さを取り戻していた。燃えたぎる激情は急速に冷め、長塚先輩への殺意もしぼんでいた。自分のいま置かれた状況を客観視することもできた。医師が隣のベッドに長塚先輩をすわらせズボンを脱がせて傷の具合を診た。ナイフで刺された傷には見えないね、と医師は言った。長塚先輩は鶴子と目を合わせなかった。臆病《おくびょう》な男だ。

食事用のフォークで刺したのだからあたりまえだが、長塚先輩の太腿には数ミリ程度の赤い血の跡が四ヶ所、ポツポツポツポツと刻まれていた。兇器として使用されたフォークも、刃先の曲がった果物ナイフもベッドとベッドのあいだの床に落ちていた。誰も手を触れようとしなかったが、誰もがそのフォークと果物ナイフに一度は目を止めていたはずだ。

でも刺されたんです、この女に、と長塚先輩は訴えていた。とにかくナイフで刺された傷ではないし、しかも深い傷でもないと医師は(なぜか)失望したように言い、看護師が脱脂綿で四ヶ所の傷をちょんちょんちょんちょんと消毒して、絆創膏《ばんそうこう》を貼って応急手当ては終了した。ほんとですか？　ずきずき痛むんですけど、ほんとにだいじょうぶですか？　と臆病な男が訊いた。その男への鶴子の感情はすでに一言に集約されていた。それは軽蔑《けいべつ》だった。

「警察は？」男への軽蔑云々《うんぬん》よりもわたしはそっちが気になった。「誰も警察は呼ばなかったの？　長塚先輩やホテルの人たちは」

「呼んだんじゃない？　来たから」

「そうだよね、来るよね」

「うん何人か来たと思う」

「思うって、鶴子ちゃん。パトカーに乗せられたでしょう」わたしは経験者として状況が目に浮かんだ。「警察に連行されたんだよね、怖い顔した刑事さんに両脇を固められて。辛《つら》い思いしたよね」

「ううん」鶴子は否定した。「パトカーには乗らなかった」

わたしは数秒、黙って想像をめぐらせた。

「警察にも行かなかった」と鶴子が続けて言った。

「なんで」

「なんでって……」

「なんでパトカーに乗せられないの」わたしは筋の通らない話を聞かされた思いで、つい声をうわずらせた。「刃物でひとを刺した人間がなぜ？　警察に連れて行かれて尋問をうけないで済むの？　そんなのないよ、あり得ない」

「だって刺してないもん。果物ナイフが折れ曲がっただけだもん」

「その前にフォークで太腿刺したでしょうが。刃傷沙汰って、鶴子がさっき自分で言ったんでしょう」

「それは、フォークでは刺したけど」

「ほら」

「でも警察沙汰とは言ってない。警察には行かなくていいって、弁護士さんが」

「弁護士さんが？　弁護士さんがどこで出てくるのよ」

「最初からいた、夫と一緒に」

「はあ？　夫って、徳永さん？　徳永さんも出てくるの？　徳永さんがなんでその場にいるの」

「あたしが電話して呼んだ。お医者さんが傷の具合を診ているあいだに。そしたら警察より先に、弁護士さん連れて飛んできた。ゴルフ仲間の弁護士さん」

そこで急遽《きゆうきよ》、鶴子の夫のゴルフ仲間の（そしてたぶん）やりての弁護士さんの仕切りで、善後策が講じられた。要するに長塚先輩とホテル側の責任者とをまじえて、警察の介入を望むか望まないかの話し合いに入った。

するといと両者とも、そんなものは望んでいないとわりと短時間で同意に達した。当然ながら長塚先輩も、ホテル側も事を大きくしたくなどなかった。すでに鶴子との駆け落ちを後悔し、妻子のもとへ戻る気持ちを固めていた長塚先輩はとくに、いまさら警察沙汰など望むはずもなかった。長塚先輩がいちばん重荷に感じていたのは鶴子の妊娠で、それが妻に露見する心配に比べれば太腿の四ヶ所の傷の痛みなど蚊に刺されたようなものだった。

そういうわけで、警察は来たけれども活躍の場はなかった。

パトカーの出番もなかった。やりての弁護士さんが立て板に水の弁舌で説得にあたったから、警察も事情を呑み込んで退き下がるしかなかった。だいいち警察の到着以前にフォークも刃先の折れ曲がった果物ナイフも片づけられて、応急手当てをうけた長塚先輩はズボンを穿《は》き直していたし、部屋の床には血の一滴も落ちていないのだから事件らしい事件の痕跡《こんせき》も皆無だった。

鶴子のいう「刃傷沙汰」はホテルの一室で起きた痴話喧嘩《げんか》の一幕として処理された。


電話でそこまでの経緯を聞かされるうちに、わたしはすでに飽きが来ていた。結局起きたことは、鶴子が長塚先輩の太腿をフォークで（ズボンの生地越しに）チクリと刺しただけなんだ。それを「刃傷沙汰」なんて呼んで、出来事を誇張して、わたしから同情を引き出そうとしているだけなんだ。

「あやうぃところだったんだよ」と鶴子は言った。「ナイフの当たった場所がベルトのバックルの一センチ上だったら、本物の刃傷沙汰だった。それこそパトカーに乗せられて、警察のお世話になるだけじゃ済まなかった。いま思うとゾッとする。あたしだけ悪者扱いされるところだった」

薄情な男に殺意をおぼえて彼女は果物ナイフを手にとった。駆け落ちまでした男の変心のせいで、我を忘れ、あやうく殺傷事件を起こすところだった。犯罪者の汚名を着せられるところだった。あるいはもし殺傷事件に発展していれば、そこまでの状況に追いこんだ男のほうにも罪はあるはずなのに、男女間の機微は無視され、悪いのは相手を刺した自分で、自分ひとりだけパトカーに乗せられ、殺人か殺人未遂の罪で裁判にかけられ、妻子ある男へのストーカーまがいの罪に問われていたかもしれないと、鶴子はわたしに訴えたかったのかもしれない。つまりあのとき一歩まちがえば、自分は濡《ぬ》れ衣《ぎぬ》を着せられ、落ちるところまで落ちていたかもしれない——情欲に目のくらんだ悪女の烙印《らくいん》を押されていたかもしれないと。

でもわたしは同情しなかった。

もし果物ナイフの切っ先がベルトのバックルではなく、もう一センチ上を刺していれば、鶴子は正真正銘の犯罪者だ。そこに至るまでの経緯がどうであろうと、男女間の機微があろうとなかろうと刃物でひとを刺した事実は厳然と残る。どんな事情があっても、犯した罪は罪だ。濡れ衣なんかではない。

昔、わたしが高齢のおばあさんを車で轢いたとき、助手席には夫が乗っていたが、運転していたのはわたしだ。お酒に酔って隣で眠っていた夫は、わたしと同罪ではない。夫に罪の半分をかぶってもらうことなどできない。車でおばあさんを轢いたのも、轢いたあと車を降りて様子を確かめもせず、置き去りにして逃げたのも全部わたしひとりの罪だ。

「ほんとに一センチの偶然に感謝してるよ」

鶴子の口は滑らかだ。

「あんなくだらない男、死んだって別にかまわないんだけど、でもあんなやつのせいで、あたしだけ罪に問われて刑務所に入るなんて馬鹿げてる。犯罪者にならずに済んで良かった。いまは正直そう思う。あたしだけじゃなくて、夫の人生も、おなかの赤ちゃんの将来も台無しにするところだった」

そのとおりだ。犯罪者になれば、事件の当事者のみならず、身内の人生まで台無しになる。鶴子の言うとおりだ。十五年前、夫は警察官の職を辞めざるを得なかった、わたしの犯した罪のせいで。わたしが刑を終えて出所したとき、夫は、わたしとまともに目も合わせなかった。そして頭を下げて頼んだ。幼い息子の将来のために離婚してくれと。きみは死んだ母親になってくれと……。

鶴子に聞き足りない話はまだ残っていた。おなかの赤ちゃんの将来の話。それから、夫である徳永さんとのあいだに抱えていたはずのお金のトラブルの話。でもお金のトラブルが具体的にどんなものであったのか、それがどう無事に片づいたのかなどわたしはもう聞く気がうせていた。要は、鶴子は不倫相手と別れて元の鞘《さや》におさまり、いまは夫の徳永さんと暮らしているのだ。妊娠中の身で。

「鶴子ちゃん」わたしは一つだけ訊いてみたかった。「徳永さんはどう言ってるの？　生まれてくる子供のこと」

「もちろん喜んでるよ、五十過ぎてようやくパパになれるって」

「……そう。何もかも承知なのね」

「承知って、赤ちゃんの父親が長塚先輩かもしれないってこと？　そのへんは、どう思ってるのか何も言わないけど、でも、たぶん夫は自分が父親だと信じてくれてると思う。実をいえば、あたしもだんだんそんな気がしてきてるし」

「鶴子ちゃんも？　……そうなの。そういうことだったんだ」

「うんまあね、そうなの、そういうこと」

徳永さんが出張から帰って来るとアレルギーのくしゃみや鼻水や蕁麻疹《じんましん》が出る、アレルゲンは夫だと鶴子が昔打ち明けてくれたのは、あれも誇張表現だったのか。まるまる信じ込まされていたが、あれはおそらく、当時しょんぼりしていたわたしを元気づけ、笑顔にするための鶴子なりの誇張したジョークに過ぎなかったのだ。つまり鶴子は長塚先輩と駆け落ちする直前まで、夫の徳永さんとも「そういうこと」の関係を持っていたのだ。

しばらく黙っていると鶴子が話しかけてきた。

「ねえ、かおりちゃん」

「うん？」

「ごめんね、あたし無神経で。気ぃ悪くしたよね」

「ぜんぜん。徳永さんとは夫婦なんだから、赤ちゃんができるのは当たり前のことよ。無神経も何もないよ」

「そうじゃなくて、さっきの話、調子に乗ってぺらぺら喋って。裁判とか、刑務所とか……ほんとにごめん、あたし無神経にもほどがあるよね」

「それもぜんぜん気にしてない。だって鶴子ちゃんの言うとおりだから。ろくでもない男を刃物で刺したりして、裁判にかけられるなんて馬鹿げてる。そうならなくてよかった。正論だよ」

「でもあたし、電話で喋らなくていいことまで喋っちゃって、かおりちゃんをいま傷つけた。そうだよね、傷ついたよね？」

「だいじょうぶだって」

「大げさに聞こえたかもしれないけど、あたしにとっては大事件だったの、あの日ホテルで起きたこと。あそこがターニングポイントっていうか、一歩まちがえばっていうのは本心なの。犯罪者の汚名を着せられるかって一歩手前まで……あ、あたしまた要らないこと喋ってる。だめだ、もう電話切るね」

「いいって。久しぶりに鶴子ちゃんの声が聞けてよかった。わたしのほうこそ一度も連絡しないでごめん。鶴子ちゃんがどうしてるか気にはなってたんだけど、でも、わたしも自分のことで精一杯で余裕がなかったし」

「でもかおりちゃん、福岡での生活はうまく行ってるんでしょう？　あたしは心配してないよ、もともとかおりちゃんは強い……あ、これもだめか」

「強い女？　強い女じゃないよ、わたしは。今度それ言ったら絶交する」

「怒らないでよ、親友のほめ言葉なんだから」

「冗談よ。怒ってない」

「うまく行ってるんだよね？」

「うん、順調。わたしのことより、鶴子ちゃん、体調に気をつけて元気な赤ちゃん産まないと。若くてもお産はたいへんなんだから」

「ありがとう。産まれたらいちばんにかおりちゃんに報告する」


その夜、鶴子との電話を切ったあと、間を置かず、スマートフォンがまた鳴り始めた。

一日のうちに三度目の電話。一日に三度も、三度とも別の相手から電話がかかるなんて記憶にないほど珍しい。

でも鳴りつづける電話を前に、わたしはなぜか気が滅入《めい》り、いま終えたばかりの鶴子との会話から抜け出せずにいた。

わたしの耳に残ったのは鶴子の「あたしにとっては大事件だったの」という言い訳めいた台詞《せりふ》だった。

鶴子はきっと正直な気持ちを言葉にしただけなのだろう。けれどわたしの心には響かなかった。鶴子の仕出かした刃傷沙汰《にんじようざた》は、わたしが過去に起こした本物の事件に比べればコミカルなドラマか漫画のようなものだった。

一歩まちがえばと鶴子は言うけれど、彼女は現実にその一歩をまちがった犯罪者ではない。被告人として裁判にかけられ、刑を宣告される人間の気持ちを想像はできても、実感として知らない。裁判官に実刑を言い渡されたときの、皮膚があわだつような寒気も知らない。犯罪者とか前科者とか、一歩をまちがった人間に押された烙印が一生拭《ぬぐ》えないという事実も、想像でしか知らない。事件以来わたしが何度悪い夢を見て魘《うな》される夜を過ごしてきたかも知らない。雨降りの夜道で、しどけない寝巻き姿のおばあさんが、柿の実を抱えたおばあさんが車のヘッドライトに浮かびあがる、そのイメージがいまでも、ふとしたはずみによみがえってわたしを苦しめることを知らない。

それからきょう三度目にわたしの電話を鳴らしている人物も、わたしの過去を何も知らない。スマートフォンに表示されている発信者名は「土居さん」だった。彼はわたしが一歩まちがえた犯罪者だとは知らない。栃木刑務所に二年半服役した前科持ちであるとは知らない。知らないはずだ。「やりぶすま」などという難しい言葉は知っていても。

知らないからこそこうやって——前に二度もわたしがいい返事をしなかったにもかかわらず——懲りずに電話で映画や食事に誘ってくれようとしているのだ。きっとこれは仕事のシフト変更を知らせるための電話などではないだろう。

土居さんに教えられた「やりぶすま」とは、わたしには怖い言葉だ。土居さんがスマートフォンに入れて愛用している辞書には「大勢が槍を突き出してすき間なく並べ構えたさま」と説明されているそうで、一歩をまちがった人間にとっては堪えがたい言葉だ。わたしは、わたしが起こした事件以来、そして刑を務めて出所してからもずっと、世間の白い目から、つまり「やりぶすま」から逃れるためにできるだけ身を縮めて生きてきたような気がする。もちろん土居さんはそんなわたしの気持ちなど知る由もない。

わたしは電話が鳴り止むのを待って電源を落とした。

相手が誰であろうと、その夜、電話に出て話す気力はもう残っていなかった。

3

久住呂百合さんに出した葉書の返信は翌月、十二月の初めに封書で届いた。

手紙は縦書きの便箋《びんせん》三枚に、いかにも久住呂さんらしいのびのびした大きな文字で、万年筆のブルーのインクで書かれていた。さほど長い文章ではないけれど、書いたひとの誠意が伝わる、読み返すたび気持ちのなごむ文面だった。

暗記するほど読んだその手紙によると、彼女はわたしから葉書が届いたことを素直に喜んでくれていた。例のウイルスのせいでいろいろ難しい世の中になって、みんな自分の生活を維持するのに精一杯で、いつのまにか消息の途絶えたひともいる。気にかけていた市木さんが元気でいると知って、しかも福岡で頑張って働いていると知って安心したし、同時に少し驚きもした。驚いたのは、もちろん山梨の石和温泉にいた市木さんがいま遠い九州にいると知ったせいもあるけれど、実をいえば——と手紙には書いてあった。久住呂さんの父方の実家も九州で、福岡には親戚《しんせき》もいて、彼女自身、子供の頃から何度も訪れた縁《ゆかり》のある土地だからだ。

それから彼女は自らの近況を短く要約し（彼女はいまも同じ保険会社での仕事を続けていて、娘と二人暮らし）、中学二年生の娘の咲《さき》ちゃんは、サッカーに夢中で、ただし通っている中学には女子サッカー部がないので、校外のクラブに所属して週末に練習に励んでいると書いたあとに、これは来年の話ではなく再来年、娘の高校受験が片づいた春頃になると思うけれど、一度、咲を連れてそちらへ行く予定を立てている、父方の実家のある街へ、久住呂家の墓じまいを兼ねて。だからそのときには、ぜひ時間を作って市木さんにも会いたいと思っている、積もる話もあるし、市木さんのほうで都合がつけば、と書き添えていた。

いまから会える日を楽しみにしています、と。

久住呂さんの便箋三枚の手紙を読んでから数日、たったそれだけのことなのに、いつになく気分が良かった。

故郷千葉から遠く離れた福岡の地で、将来の人生について考えるとき、常に頭の上にかぶさっていた陰鬱《いんうつ》な雲、その切れ間にぽっかり晴れ間が覗《のぞ》いたように気分が良かった。二年先、春になれば、久住呂百合さんと咲ちゃんの母娘に会う機会が訪れる、ただそれだけのことなのに。なによりより久住呂さんは有言実行の人であり、わたしはそのことを忘れてはいなかったから。

職場でも、客室係の同僚から「何かいいことでもあったの？」と訊かれたくらいだから、いつもより身も心も軽く、笑顔できびきび仕事をこなしていたのだと思う。

閉じていた心が外へむかって開いている。

わたしは自分でもそう自覚していた。

そしてそこへ数日遅れて、久住呂百合さんの娘、咲ちゃんからの葉書が届いた。こんな文面だった。


市木さんお元気ですか。

私のこと憶えてくれているのかな？

そう思いながらお便りします。（私はよく憶えています！）

私と田中拓君はいまも同級生です。

通っている学習塾も同じです。

再来年の春、私も田中君も同じ高校へ進学します。

ふたりとも入試に合格すればの話だけど。

頑張ります！

高校生になったら、私も母と一緒に九州に行きます。

市木さんに会いに行きます！


社員寮に帰宅した夜、郵便受けの前に立ってその葉書を二度読んだ。自室に入ってからも、同じ文面を何回も何回も読み返して飽きなかった。

そうだ、あの咲ちゃんは拓と同じ幼稚園の、同じキリンさん組のおませな園児だった。その後同じ小学校に入学し、いまも同じ中学校に通っているのだ。久住呂百合さんの手紙を読んだときには、うかつにもそんなあたりまえのことに考えが及ばなかった。咲ちゃんの葉書を繰り返し読んだあと、座卓の上に数日置いたままの久住呂百合さんの手紙をもう一度読み直した。

……積もる話もあるし、と久住呂さんは書いている。いまから会える日を楽しみにしていますと。

数日遅れで届いた咲ちゃんの葉書が、母親の百合さんの勧めで書かれたものか、それとも百合さんには内緒で、咲ちゃんの独断で書かれて投函《とうかん》されたものかはわからない。でもどちらにしても、百合さんの手紙にある「積もる話」には、息子の拓の話という含みがあるのだろう。そのつもりで百合さんは「積もる話」と書いたのだろう。彼女は、というより彼女たち母娘は、わたしの息子の成長を——仲良しの同級生として、またその母親として——そばで見続けてきたのだから。

久住呂百合さんも娘の咲ちゃんも、わたしに、拓の様子を伝えるために会いに来てくれる！

二通の郵便を座卓に並べて、わたしはそう思った。思ったとたんにこみあげてくるものがあり、抑えきれなかった。

再来年の春。二年後、いや正確にいえばいまは十二月だから、あと一年と三ヶ月も待てばそのときが来る。彼女たちに会って、拓の話が詳しく聞ける。過去の話も、現在の話も。いままではどんなに知りたくても諦めるしかなかった、自分で想像する以外に手だてのなかった望みが叶《かな》う。どういう性格の男の子で、背恰好や髪の長さはどのくらいで、中学では何の部活をして、食べ物や飲み物は何を好み、勉強は何が得意科目で、高校へはどんな制服で通うのか、バス通学なのか、電車通学なのか。たぶん写真も見せてもらえるだろう。咲ちゃんがスマートフォンに保存している拓の写真をきっと何枚も。

(久住呂百合さんと咲ちゃんとの再会の日、その日が来るのを待つというだけでも生きる力を得られる。一年と三ヶ月と言わず、もっとずっと先の将来を見据えて生きる意欲を体に蓄えられるような気がする。百合さんや咲ちゃんや拓がみんなそれぞれ将来の目標を持って頑張っているように、きっとわたしも頑張れる)

就寝前、わたしはノートにそう書き記した。

4

その頃からわたしは変わった。

職場での笑顔が増えたとかそんな見た目の変化ではなく、将来への心の持ち方が変わったと思う。仕事を仲介してもらった馬渡さんから介護の仕事を提案されたとき、また実際に高齢者介護の職に就こうと勉強している百崎さんの様子に触れて、すでに徐々に変わりつつあったものがより顕著に動き出したと思う。いつか鶴子に強い女と言われて反発をおぼえたのが嘘のように、わたしは自分がもっと強くならなければとも思い始めた。

見た目ではわからないわたしの変化に真っ先に、というかひとりだけ気づいたのは、夕方から一緒に働いているレストランの厨房の先輩だった。

その年の暮れ、厨房の大掃除が終わった夜のことだ。

いつものように着替えを済ませ、地下鉄の駅へ徒歩で向かおうとしているわたしを彼は呼び止めた。従業員通用口の外まで追ってきて、市木さん、車で送るよ、と言った。そんなことを言われたのは初めてだったし、そのときはそれが、間の抜けた誘い文句に聞こえた。車で送ると言われても、ホテルから地下鉄博多駅までは歩いても五分ていどの距離だから。

わたしは首を傾げて返事をためらった。

「いや僕が送ると言ってるのは駅じゃなくて、よかったら社員寮まで」

「自宅はでも、反対の方角でしょう」

「いいんだ」

「土居さんはよくても」その先に続ける言葉をわたしは思いつけなかった。

「迷惑かな」と土居さんがすぐに言った。

「迷惑とかそんなんじゃありません。でも」

「話がしたいんだ」

「ごめんなさい、土居さん。前にも誘っていただきましたけど、わたしは、男の人とふたりで映画を見たり食事をしたり、そういうことにはいまは、積極的には……」

「わかってる。僕も別に映画が見たいんじゃない。見たい映画があったらひとりでも行けるし。ご飯は、一回くらい御馳走《ごちそう》したいとは思ってるけど、それも強要はしない。僕はただ話がしたいんだ。市木さんとふたりで話す時間を持ちたい。五分でも十分でも」

「でも車で送ってもらうのは、やっぱり」

わたしは気が進まなかった。

「駅までいつもの道を歩きたいんです」

それが決まった習慣だから、駅まで見知らぬひとたちに混じって舗道を歩きながら、そして見知らぬひとたちと地下鉄のホームに立ち、電車に乗り七駅先で降りるまで、とりとめのない考え事をするのが毎日の習慣だから。

「じゃあ僕も歩こう」と土居さんが言った。「駅まで一緒に歩くよ」

「車はどうするんですか」

「市木さんを駅まで送ったらまた戻って来る」

「そんなことしてなんになるんですか」

「駅まで、片道でも市木さんとふたりで話す時間が持てる」

「話って、食事のお誘いの話ですか？」

「いや今夜はその話はしない。それはまたいずれ」

車のキーを持った手を、土居さんはダウンパーカのポケットに差し入れてもう歩き出していた。後ろ姿を黙って見守っていると、しばらくして土居さんは振り返り、わたしのほうへ何歩か戻って来て話しかけた。

「市木さん、この仕事辞めるつもりだよね？」

それがつまりは「五分でも十分でも話す時間を持ちたい」と土居さんの言う、最初の一言だった。あまりに唐突でわたしは返事ができなかった。ただ呆気《あっけ》にとられていた。

「図星か」土居さんは古い言葉を使ってわたしの顔色を読んだ。

厨房の別の同僚の男性がふたり連れ立って通用口から現れ、挨拶を残してわたしたちのそばを通り過ぎた。横を通るときひとりが土居さんの肩を拳《こぶし》でポンと強めに叩《たた》いたが、土居さんは気にとめた様子も見せなかった。

「歩きながら話そう。こんなとこに突っ立ってたらみんなに誤解されるよ」

それはその通りだろうが駅まで一緒に歩いているところを見られたらもっと要らぬ誤解を招くかもしれない。わたしは俯《うつむ》いて、返す言葉を決めかねていた。

「さあ行こう」と土居さんがもう一度うながした。


その夜、結局ふたり並んで歩くのは歩いたけれど、駅までの道筋でわたしからはろくに話した記憶がない。話したのは土居さんだった。市木さんが仕事を辞めるのを引きとめるつもりはない、と彼は言った。人手が足りていないのにいま辞められると困るとか、ホテル側に立って説得したいわけじゃない。ただ、お節介かもしれないが、いやお節介そのものだとわかってはいるが、辞めたあと、あなたがどこへ行くのかできれば知っておきたい。市木さんのことだから何かしっかりしたプランがあっての決断だろう。その邪魔をしたいんじゃなくて、市木さんが何を目指しているのか知りたい。知りたいのは僕の勝手で、赤の他人に教えるいわれはないと突っぱねられて当然だし、まるでストーカーみたいなひとだと薄気味悪くも思うだろう。迷惑なのは自分でもわかっている。でも、あなたのことが気になるんだ。これっきり離ればなれになるとしても、知っておきたいんだ。今後のこと、いまの仕事を辞めたあとのこと、少しでも聞かせてもらえないだろうか？

そんなふうに土居さんが、一方的に——わたしがホテルの仕事を辞めると口で認めたわけでもないのに──話しつづけているうちに地下鉄の駅の入口に着いた。地下鉄の構内までは土居さんは来なかった。入口の前で別れる間際、わたしはこれだけは言っておきたくて、彼に正直に伝えた。

「まるでストーカーみたいなひとだとは思っていません」

土居さんは初めてホッとしたような笑顔になったと思う。

そして翌日、また仕事終わりに土居さんは、地下鉄の駅まで一緒に歩きたいと申し出るために、先に着替えて従業員通用口のそばでわたしを待っていた。

その翌日の晩も、またその翌日の晩も、たがいの正月休みの何日間かを除いて毎晩、それこそまるでストーカーみたいなひとのように、土居さんはわたしに付き添って駅までの片道を歩くようになった。ぽつりぽつり話しかけながら歩いて駅に着くと、おとなしくひとりで引き返して、ホテルの従業員用駐車場に停めてある自家用車を運転して帰宅する。そんな無用とも七面倒ともいえる行動を連日連夜、根気よく繰り返すようになった。

駅までの道筋で──ほんの五分ていどの時間だが──土居さんが口にする話題は、いつのまにかわたしの退職、ないし転職の件から離れて、とくにこれといった主旨のないものに変わっていた。福岡での少年時代の話とか、東京に出るきっかけや、出たあとの話とか、都内の洋食店で働いていた頃の思い出とか。福岡に戻る動機にもなった二〇一一年の震災の話とか、ひとりずついる年の離れた兄と姉のこととか、他界した父親の話とか、福岡市内で兄夫婦とともに暮らしている老いた母親のこととか。それから百崎さんの口真似と小説『お登勢』の食い違いの話まで。

百崎さんの口真似と小説『お登勢』の食い違いの話、とは土居さんによれば、百崎さんがレストランのバイト時代にドラマの再放送で見たと言って真似をしていた主人公お登勢の「へーい」や「すんまへん」の台詞が、船山馨《ふなやまかおる》という作家の書いた原作の『お登勢』にはただの一度も出てこないらしく、だからあれは百崎さんの独創的なアレンジか、ドラマのシナリオライターの脚色か、どちらかだろうという推測だった。

わたしはいつもは黙って駅に着くまで土居さんの話に耳を傾けるばかりだったが、このときには自分を抑えられなかった。

「読んだんですか、小説の『お登勢』を？」

「うん。読んだよ」

「どうやって」

「どうやってって……文庫本で。文庫本は出てるんだけど、本屋さんには売ってないから、図書館に行って。でも近所の図書館にも置いてないから、司書のひとに頼んでよその図書館から取り寄せてもらって読んだ。角川文庫で。まあ、結構手間はかかったね」

「百崎さんの口真似を小説で確かめるために、そのためにわざわざ？」

「いやそれだけのためじゃないけどさ、百崎さんの話を聞いてるとなんだか面白そうなストーリーだったし、僕はテレビドラマを見る習慣はないから、小説のほうを読んでみようと思って」

「それで？」

「それで？　最後まで読んだけど、うん、なかなか面白いストーリーだったよ、退屈な小説ではなかった。ただ、期待していた百崎さんのあの『へーい』や『すんまへん』は一回も出てこなかった。それだけの話。別に深い意味はない。百崎さんがバイトを辞めて、いまはどこでどうしてるかは知らないけど、ときどき懐かしくなったりするよね。ならない？　お登勢は『さばさばした明るい気性』って小説には書かれてるんだけど、彼女がまさにそんな感じだったでしょう。百崎さんがいると職場が明るくなったし、一緒に働いてると楽しかった。そんなことも小説読んで思い出したかな」

「土居さん」

「何。よかったら市木さんも読んでみる？」

わたしたちはその夜すでに駅までの道を歩ききっていた。あとはいつものように「じゃあ、また」と挨拶して別れるだけだ。そんな無意味な夜がもう一ヶ月も続いているのだ。

でもそのときわたしは、このひととの関係を、このまま手放すのが惜しい気がしていた。理由は明確には言えない。実はわたしも小説の『お登勢』を読んでみたくて、ネットで探してみたが通販サイトではとんでもない高値がついていて、そこで諦めた。図書館に行く手間すら惜しんでいた。けれど土居さんは諦めずに古い文庫本を取り寄せてもらって読んでいる。土居さんがそういうひとだと知ったのも理由の一つだったかもしれない。

自分がすでに三月いっぱいで仕事を辞める決心をして退職願を提出していること、そして四月になれば、新しい環境へ一歩を踏み出しいまの職場の人たちとの関係は絶たれてしまうこと、その自分で選び取った未来に、このひととの存在が欠けているのを、いつか後悔する日が来るかもしれない。そんな予感がしてならなかった。

気がつくと、わたしは土居さんにむかってうなずいていた。でもそれは「市木さんも読んでみる?」という質問への答えではなかった。何に対してうなずいたのか、自分でもよくはわかっていなかった。この一ヶ月、土居さんが話してくれたこと、話しつづけてくれたこと、それらすべてに対してわたしはうなずいて見せたかったのかもしれない。

わたしはこのひとには話そうと思った。

わたしの忌まわしい過去について、ではない。過去に犯した罪の告白などではない。そうではなくて未来へ向けての話を。

いまの職場を辞める決心に至るまでの経緯を。ホテルの客室係やレストランの厨房の仕事を嫌っているわけではないこと。でも職業の選択肢はほかにもあるということ。馬渡さんのこと。百崎さんのこと。意志とは別に、ひとを引き寄せる縁のこと。将来への長期的な展望のこと。わたしは土居さんの聞きたがっているプランについて話すつもりだった。これまで彼が駅までの片道でぽつりぽつり身の上話をしてくれたように。

話すことでこのひととの関係は変わるだろう。

土居さんはわたしにとって確実に、まるでストーカーみたいなひとではなく、まるで互いを理解し合った同じ四十代の友人のようなひとになるだろう。

わたしはもう一度呼びかけた。

「土居さん」

うん? と穏やかな声で彼が聞き返した。わたしは土居さんの微笑んだ顔にむかってはっきりとこう言った。

「わたしは介護の職を目指そうと思ってるんです」

第十章（2025）

I

翌年、三月の後半に、久住呂百合さんは墓じまいを目的とした旅で九州を訪れた。わたしがホテルの仕事を辞めてからちょうど一年が過ぎる頃だった。

久住呂さんの父方の先祖のお墓は長崎県の佐世保《さ せ ぼ》という街にあるそうで、熊本から来た従姉夫婦《いとこ》とそちらで合流し、二日滞在してお寺さんの行事を滞りなく済ませると、帰路――あのときの手紙に書いていた通り――時間をつくって福岡市内までわたしに会いに来てくれた。

その日は月曜だったが、久住呂さんはかねてから計画していた娘同伴の九州旅行のために、土日と有給休暇を合わせて水曜まで連休を取っていて、彼女の心づもりでは、旅行の日程のうち二、三時間をわたしと会うためにあてる予定が立ててあるらしかった。

一方、わたしはわたしで勤め先の施設に無理を言って、本来の休みと合わせて二日の休暇を貰《もら》っていた。一日目は久住呂さん母娘と会い息子の拓の話を聞くために、まるまる費やすくらいの意気込みでふたりの到着を心待ちにしていたのだった。

そのせいか最初から、天神のバスターミナルで落ち合い挨拶《あいさつ》をかわした直後から、わたしたちの会話は微妙に嚙《か》み合わなかった。はっきり言ってしまうと、久住呂百合さんとの再会は想像していたのとはまるで違った。

わたしはただ、拓の話を聞かせてほしかった。いままで知りたくても知りようのなかった息子の様子をあまさず話してもらい、成長した写真の一枚も見せてもらえれば、その日は充分満足できるつもりでいた。ところが現実はそう甘くなかった。

久住呂さんと会って話を聞くことで……どうやら勘所を避けているふうの彼女から強いて話を聞き出すことで、結果として、わたしが期待していたのとは逆に、前よりいっそう息子との距離は遠くなったようで悩ましさが増しただけだった。いつの日か、ひとめでも会いたいとの念願など夢のまた夢に思われて、やるせなさで胸がいっぱいになった。

でもそうなったからといって久住呂さんに非はない。彼女はわたしに促されて率直に自分の思ったことを喋《しゃべ》っただけで、すべてはわたしの浅慮、考えの足りなさが原因だった。

想像と違っていたのは何よりまず、咲ちゃんの不在だった。待ち合わせのバスターミナルにも、わたしが久住呂さんを案内してランチを食べた評判の（土居さん推薦の）イタリアンのお店にも、咲ちゃんの姿はなかった。サッカークラブのレギュラーとして試合に出場するために朝の成田行きの便で一足先に帰ったのだと、久住呂さんは説明した。その話にたぶん噓はなかったはずだ。ただあとになって考えると理由はそれひとつではなく、やはり娘を同席させるべきではないとの久住呂さんの配慮もあったと思う。

咲ちゃんが志望校の入試に合格したこと、田中拓くんも（と久住呂さんはわたしの息子の名を呼んだのだが）同じ高校に合格したこと、久住呂さんの口から語られたわたしの求める情報はそれくらいに過ぎなかった。あとは石和温泉の旅館から新型コロナウイルスの蔓延《まんえん》をきっかけに岐阜のパン工場へ、岐阜のパン工場から知人の紹介で大阪のパチンコ店へ、大阪を出て福岡のホテルへ、それからいま働いている高齢者介護施設まで、職歴の変遷をわたしが話す番だった。食事をしながら久住呂さんが訊《き》いてくるので順を追って話した。

「その後、久住呂さんのほうは？」わたしは逸《はや》る気持ちを抑えて聞き返した。こっちは相変わらず、と彼女は答えた。

市木さんと最後に会ったときのまま、手紙にも書いたように何も変わっていない。娘の背が五十センチも伸びて、サッカーに夢中で日に焼けて逞《たくま》しくなり、おまけにもっと生意気になっただけ。あとは数年前のパンデミックがもたらした重苦しい日常の記憶や、保険会社に勤める身にふりかかったあの時期の苦労話をいくつか披露してくれた。それでお互い会わずにいた月日の話はおしまいだった。およそ十年のあいだに田中拓くんがどんな小学生から高校生に成長したのか、久住呂さんは腰をすえて話す気などなさそうだった。

食事を終えてコーヒーが運ばれてくると、久住呂さんはわたしの現職に話題を戻した。お年寄りの（しかも認知症患者の）介護施設で働いていると口では簡単に言えても実情はたいへんなんでしょう。よく決心がついたね。もう二年もしたらちゃんとした資格が取れるところまで来てるんだものね。よく頑張ったと思う。

本心から言ってくれているのかもしれないが、わたしには当たり障りのない発言に聞こえた。

久しぶりに会った相手なら誰もがそう言って場をつなぐだろう。過去の職場で一緒だった人たちも、友人の鶴子も、いとこの慶太くんも、千葉にいる叔父《おじ》や叔母《おば》たちも。つまりは害のない話だ。このままでは四方山《よもやま》話に終始して別れの時間を待つだけだ。あの手紙に久住呂さんが書いていた「積もる話」はどうなったのだろう。わたしの転職や、久住呂さん母娘の相も変わらぬ日常、それを確かめ合うのが「積もる話」の意味だったのだろうか。

「ところで市木さん？」

口調をあらためて久住呂さんがそう言ったのでわたしは顔をあげた。

「あなたいま、誰かおつきあいしている人がいるの」

何が語られるのかと思ったら仕事の次は私生活だった。

小ぶりのコーヒーカップの取っ手をつまんで彼女は口へ運んだ。そのまま目を細めてわたしを見ていた。無反応でいるわたしを。

「いるのね」

久住呂さんは続けて喋った。

よかった。そうよね。だって、さっき久しぶりに会って最初にそう思った。見違えるようだもの。私の先に立って、迷いもなくずんずん歩いて、このお店まで案内してくれた。頼りなげだった昔のあなたからは想像もつかない。市木さん、憶《おぼ》えてる？　千葉の駅で、切符も買えずにぼんやり立っていた夜のこと。あのときのあなたは自分の行先すらわからない人のようで、私が何を喋っても上の空って感じだったね……。

「久住呂さん」昔話を遮るつもりでわたしは呼びかけた。

彼女はお喋りをやめなかった。

どうなることかと心配していたら、市木さん、それから何日かしていきなりうちに電話をかけて来たでしょう。一億円の生命保険に入りたいなんて言い出した。あのときは驚いたわ。心を病んでしまったんじゃないかとも思った。生命保険の加入と同時に、就職の相談まで持ち出されて、石和温泉の旅館の仲居さんの話ね、その話もなんだか突拍子もない相談に思えた、あのときは。

「もちろん憶えています」わたしは言った。声高になるのが自分でもわかった。「久住呂さん、あの日わたしに、見て見ぬふりはできないとおっしゃいました。その言葉もよく憶えています。咲ちゃんと、わたしの息子の拓、ふたりの入学式の日、小学校の校舎のひんやりした廊下に立って」

「……ええ、そんなこともあったわね」

「わたしはあの日起きたことを忘れていません。交番に連れていかれたこと、久住呂さんに助けていただいたこと、弁護士さんまで呼んでいただいて、そのあとも何から何までお世話になったことも。だから久住呂さんが、本当に、見て見ぬふりのできない人だということもわかっているつもりです」

「どうしたの急に」

「久住呂さん、わたしの想像を言ってもいいですか」

「想像?」彼女は言葉の意味を吟味するために時間をかけてコーヒーを飲んだ。「想像って、どういうこと」

相手が気を悪くしてもかまわないとわたしは思った。

「何かわたしに話せないことがあるんですね？」

久住呂さんはさして動揺した様子もなくカップを受け皿に戻した。

「それは？　市木さんが言いたいのはつまり、田中拓くんに関わることかな」

ほかに何があるというのだろう。

いったい何のためにわたしが久住呂百合さんとの再会を首を長くして待ったと思っているのだろう。

久住呂百合さんはあくまで「田中拓くん」という呼び方にこだわっていた。娘の幼なじみであり、いまも友人である田中拓くん。産みの母親の前であえてそう呼ぶのには、そう呼ぶのがいちばん適切だとの久住呂さんの判断が働いている。その点に違和感があった。来月高校生になる田中拓くんは、あなたの息子の拓くんじゃない、田中家にはあなたとは別に母親がいる、という事実をことさら強調しているように聞こえてならなかった。元の夫からその事実を突きつけられるならまだしも、久住呂さんは、わたしの立場の理解者であるとわたしが信頼している人なのだ。

きっと何か理由があるはずだった。「拓くん」とでも呼べばすむことなのに、わたしの面前で、田中拓くんとあえて呼ばずにはいられない理由が。それが見えないのがもどかしかった。

「咲ちゃんと、わたしの息子の拓は同じ幼稚園に通っていて、それから小学校も中学校もずっと一緒で、来月からはまた同じ高校に進学するんですよね」

わたしは気が昂《たかぶ》っていた。鎮めようとしても無理だった。

「久住呂さんは拓を子供の頃から見てきたんですよね。母親として咲ちゃんの成長をそばでずっと見守ってきたし、咲ちゃんと仲良しの拓のこともよく知ってるはずですよね。そうでしょう？

同じように見てきたわけでしょう。拓がどんな子供だったか、性格や好みやいろんなこと、わたしが知りたくても知り得なかったことを知っている。わたしはその話が聞きたいんです。わたしにおつきあいしている人がいるかどうかなんて、そんな世間話じゃなくて、ただ拓の様子を知りたくてたまらないんです。でも久住呂さんは話してくれない。こうやって久しぶりに会ったのに、田中拓くんなんて……拓はわたしが産んだ子なのに、わたしの実の息子なのに、拓の話題にはろくに触れようともしない。もしかして、したくてもできないからじゃないんですか。誰かに、田、中、拓、く、ん、の話を口止めされているんじゃないんですか？」

「そうね」久住呂さんは認める口ぶりだった。さっきわたしにつきあっている人がいるのかと訊《たず》ねたとき、目もとにたたえていた笑みは跡形もなく消えていた。

「市木さんがそう思うのも当然だよね」

「拓の父親に口止めされているんですか。それとも、拓のいまのお母さんに」

「ああ、それは誤解よ。田中さんご夫妻に口止めなんかされた覚えはないの」

「でも、じゃあ誰が……」

久住呂さんは答えずにわたしと目を合わせた。わたしたちは数秒無言で互いの目の奥を覗《のぞ》き込んでいた。

「……久住呂さんが？」

驚きをもって訊ねると、彼女は真顔で、こくりとうなずいて見せた。

「うん、そうだね。私だと思う。口止めというなら、私が自分で口止めした。市木さんにはなるべく話さないほうがいいと思ったから、私はこっちに来る前に自分にそう言い聞かせていたし、咲にも口止めした。咲には、田中拓くんにも市木さんの話はしちゃだめだと口止めしてある」

わたしは理解できず混乱した。いまのいままで味方だと思っていた人に裏切られたも同然だったから。

「市木さん落ち着いて」

目の前の大柄な女性がそう言って居ずまいを正した。他所《よそ》行きの色目も春らしい装いの久住呂さんが。

「なぜなのか説明してください」

「落ち着いてよく考えてみて」とも彼女は言った。そのままの姿で娘の高校の入学式にも出席できそうなスーツを身にまとった久住呂さんが。

「考えてもわかりません、何が何だか」

「田中拓くんはもう小さい子供じゃない。昔の何も知らなかった子供のままじゃない。それはわかるでしょう。あなたが幼稚園まで迎えに行って、連れて帰ろうとしたときの彼とは違う。あなたが人目を忍んで入学式に出ようとした、あのときの彼とも違う。彼はこの夏には十六歳になる高校生なの」

「……だから？」

「市木さん、私の話をよく聞いて。彼は、あなたの息子さんでもある田中拓くんは、おそらく気づいてると思うの。あなたという人の存在に、つまり、いまのお母さんとは別に、産みの母親がどこかにいるらしいという事実に。口止めしてあるといってもあの咲のことだから、私の言いつけがどこまで有効なのかわからない。田中拓くんに絶対に何も伝えていないとは言い切れない。

幼稚園時代に市木さんと会って言葉をかわした記憶や、小学校の入学式の日の騒ぎや、そんな話を咲は私の知らないところで田中拓くんに喋っているかもしれない。そうでなくても彼は自分で気づいているかもしれない。田中さんご夫妻が、あなたの存在をどこまでどう話しているのか、隠し通したままなのか、私は知らない。けれどたとえ隠したとしても本人にはわかっているはず、私はそう思う。彼は繊細で頭のいい子だし、まわりの大人たちの言動もちゃんと見ている。いまのお母さんは新しいお母さんで、もうひとりのお母さんがどこかにいることは、子供心にもううすうす気づいていたでしょう。だからいまの彼は、もう気づいているというより、おおよその事実を、父親の離婚と再婚の事実を知っていると思ったほうがいい」

「だったらなおのこと……」

わたしの混乱は収まらなかった。

「拓がわたしの存在を知っていると思うなら、じゃあ何のための口止めなんですか」

「田中くんは、私の考えでは」

久住呂百合さんはそこで初めて「田中くん」とわたしの息子を呼んだ。他意があってというより、ごく自然な感じだった。ふだん咲ちゃんと話すときにはそう呼んでいるのだろう。しかしわたしの心情を気遣ったのか、もう一度、

「拓くんは」と呼び換え、そしてそこから一気に、話の勘所に入った。産みの母親としての思慮の足りなさを指摘するために。

「拓くんは、私の考えでは、あなたの存在には気づいていても、あなたがなぜ離婚して幼い拓くんを手放したのか、理由までは知らない。咲もそこまでの事情は知らないはず。だから、市木さ

ん、わかる？　理由はむしろ知らないままのほうがいいと思うの。きっと市木さん自身も、拓くんに何もかも知られてしまうのは望まないんじゃないかと」

……わたしが離婚して幼い拓を手放した理由。

それは拓の将来のために死んだ母親になってくれと夫に言われたからだ。

いや、違う。久住呂さんが指摘しているのは、なぜわたしが夫の言いなりに拓と別れなければならなかったか、その公にできない理由のほうだ。

もとをたどればあの晴子伯母《おば》さんの葬儀の日。雨の夜、運転中に起こした人身事故。人身事故だけでは済まされない、ひととして許し難いおこない。

わたしが刑法上の罪に問われた人間だからだ。

市木さん、わかる？

久住呂さんの抱いている懸念がそのときわかった。彼女は、わたしの、わが子への思いを知っている。叶《かな》うものならいつの日か拓に会いたい、その一念でわたしが千葉から遠く離れた九州の地で暮らしていることも知っている。でもその一念が、いつか通じたとしても、結果、拓本人を苦しめるかもしれない危うさと背中合わせだと指摘しているのだ。

「勘違いしないで。市木さんを責める気なんて毛頭ないの。遠い昔に起きた交通事故だし、市木さんが犯した罪をしっかり償ったことも私は知っている。ただ私が言いたいのは、私が心配なのは、拓くんが、仮に、どこかにいる産みの母親の存在に気づいているとしても、その母親がどんな人かは知らないということ。たぶんいまのところは。けれどももし、拓くんの頭の中で、記憶にない産みの母親の存在が、その人のことが美化されていたとしたら、過去の出来事を知ったときに、どうなる？　彼は受けとめきれるかな。さっきから言うように、拓くんはもう子供じゃない。市木さんが彼に会いたい意志を伝えれば、そして彼もそれを望むなら、自分の意志で会うことを選べるでしょう。ただそれはお互いのために、こう言ってはなんだけど、ベストの選択かしら。拓くんが市木さんという人を、市木さんの過去の過ちをふくめて全部知ってしまうのは。もちろんそんなの他人が口出しすることじゃない。わかってる。でも、市木さんはそれでもいいの？」

わたしは俯《うつむ》いて聞くばかりだった。返事が思い浮かばなかった。

「拓くんの様子を聞きたくてたまらない、あなたの気持ちも重々わかる。わかるけど、私もどこまで、どんなふうに話していいのか迷ったの。無責任にあなたを喜ばせるような話ばかりはできないと思う。反対に、あなたの落ち込む顔も見たくない。何もかも話して聞かせたほうがいいなら、たとえば、拓くんといまのお母さんとのあいだはうまくいってる。はたから見ても親子関係は良好だし、年の離れた弟さんがひとりいるけど、お母さんは兄弟分け隔てなく接している。文句のつけようのない継母で、拓くんも慕っている。そんな話だって隠すわけにいかない。でもそれを聞いた市木さんをどんな気持ちにさせてしまうのか、私にはわからない。ひとつ想像がつくのは、市木さんはたぶん何を聞いても、私や咲が拓くんの話をすればするほど会いたさを募らせるでしょう。そうなるよね。なって当然だもの。会うのはかまわない。何度も言うけど他人が口出しする問題じゃない。でも会ったあとは？　もし過去の事実が明るみに出てしまったら？　そのとき何がどうなってしまうのか心配なの。拓くんだけじゃない、市木さんのことも。そのときの覚悟ができているのか」

久住呂さんが急に喋るのをやめた。

それからしばらく間をおいて、テーブル越しにハンカチを手渡してくれた。

「ごめんなさい」わたしはそれだけしか言えなかった。

「市木さん？　何を謝ってるの」

「……わたしの考えが足りなくてごめんなさい」

またしばらく黙ったあと、久住呂さんが言った。

「謝る必要なんかないよ。勝手に気を回しておいて、結局、ぺらぺら余計なお喋りして市木さんの心を掻《か》き乱して、謝るのはこっちのほうよ。本当はね、できればこういう話は避けたかった。けど市木さんの言う通り、久しぶりに会ったのに拓くんの話をしないほうが不自然だよね。考えが足りなかったのは私も同じなの」

「いいえ、そんな……わざわざ時間をつくって会いに来ていただいたのに、久しぶりにお会いしたのに、泣いたりして。ハンカチまでお借りして。ハンカチはジーンズのお尻《しり》のポケットに入ってるのに。こんなはずじゃなかったのに」

「ハンカチなんていいから。市木さん、あのね、こうなったら何もかもぶちまけちゃうけど、いい？　その前にコーヒーお代わり頼もうか」

「結構です。なんですか、何もかもって」

「心の準備をして」

また泣く話になるのかもしれない。わたしは返そうとしていたハンカチを引っ込めた。

「今朝ね、ちょっと咲と言い合いになったんだけど」

と久住呂さんが切り出した。

「簡単に言っちゃうと、なぜ市木さんと田中くんが会ってはいけないのか、産みの母親と息子の関係なのに。という咲の疑問に、うまく答えられなかったせいで。まあ、もっともな疑問よね、誰もがそう思って当然の疑問」

久住呂さんがぶちまける話を、わたしは一語も聞き漏らすまいと覚悟して聞いた。聞き終わっても涙は出なかった。かわりに暗澹《あんたん》とした気分に陥っただけだ。要約するとこんな話だった。

咲ちゃんのもっともな疑問に、久住呂さんは、これはあなたが思うほど単純な問題じゃないんだとしか言い返せなかった。そのせいで母娘の言い合いはらちがあかなかった。するとしまいに、咲ちゃんが捨て台詞《ぜりふ》みたいに言ったそうだ。お母さんたち大人が何を隠そうとしているのかは知らない。けど田中くんにはそれを知る権利があるし、その気になれば自分で知ることもできる。

それはそうなのかもしれない。

それはそうなのかもしれないと久住呂さんが思ったのは、知る権利とかのことではなくて、咲ちゃんや拓がその気になれば、自力で知ることができる（かもしれない）可能性のほうだった。なぜならふたりとも、いまは（もう子供じゃないし）スマートフォンを持っている、わたしたち同様に。あるいは拓はパソコンだって自宅の勉強部屋に置いて使っているかもしれない。だから知りたいと思えば調べられるだろう。検索という言葉を久住呂さんは口にした。検索なんて（久住呂さんもそうらしいが）わたしもあんまり得意ではないからどこまで可能かはよくわからない。だが過去の新聞やネット記事、つまりわたしが運転中に起こした人身事故の記事、そしてその後のいきさつまでも、もしかしたら調べられるかもしれない。どのくらい詳細に過去をたどれるかは別にして。スマートフォンやパソコンの検索で何を検索ワードにすればよいのかさえわかれば。

あるいは仮に、拓が産みの母親の存在に気づいているとしたら、咲ちゃんの口から市木という旧姓を知らされていれば、すでに一度や二度試しているかもしれない。

「あなたの意志に関わりなく」と久住呂さんは言った。「つまり市木さんが彼に会いたいと願う以前に、彼は産みの母親の情報を知ろうとしているかもしれない」

可能性はゼロではない。

「まだその段階じゃないとしても、いずれそうなると思っておいたほうがいい。きついことを言うようだけど」

わたしは顔がこわばるのがわかった。

いずれそうなる。それは取りも直さず拓が産みの母親の犯した罪を知る、前科者である事実を知るということだ。服役中に刑務所内の産室で生まれた赤ん坊が自分であると知ることだ。事実は衝撃をもたらすだろう。十代の少年に、計り知れない衝撃を。もしそうなれば、わたしの意志に関わりなく、拓は産みの母親に会いたいなどとはもう思わないかもしれない。いっそ死んだ母親であってほしかったと思うのかもしれない――別れた夫が拓の将来のためにそれを望んでいたように。そして高校生の拓は自らの意志でわたしを、生きているわたしを拒むかもしれない。

「遠からずそのときは来る。覚悟しておいたほうがいい」と久住呂さんは念を押した。

2

その日、夜は福岡在住の親戚《しんせき》と会う予定の久住呂さんと別れて、日が暮れる前に自宅アパートへ帰った。

晩ご飯の時間になっても食欲はわかなかった。お米を研ぐ気力もなかった。テレビも点《つ》けなかった。1Kの六畳間で、小さな座卓にむかってわたしはノートを開いた。拓、と呼びかけていつものように文章を書きたかったが、書きたい気持ちだけ先走って、頭がついていかなかった。気がつくとどうしても座卓の端に置いたスマートフォンに目が行ってしまう。

ノートを取り出す前に一度だけ、試しに「ひき逃げ事件」とワードを入れて検索してみると、いくつもの（想像していた以上の）事例が表示された。恐る恐るスクロールして、どれも比較的最近の事件のようだと理解できたが、それでも見ているうちに気分が悪くなった。「ひき逃げ事件」にもう一つ、事件当時のわたしの名前「田中かおり」を加えて検索したらどうなるのだろう？　そう思いついただけで鼓動が速くなった。いまわたしが思いついたことを拓が実行するかもしれないという可能性がいまさらながらに怖かった。遠からずそのときは来る。覚悟しておいたほうがいい。

じっとしていられず、キッチンへ行き水道の水をコップに汲《く》んで飲んだ。冷蔵庫を開け閉めしたがやはり食欲はなかった。何も手につかなかった。心の中で拓に語りかけている自分に気づいただけだった。座卓の前に座り直した。

拓、と一文字だけ書いてある白い頁を見つめたあげく、最初に心に浮かんだ言葉を次に書いた。ボールペンを握って、後悔しています、と書いた。

（拓、後悔しています。

後悔しても取り返しがつかないのはわかっています。

それでも後悔しています。

後悔しています。心の底から後悔しています。

いつかわたしのしたことを知ったら拓は失望するでしょう。当然です。言い訳もできません。

こんなお母さんでごめんなさい。

生まれたばかりのあなたを手放してしまってごめんなさい。

お母さんなのにあなたに何もしてあげられなくてごめんなさい。

おもちゃも買ってあげられなくてごめんなさい。

好きなお菓子も、アニメのヒーローも、得意な教科も知らなくてごめんなさい。

刑務所のベッドで赤ん坊のあなたを抱っこしたこと、そのとき見たあなたの耳たぶの裏のホクロ、それだけしか憶えていなくてごめんなさい。いまの顔すら知らないお母さんでごめんなさい。

あなたに読んでもらえないこんな手紙しか書けないお母さんでごめんなさい。

高校入学のお祝いもできないお母さんでごめんなさい。

無力なお母さんでごめんなさい。

あなたのもとを離れようと決めて、いつのまにかどんどん遠く離れて九州まで来てしまい、生活に追われてあくせく働くばかりでごめんなさい。働く以外に何もできなくてごめんなさい）

音量を小さくしぼっていたせいもあるが、書くことに没頭してスマートフォンが鳴っているのに気づかなかった。土居さんからだろうと想像はついた。でも一瞬――絶対あり得ないことなのに――それが拓からの、いま書いている手紙への応答の電話ではないかと妄想し、わたしは怯《おび》えた。その電話で拓は言う。僕はあなたが僕の産みの母親だと知っているよ。あなたが過去にどんな過ちを犯したかもネットで検索したから知っているよ。どんなに後悔しても、謝っても、もう遅いよ。

出ないですむなら出ないほうがいいのだけれど、と思いつつ土居さんからの電話に出た。今夜はいつものようには気さくに話せないだろう。

「こんばんは」土居さんが言った。「いまだいじょうぶ？　もうアパートに帰ってる？」

「うん」一言だけ答えると、やや間があって、

「あれ？」と土居さんが言った。「どうかした？」

「ううん別に。どうもしない」

「そう？」

「ちょっとだけ眠たいかも。お風呂《ふろ》もまだなのに、面倒だなあと思ってたから」

「久しぶりに友だちと会ってはしゃいだ？　美味《おい》しいランチで盛り上がって」

「そうね。美味しかった。あのお店、教えてもらって良かった」

また微妙な間があった。

「ところで明日の予定」と土居さんが用件に入った。「友だちとその娘さん、帰りの便は何時？　空港まで見送りに行って、やっぱり午後はそれでつぶれるのかな？　もしかおりさんに時間の余裕があれば、こないだ言ってたようにお茶でも晩ご飯でも一緒に、ていう一応の確認の電話なのですが？」

「それがね……」わたしは言いさして腰をあげた。「十秒待って、お風呂ためるから」

キッチンへ歩き、バスルームのドアを開け、お湯を張る準備をしながら時間を稼いだ。土居さんはもう気づいているだろう。待っていても期待した返事は聞けないとわかっているだろう。でも不満や嫌味は言わない。せっかくの休みをかおりさんのために空けておいたのに、なんて文句を口にしたりはしない。

湯張りを始めてからもとの部屋に戻り、言い訳をした。

「それがね、さっき職場から電話があって、明日どうしても出勤してもらえないかと頼まれたの。パートで働いている人の娘さんが熱を出して寝込んだらしくて、看病で手が離せないんだって。だからわたしが休日返上で仕事に出ることにした。利用者の中に気になる様子のおばあさんもいるし」

「そうなんだ？　子供はよく熱出すからなあ。僕の兄の子供たちも小さいときはしょっちゅうだったよ」

「そうね」

「利用者って、グループホームに入所してるひと？」

「職員が夕食の準備中に、フロアから玄関まで出ていったおばあさんがいてね、何してたんですか？　て訊いたら、他所行きの靴を探したけど見つからなかったって言うの。もともとそんな靴はないはずなんだけど。でも、もしあったら外へ出てしまっていたかもしれない。午後からなんだかそわそわした素振りだったし、最近、玄関のほうへ出ていこうとする行動がちょくちょく見られるし、もっと注意深く見守る必要があって」

「そう。いくつぐらい？」

「今年、米寿」その利用者の話は本当だった。「ひとりで玄関まで歩ける人だけど、小刻み歩行と言ってね、ハラハラするし、つまずいて転んだりしたら大事になるから。とにかく注意して職員が見守らないと」

「わかった」土居さんはさらりと言った。「じゃあ僕は明日、映画でも見にいくよ」

「また誘ってください。こんどの休みが決まったら早めに連絡入れるようにするから」

「へーい」

土居さんがそう言って電話が切れたあとで、最後の「へーい」は去年話題にしていた沢口靖子演じる『お登勢』の、というか百崎さんの口真似だと気づいた。

その声が耳に残り、バスタブのお湯がたまる前にわたしは後悔していた。明日は誰かと会ってお茶をしたりご飯を食べたりする気分じゃないと電話が鳴ったとたんに決めつけていたのだが、相手が土居さんなら別だったかもしれない。嘘なんかつかずに、土居さんとなら会えばかえって気がまぎれていたかもしれない。

スマートフォンを手にしたまま、わたしは迷った。土居さんの声を聞いてもう一度話をしたい気持ちも、彼に嘘をついて居たたまれない気持ちもあった。明日の休みに気晴らしになる娯楽などひとつも思いつかなかった。ひとりでどう過ごしても沈んだ気持ちは元に戻らないだろうと確かな予感もあった。

ようやく気持ちに踏ん切りをつけ、電話を入れてみると、夜勤職員のほかにふだん勤務表の作成を担当している管理者と呼ばれる人が居残っていて、わたしの申し出を聞くなり、明日出勤できるならばぜひそうしてください、オソハチでお願いします、とのことだった。オソハチというのはグループホームの職員内で通用している略語で、遅出の八時間勤務、午前九時半から、一時間の昼食休憩をはさんで（一時間なんて休んでるヒマは厳密にはないけれど）午後六時半までのシフトを指している。オソハチだろうとハヤハチだろうと働けるならわたしは何でもよかった。

明日の予定が決まると、ノートを閉じて、拓のことは今夜はもう考えるのはよそうと心に言い聞かせてお風呂に入った。ゆっくり湯船につかって、明日の仕事に備えた。これで少なくとも土居さんへの負い目は解消された。彼についた嘘は帳消しになったと思い、少しだけ気が楽になった。

3

それから半年ほど過ぎて九月になるまで、身のまわりにさしたる変化はなかった。怖れていたことも起きなかった。

わたしが怖れていたのは、久住呂百合さんから、拓が（もしくは咲ちゃんが）過去のひき逃げ事件を検索してわたしの裁判記録まで掘り起こした、事件の全容を知ってしまったという報《しら》せが入ることだったが、それはなかった。どんな報せもなかった。あの久住呂さんなら見て見ぬふりのできない人だから、きっと何か異変があれば伝えてくれるだろう。梨の礫《つぶて》なのはたぶん、拓も（咲ちゃんも）知らないのだ。わたしの犯した罪を検索できていないのだ。あるいはそもそも検索になんて手をつけていないのかもしれない。高校に進学して、咲ちゃんはサッカー部の練習に明け暮れ、拓も新入生として部活動や試験勉強で忙しくて、十代の少年には十代特有のほかの悩みや、優先すべき課題があって、産みの母親の過去などいまは頭の片隅に追いやられているのかもしれない。

とにかく久住呂百合さんからはあれ以来何も言ってこない。便りがないのは良い便りだ、そんなふうに考えてみるくらいしかわたしにはできなかった。

ただ、あの忌まわしい過去に繋《つな》がりがなくもない出来事がひとつあり、八月のお盆過ぎに、いとこの慶太くんから久しぶりに、本当に久しぶりに、連絡が来た。最初にメールが届いて、返信し、そのあと電話でも話した。

話題は晴子伯母さんに関わるものだった。

慶太くんが言うには、今年の十一月、晴子伯母さんの十七回忌の法要を営むと年寄りたちの話し合いで決まったそうだ。

晴子伯母さんが他界して十七年。三回忌、七回忌までは形だけ法事をやった記憶もある。しかしその後はほったらかしで、十三回忌はコロナウイルスの影響下で中止せざるを得なかったから、だいぶ間があいてしまった。そのぶん今年、本来なら死後十六年目の去年やるべきだった十七回忌を盛大に執り行い、併せて——ついでと言ってはなんだが親戚一同勢揃いする機会を持とう、そして晴子伯母さんの法要は今回のこれをもって最後にしようということに決まったのだそうだ。

わたしもその親戚の一員なので話し合いの席で当然名前はあがった。でも親戚の一員といっても晴子伯母さんが亡くなった年、それもあろうことか晴子伯母さんの葬儀当夜に事件を起こし、あげく家名に泥を塗った厄介者だから、弾《はじ》かれても当然といえば当然かもしれなかった。そのへんが親戚のおもだった面々の思惑でどう議論され妥協点が見出《みいだ》されたのかは想像もつかない。事件は十七年前だ。過去の話で世間はもう忘れている、などという意見も出たのかもしれない。反対意見もあったかもしれない。でも結局、あのかおりも呼ぶ、と親族会議は合意に達し、わたしが孤児になって以来引き取って面倒を見てくれていた叔父が連絡役をおおせつかり、叔父は息子の慶太くんにその役を振った。話を聞いてみるとだいたいそのような成り行きだった。

正直なところ晴子伯母さんの法要にどうしても出席したいわけではなかった。親戚が大勢集まる場所に顔を出したいとも思わなかった。けれど考えてみれば、住み慣れた土地を出てもう十年ほど経つ。わたしはできれば――福岡からの往復の交通費に目をつぶればということだが――千葉にいちど帰郷してみたかった。こんなきっかけがなければ両親の墓参りにいつ戻れるかもわからない。故郷の地を踏む機会は今後ないかもしれない。

休暇を二日貰えれば余裕で行って帰って来られる。むこうへ行けば叔父の家に泊めてもらえるだろう。空路なら夜勤明けのオフの日に徹夜のまま出発して勤めを休むのは一日で済む。あるいは、どうせ飛行機に乗るなら本来の休暇を一日有効に使い、朝一の便で福岡を発《た》ち、翌日も朝一で帰って夜勤に出る手もある。

慶太くんと久しぶりに話してからというもの、まだ三ヶ月も先の話なのに、十一月の予定が頭から離れなくなっていた。もちろんその予定の中には、自分では考えまいとしてもどうしても、もし帰郷したなら千葉市内に住む拓に会えないものか、会えないまでも一目拓の姿を見るチャンスがないものかと、そんな淡い期待もまじっていたと思う。

4

九月に入ったその日、真夜中に近い時刻にスマートフォンが鳴ったときにも、わたしはぼんやり考えていた。千葉行きのことを。やはりせっかく帰郷するのなら一日の休暇では足りない、晴子伯母さんの法要のために一日、そしてもう一日は千葉市内へ出て、久住呂百合さんと再度会うための時間を持ちたいと。久住呂さんには葉書を書いて、十一月に千葉にいちど戻るかもしれないとすでに伝えてあるし、たとえ拓本人の顔は見られなくても、咲ちゃんを呼んでもらって、無理ならこちらからサッカーの練習場まで出向くのでもいいから、高校生になってすっかり見違えた咲ちゃんに会い、こんどこそ彼女の口から拓の様子を教えてもらえるかもしれないなどと、とりとめのないことを考えていた。

真夜中に近い時刻といっても勤務時間中で、わたしは職員の定位置であるテーブルに向かっていた。業務日誌を開いてはいたが、スマートフォンが鳴り出すまでペンを片手でもてあそんでいた。

電話は「誰?」という登録名の謎の人物からだった。

意外だったのは、それが二度目だったことだ。夜九時過ぎにも一度、同じ登録名での着信があった。いつもなら無視してほうっておけばそれっきりのはずなのに、今夜二度目がかかってきた。初めてのことなので、何かしら、望まぬものが忍び寄るような不安があった。胸の鼓動が少しだけ速まるような。でもわたしは無視した。十回ほど着信音を鳴らして二度目の電話は切れた。スマートフォンの時刻表示は十一時五十三分。

利用者が食事をしたりテレビを見たりする「フロア」と呼ばれるスペースと、隣接したオープンキッチンとの境目、廊下側の狭い壁にくっつけて職員用のテーブルが一台置かれている。体を斜めに倒せばキッチンもフロアも視界に入れられる位置に。

フロアはこの時刻、無人だ。一階に居室のある九人の利用者はみなベッドで休んでいる。キッチンには一人、外の庭に面した小窓を開けて換気扇をまわしながら煙草を吸っている同僚がいる。

「電話がかかってたんじゃないの?」

煙草を吸い終わった同僚が廊下へ出てきて訊ねる。斉藤《さいとう》さんという苗字《みょうじ》、年齢は五十がらみの女性。

「いいのよ出ても、別に誰からの電話だって。聞き耳立てたりはしないから」

「間違い電話なんです」

そう答えてわたしは業務日誌に視線を落とす。夕方引き継ぎのときにも読んだ「日勤帯記録」欄に目を走らせる。

——午後一時半、○○さん、立位困難な為《ため》、トイレ介助二人でおこなう。

——午後四時、○○さん、不穏見られ、ホットうめを飲んで落ち着かれた。

その下の「夜勤帯記録」の空欄に書き足すことはいまのところない。考えるふりをして先に斉藤さんが記入している文字を読む。

——午後七時四十分、○○さん、トイレにて便失禁、リハパン交換。

「市木さん」と呼ばれて振り向くと、取っ手のないお茶碗《ちゃわん》みたいなカップの温かい飲み物を手渡された。同じものを手に斉藤さんはフロアのほうへ歩いていく。保温ボトルに入れて自宅から持ってきたコーヒーを分けてくれたのだ。わたしは椅子を立ち、斉藤さんのあとに続いた。

オープンキッチンに背を向けて据えてある利用者用の長椅子に腰をおろす。正面には、ほんの二、三メートル離れて大きな画面のテレビがあるが、もちろん電源は落とされている。横から斉藤さんが話しかけてくれるのをわたしは待つ。

「勤務中に煙草を吸う人間は嫌い？　それとも煙草を吸う人間は全員嫌い？」

「いいえ、別に。美味しいコーヒーですね」

勤務中といってもとりあえずいまやるべきことはないのだし、誰かに迷惑のかかる喫煙でもない。それにわたしだって煙草を吸っていた時期はある。船堀のスーパー銭湯で働いていたとき。夜勤明けの朝、川べりのベンチでアメリカ煙草を吸う習慣があった。あの時代の出来事の映像が目に浮かぶ。カトリック教会のある幼稚園の門をくぐったとき、拓が咲ちゃんと同じキリンさん組の園児だったときの。

「6番さんの話だけど」と斉藤さんが急に話題を変え、わたしは現実に引き戻される。

船堀のスーパー銭湯勤務時代から、福岡のグループホームの夜勤中の現実に。三十代だったわたしから今年四十四歳になったわたしへ一飛びに戻り、先回りして隣の同僚に答える。

「センサーの確認はしてあります」

6番さんというのは斉藤さん独自の表現で、106号室に入居している利用者のおばあさんのことだ。夕暮れ時になるとそのおばあさんはそわそわして外へ出たそうな素振りをみせる。要注意。徘徊《はいかい》老人というのは耳にするのも嫌な言葉だ。わたしが車で撥《は》ねて死なせてしまった人もその言葉に該当するおばあさんだった。ただ当時自宅でケアを受けていたおばあさんで、雨降りの夜、家族に気づかれず外へ出てしまった仕方のないケースで……でもそれは昔の話。ここは認知症のお年寄りを介護する施設だし、プロの職員が待機しているグループホームから徘徊者を出してしまうようなお粗末な失態は絶対に避けなければならない。

だからセンサーの確認は怠らない。106号室のベッド脇にはセンサーマットが敷いてあり、利用者がベッドから降りてマットに触れると、すぐさま職員のテーブルに置かれた受信装置が警告音を発する仕組みになっている。万全の態勢。

「その話じゃなくて」と斉藤さんがいなすように言う。「職員への不満のほう」

「はい?」

「噂は聞いてるでしょう。尿取りパッドで頭をはたかれたとか、朝起こすときに布団を乱暴に引き剝《は》がされたとか」

それは聞いている。噂としてではなく、本人から直接聞かされてもいる。でもその本人は、軽度にしても認知症のお年寄りだ。入浴時の介助にも、「座って」とか、「立って」とか、簡単な動作さえときに意思疎通の困難なこともあるおばあさんだ。本人の訴えを一から十まで鵜呑《うの》みにするわけにもいかない。

「犯人は眼鏡の女って言ってるらしいね」

「犯人だなんて、そんな」

眼鏡をかけている女性は三人いる。施設全体の責任者であるホーム長と、あとは常勤の介護職員のなかに二人。ホーム長は直接利用者のお世話にあたったりはしない。

「尿取りパッドを取り替え中にたまたま頭に触れただけかもしれないし、お布団のことだって、起こされるとき本人が寝ぼけてそう感じただけかもしれないし」

「市木さん、専門学校の授業で習わなかった？　認知症の人は、経験した出来事の具体的な記憶は消えても、そのときの気持ちはどこかに残ってるんだって。習ったでしょう」

わたしは曖昧《あいまい》にうなずくだけだ。斉藤さんはコーヒーを飲み、湯気で曇った眼鏡のレンズが晴れるまでしばらく間を置く。

「だから本当は、その程度じゃなくて、もっとひどい仕打ちを受けている可能性だってある、職員の誰かに。ホーム長は自分も眼鏡だから、犯人捜しみたいな空気になってるのよいま。市木さんは気づいてないかもしれないけど。そんなに疑うなら今日みたいに、夜勤も常時二人体制にしてくれたらいいのに、一階も二階も夜勤職員一人ずつで、九人の利用者を見るなんて他所のグループホームじゃあんまり聞かない話でしょう。いくら夜勤手当て貰ったって、こっちはストレスが溜《た》まるだけなのに」

「そうですね」確かにストレスは並大抵ではない。一人きりの夜勤はわたしも経験があるのでそれはわかる。斉藤さんがすぐに続けて喋る。

「でもあたしはやっていない。溜まったストレスを利用者にぶつけて乱暴に扱うなんて、そんなことは絶対しない」

わたしはどう言葉を返せばいいのかわからず、斉藤さんの横顔を見守るばかりだ。

あなたを疑っていない、と言えばすむことだった。実際わたしは疑ってなどいなかった。この斉藤さんは、苗字が偶然同じというだけで、あの大阪時代にわたしの貯金通帳を空にした腹黒い斉藤さんとは違う。少なくとも裏表のある人ではない。一緒に働いていればそのくらいは感じ取れる。でももしそれを言えばおのずと、もう一人の眼鏡をかけた女性職員を犯人と見なすことになる。でもその職員もわたしは疑っていない。わたしが疑っているのはむしろ「犯人は眼鏡の女」という不確かな言葉、認知症のおばあさんの口から出た無責任な放言だ。ただグループホームの職員が利用者の訴えを信用の置けない放言と決めつけるのもどうなのか。それで済まされるものなのかもわたしにはわからない。常勤になる前のパート時代をふくめてもこの職場で働いたのは一年にも満たない。わたしには経験が足りない。

また電話が鳴っている。

わたしのスマートフォンの着信音だ。こんな時刻に、誰が、何の用があるというのか。かけてきているのが「誰？」と登録している人物だったらどうすればいいのか。間違い電話だとの言い訳は何度も斉藤さんに通用するのか、それもわたしにはわからない。

長椅子でためらっていると立て続けにこんどは軽快な音楽が鳴り始めた。トルコ行進曲だ。センサーマットに利用者が触れたことを知らせる警告音だ。受信装置の警告音を「トルコ行進曲」に設定してあるのはなぜなのか、決めたのはホーム長なのか職員の誰かなのかわたしは知らない。斉藤さんが機敏に動く。飲みかけのコーヒーを足もとの床に置き、職員用テーブルのほうへ移動して、

「噂をすれば」

と言う。警告音は１０６号室からのものらしい。わたしが長椅子を離れたときにはもう斉藤さんは廊下の奥へ、６番さんの居室めがけて駆け出していた。振り向かずに、

「市木さんは電話に出て。ひとりで大丈夫！」

と声をあげる。わたしは斉藤さんのあとを追わなかった。たったいま106号室のおばあさんの話をしたばかりだ。ひとりで大丈夫という斉藤さんを信頼しないかのような行動は控えたい。駆けつけた職員二人を見て、眼鏡の斉藤さんに気づいて、もし、おばあさんが何かあらぬことを口走りでもしたら、そばで聞くわたしはそれをどう判断してよいのかわからない。

テーブルの上のスマートフォンは案の定「誰？」と発信者名を表示している。一日にこれで三度目。いままでとは明らかに違う。わたしの与《あずか》り知らぬところで何かが起きている。何か異変が。斉藤さんはセンサーの受信装置を摑《つか》んで「トルコ行進曲」を止めると同時に、わたしのスマートフォンにも目を走らせただろうか。駆け出す前に発信者名を見ただろうか。見たとすればいったい何と思っただろう。

上履きの足音が途絶え廊下の奥から大きな物音は聞こえない。106号室の利用者は居室に現れた斉藤さんを見て落ち着いたのだろうか。それとも眼鏡に怯えて身を硬くしているのだろうか。

わたしは電話の「応答」をタップした。

数秒、相手は無言だった。いままでおよそ十年間、何度も、何度もかけ続けてやっとつながったのだ。電話が通じたことじたいに戸惑っているかのような沈黙だった。

「もしもし？」やがて相手が声を発し、わたしはその声を一瞬で聞き分けた。

「かおり、わかる？　僕だ」

声を聞き分けただけではなく、わたしはずっとこの人からの電話を待っていたのかもしれない、そんな考えが頭をよぎった。長年電話をかけ続けていた相手が誰であるか、わたしにはとうに想像がついていたのだと。

ただ、その人をどう呼べばいいのかがわからなかった。

「ご無沙汰《ぶさた》してます」

「うん」と相手は言った。そしてまた数秒黙り、生唾《なまつば》を飲む音をたてて「実は」と続けた。「できれば、会って話せないかと思って電話してるんだ」

「仕事があるんです」

「え？」

「いまも夜勤で働いているんです」

「ああ、会うのはいまからじゃなくて、明日」

「明日？　明日なんて無理です。わたしがいまどこにいると思っているんですか」

「どこにいるかは、知ってる。あ、いや、きみが働いている場所までは知らないけど。久住呂さんにお願いして、きみのことを」

かつてわたしが「てっちゃん」と呼んでいた男はそう言いかけて喉《のど》を詰まらせ、咳払《せきばら》いをした。わたしはじっと耳をすました。次に聞こえた彼の声は震えていた。震える声を悟られまいとして息継ぎに苦労しているのが感じ取れた。

「明日、会えないだろうか。何時でもかまわないから。どこでもいいから。きみに聞いてもらいたい話が。大事な話がある」

わたしは返事をしなかった。

「聞こえてるか、かおり？」

昔の夫がそれ以上喋る前に、わたしは状況を把握できていた。
彼はわたしに会う目的で久住呂百合さんから現在のわたしの居場所を聞き出したのだ。
電話は千葉からかけているのではない。
彼はいま、福岡に来ているのだ。

第十一章

1

別れた夫はすっかり面変わりしていた。

最後に会ったのはわたしが栃木刑務所を出てすぐで、もう十三、四年前になるし、人が年々若さを失っていくのはもちろん自然なことのはずだ。彼のほうだってわたしの姿を見て、第一印象で同じように思っていたかもしれない。別れた妻は、俺が知っているあのかおりとは別人のようなおばさんになってしまったと。

でも、別れた夫が面変わりして見えたのは、彼が年を取っておじさんになったから、それだけが理由ではなかった気がする。ワイシャツにくすんだ色合いの背広を合わせていたからとか、額際の髪が抜け落ちておでこが広くなっていたからとか、そんな理由ではなくて、もっと根本的に昔とは変わった点があったと思う。

顔を見合わせても、湧きあがる感情がない。

彼をてっちゃんと呼んでいた頃の気持ちがもう思い出せない。土居さんや、百崎さんと待ち合わせて会ったときとは違い、顔を見ても心が微動だにしない。たとえば通勤電車に乗り合わせた赤の他人のおじさんを見るように、わたしは表情にとぼしい目で彼を観察していたに違いない。

離婚して他人になるとはそういうことなのだろうし、きっとそのせいで彼は、昔のてっちゃんしか知らない元妻の目に、実年齢以上に老いてしまった男と映ったのだ。わたしと四つ違いだからまだ四十八のはずなのに、今年五十になった土居さんより若く見えて当然なのに、わたしにはそうは思えなかった。

それに彼は憔悴《しょうすい》していた。前の晩に電話をかけてきて会う約束を取りつけたあと、宿泊先のホテルで眠れなかったのではないかと疑いたくなるほどやつれて見えた。

背広もぴしっとしていなかった。ネクタイも外していた。こちらも夜勤明けで徹夜のまま、普段着のまま待ち合わせ場所に向かったのだが、わたしに気づいたとき彼はまるで、迷子になったお年寄りが顔見知りの職員の顔を見分けて安堵《あんど》したかのような弱々しい笑みを浮かべた。これも赤の他人のわたしの目にはそう映った。オソハチの同僚に引き継ぎを終えてグループホームを出たのが九時半をすぎていたから、時刻は十時頃だったと思う。

午前十時に、わたしは別れた夫と再会したのだ。

前の晩から一睡もしないまま、記憶の中の元夫とはすっかり面変わりした初老の男と地下鉄天《てん》神《じん》駅のホームで落ち合い、そしてそれから二時間か三時間を一緒に過ごし、思いもよらぬ話を聞かされることになったのだ。

千葉から福岡まではるばる訪ねてくるくらいだから、よほどの理由があるのだろう。前の晩の電話に出たときからむろん想像はついていた。彼は何か良からぬ報《しら》せを運んできたのだろう。それも直接会って話さなければならないほど重要な。おそらく息子の拓と、産みの母親であるわたしとの、今後の関係を左右するほど重要な。

ただし最初のうち、わたしは、ほかならぬ彼自身の身にその何か良からぬことが起きているのでは？　とも想像していた。すっかり面変わりし憔悴して見える元夫は、もしや不治の病に冒されているのじゃないか。あるいは再婚相手の妻とのあいだに深刻なトラブルでも抱えているのじゃないか。どちらかの告白をいまにも聞かされるのではないか。

「話というのは拓のことだ」

と彼が切り出したあとでもまだ、わたしは彼の病状や現在の妻との不和が拓の話とどう繫《つな》がるのか、拓とわたしの関係にどのような影響を及ぼしこの話がわたしのところへ持ち込まれることになったのか、そんな疑問を拭《ぬぐ》いきれずにいた。

真実告知、という耳慣れない言葉を彼が持ち出したときも、だから唐突で意味がつかめず、医者が患者におこなう病名の告知を連想したくらいだった。

「ちゃんと聞いてるのか、かおり？」わたしの曖昧《あいまい》な顔つきが眠たそうにでも見えたのか、彼は念を押した。「俺の喋《しゃべ》ってることがわかるか。子供には、その出自を知る権利がある。そういう話をいましているんだ」

「……出自？　知る権利？」

「うん。逆から言えば、養母には子供に真実を、実の母親の存在を告知する義務がある。そういうことになる。厳密には、法的にそんな義務はないといえばないんだが」

「ごめんなさい、話がややこしくて」

「ややこしい話なんかしていない。きみは実の息子の拓に会いたいんだろう。そうじゃないのか。そのためにきみは、幼稚園に不法侵入して拓を連れ去ろうとしたり、小学校の入学式で俺の妻のふりをして騒ぎを起こしたんじゃないか。忘れたのか」

「急にそんな話をされても。あなたが言うのはあの子がまだ小さかった頃の話だし。いまは夜勤明けで、頭がうまく回らなくて」

「コーヒーをもっと飲むといい。朝ご飯も食べながらでいいから話をちゃんと聞いてくれ」

そのときはもう地下鉄の駅構内から外へ出て、近くのコーヒーショップのテーブルで向かい合っていた。わたしの前にはコーヒーと一緒に、彼がわたしを気遣って朝食に注文してくれた卵サンドの皿があった。でもわたしは一つも手をつけなかった。卵サンドをもぐもぐ食べながら聞く話ではなさそうだったから。

わたしは正面から彼の顔をちゃんと見据えて、何より肝心の質問をした。

「あなたが言ってるのはつまり、わたしは、息子に会わせてもらえるんですね」

「ああ」

と答えたそばから彼は目を逸《そ》らし、コーヒーカップに手を添えた。

「つまり、手短にいえば、そういうことになると思う。拓がそれを望めば」

「じゃあ望まなければ?」

彼が疲れた顔をあげた。

「きみはどう思う。いまの母親とは別に、どこかに産みの母親がいると聞かされて、会いたくない子供がいると思うか」

「話したんですか、わたしのことを」

「拓に告知するべきだというのが妻の考えだし、俺も反対はしなかった。今年高校生になるのを待って、あいつの誕生日の晩に、家族で話した」

家族。

彼が口にしたその言葉で、場違いの記憶が揺り起こされた。千葉から箱根まで新車でドライブしたときの遠い記憶。芦ノ湖が見える露天風呂《ぶろ》で彼は、次に来るときは家族三人だと言い、そうだね、とわたしも答えた。まだ妊娠したと決まってもいないのに、子供ができたときを考えて新車に買い替えたのだ。あのときわたしは二十七になったばかりだった。

「なあ、かおり」彼が言った。「聞いてるのか？　眠いのか」

「家族四人の誕生祝いの食卓で？」とわたしは言った。

「うん？」

「拓には年の離れた弟がいるんでしょう」

「ああ、下の子は別だ。まだ理解できる年ではないし、だいいちきみとは血のつながりもない。無関係だ。話を聞かせるのはもっと大きくなってからのほうがいい。俺の……俺たち夫婦の考えで、拓にだけ打ち明けた」

「そのとき拓は、わたしに会いたいと言ったんですか」

「いや、そうは言わない。まだ言っていない。育ててくれた母親の前で軽々しく言えるわけもないと思う。ただ最近のあいつの様子から、時間の問題だろうと妻は見ているし、俺もそう思う。だからそうなる前に一度、きみに会って、俺たち夫婦の意向を伝えておきたかった」

そこでわたしが何か言いたげに見えたのかもしれない。途中で口出しされるのを嫌がるふうに彼は早口で喋った。

「誤解のないように断っておくと、まだそうと決まったわけじゃない。あくまで仮定の話なんだが、もし拓本人が、ひとりできみに会いに行きたいと望むのなら、それも許そうと思う。ただし高校生になったとはいえまだ十六だ。ひとりで考えて正しい判断をつけられる年齢じゃない。親の目から見ればまだあどけない少年なんだ。それに、わかると思うが妻は昔の、小学校の入学式の一件以来きみにあまりいい印象を持っていない。本人が会いたければ会うのは認めるが、できればその場に妻と俺も同席したいとも考えている。むしろ妻はそっちを望んでいる。本音をいえば、それが俺たち夫婦の意向だ」

つまりわたしの意向は無視なのだ。

いまならそう言い返せる気もするけれど、二ヶ月前――別れた夫が福岡に来たのは九月に入ってすぐだったから、正確には三ヶ月近く前――彼と向かい合って話を聞いていたときにはそんな不満は頭になかった。

こちらの本音をいえば、何よりわたしはこの降って涌《わ》いたような話を喜び、心が浮ついていた。十六年前に産んだ赤ん坊、我が子の成長した姿をこの目で見ることができる。息子はすでに産みの母親の存在を知り、会いたがっている。しかも本人が望むのなら、わたしたち実の親子はふたりだけで会う機会を持てるのだ。ふたりだけで会えると決まったわけではないのに、長いあいだ夢に見ていた場面がいくらでも想像できて、想像を止めるのが難しくて、心が、現実の在処《ありか》を離れてふわふわと漂っているようだった。

だが一方で、そんなことより気にかけるべきなのは、しっかりと現実的に考えなければならないのは、彼ら夫婦が、産みの母親であるわたしの存在を息子に告知したという、その具体的な内容だともわかっていた。

いったいどんなふうに、彼らはわたしについて息子に話したのだろう。わたしの情報はどこまで拓に伝えられているのだろう。そこを真っ先に確認したい、けれども確認するのが怖い、どっちつかずの迷いに捉《とら》えられていた。もし事件の詳細など抜きで、わたしの存在だけを知らされているのなら、いつか久住呂百合さんが言っていたように、拓の頭の中では、まだ見ぬ産みの母親が美化されているかもしれない。だったらそのままにしておけないだろうか。事件には触れずに息子に会うのは不可能だろうか。そんな自分勝手な思いが頭を駆けめぐってもいた。

九月の初め、いまからおよそ三ヶ月前、いきなり目の前に現れた元夫からの思いがけぬ提案を受けて、そのときわたしは地に足がつかず、本来の自分を見失いかけていた。ふわふわと漂う心のまま甘い夢を見ていたのだ。

「かおりちゃん!」名前を呼ぶ声で現実に引き戻される。

いま、わたしは晴子伯母《おば》さんの家があった場所に立っている。

晴子伯母さんが大事にしていたあの柿の木の前にいる。

色づいた柿の実は誰にも顧みられず枝についたままだ。

「かおりちゃん」後ろから歩み寄って、慶太くんが急《せ》かす。「そろそろ出発しないと、お昼までに着けないよ」

「もったいないね。ほっといたらカラスに食べられちゃうかも」

「柿？　誰も欲しがらないんだからしょうがないよ。かおりちゃん食べる？　何個かお土産に持ってく？」

「わたしが？」隣に立った慶太くんと顔を見合わせる。ちょっとだけ返事に詰まったあとで、ジョークだとわかるようににっこり笑ってみせる。「わたしはやめとく。勝手にもいだりしたら晴子伯母さんに怒られそうだし」

「だよね。タタリが怖いよね」慶太くんも調子を合わせる。「ふつうはさ、一年置きに実がなったりならなかったりするらしいよ。でもこの柿の木は、もう何年も実をつけなかったんだって。それが今年久しぶりに、親戚《しんせき》の年寄り連中が思い出して晴子伯母さんの法要をやると決めたら、こんなにたわわに実った。あの世で伯母さんが喜んでるんだとかみんな言ってるけど、本心では気味悪がって誰も手をつけないんだよ。不思議とカラスも寄ってこないし」

「じゃあ熟して落ちるのを待つだけ？」

「やっぱり何個かもいでいこうか」

「またジャグリングしたいなら、わたしは止めないよ。晴子伯母さんはあの世でちゃんと見てるだろうし、千葉まで車を運転するのはあんたなんだから。わたしを降ろしたあと何が起きるかは知らないけど」

「怖いよ、かおりちゃん。そんなこと言わないでよ」

わたしは先にその場を離れる。

慶太くんはそれもジョークのつもりなのか、柿の木に両手を合わせ、いっとき拝んでからわたしの後を追ってくる。

ライトバンの助手席に乗り込みながら、いつだったか、どんな状況でだったか、土居さんから「柿の実が熟して落ちる」ということについて何か蘊蓄《うんちく》を聞かされたような気がするのだが、詳しく思い出せない。「やりぶすま」の意味を教えてもらった頃か、それよりもう少しあとだったろうか。どっちにしろもうずいぶん前の話に思える。

慶太くんが運転席にすわりシートベルトを締める。助手席の窓越しにわたしは晴子伯母さんの家があったあたりを眺める。これが見納めのつもりで。

当時から古びていた家は、いまは取り壊されて影も形もない。野菜が植わっていた畑も消え、一帯が平地になっている。残されたのは一本の柿の木のみ。聞いたところによると建物の取り壊しも最近のことで、それまで主《あるじ》を失った家は廃屋同然に放置されていたそうだ。民家を一軒解体するにも費用がかかる。その費用を誰が持つのか、どう分担するかで話し合いは難航したらしい。しかも平地にするまではどうにか漕《こ》ぎ着けたが、その先、晴子伯母さんの名義だった土地の処分についてはまだ決着がつかないらしい。

晴子伯母さんの法要は昨日、お寺さんでつつがなく終了した。その後はホテルの宴会場へ場所を移し親戚一同顔を揃えたのだが、わたしの耳に入ったのはそんな揉《も》め事の話ばかりだった。十七年前の葬儀の晩と同様、しんみり晴子伯母さんの思い出に触れる者は誰ひとりいなかった。あのときと違ったのはただ、子連れの出席者がいないのとあとは会場が会場なので、飲めや歌えの無法状態にならなかったこと。それだけが救いといえば救いのように思えた。

「サッカー場の場所はわかってるよね」慶太くんが車をバックで出しながら訊《き》く。

「うん、メモしてあるからわかる」

「じゃあむこうに着いたらナビ頼むよ。おれ、千葉市内の道にはあんまり自信ない」

慶太くんは、本人の話によるとふだんは東海地方を車で移動しながら大道芸の仕事を続けている。カーナビも装備されていないこの小型のライトバンで。座席の後ろの荷台にはたぶん、ジャグリング用のクラブなど種々雑多な商売道具を積んで。

「市内に入ったら降ろしてくれていい、わかるところで。駅のそばでもいい、あとはバスに乗るから。あんたも帰りの時間があるでしょう」

「おれの心配はいいから。ちゃんと送り届けるよ。親父にもそう言って出てきてるし、ガソリン代に昼飯代まで貰《もら》ってるしさ」

「お昼はひとりで食べて。わたしは途中で人と会う約束がある」

「え、そうなの?」

「鶴子ちゃんに会う。親友の娘の顔を一目見ろって前からうるさかったから、いい機会だし、そっちの用事を済ませてから行く」

「なんだ、早く言ってよ。おれが親父に小遣いせびったみたいな展開になってるじゃん」

「ごめん、今朝また電話がかかってきて、そんな話になったの」

「じゃあまあ、とにかく出発するか、千葉まで」

未舗装の道へ出たライトバンが、本道へ向けてゆっくりと走り出す。

わたしは助手席の窓から晴子伯母さんの柿の木を振り返る。

これが見納めのつもりで。

2

九月に福岡で会った昔の夫は、家族のいる千葉へ帰ったあと一度も連絡を寄こさない。

あれから三ヶ月近く経ってもまだ、拓本人の決心がつかないのかもしれない、それとも拓の意向と、養母の意向との折り合いがつかず家族での話し合いが長引いているのかもしれない。

あともうひとつ、昔の夫は、わたしに隠し事を見抜かれ怯《おび》えているのかもしれない。そのせいで何かしら進展があっても逐一報告する勇気がなく、鬱々《うつうつ》とした日々を送っているのかもしれない。

彼はあのとき漏らした一言を後悔しているに違いない。

わたしも、彼を問い詰めたことを後悔していないわけじゃない。

知らずにいられるなら、知らないままでいたほうがよっぽどましだったと思っている。

あのとき、あのままコーヒーショップで別れていたら良かった。

先方の意向は理解できたのだから――長年夢見ていた息子との再会がどんな形であろうと実現するのは間違いなかったのだから――話はそこまでにして自然の成り行きにまかせ、あとは彼の勧め通りに「いま食べないなら卵サンドは包んでお土産にしてもらえば」無駄にならずにすんだはずだし、その包みを持ってコーヒーショップを出て、地下鉄天神駅で空港行き電車に乗る彼と別れ、反対方向へ向かう電車に乗れば未来は変わっていたかもしれない。

でもわたしには、やはりどうしても知っておかなければならないことがあった。彼ら夫婦が息子の拓に、産みの母親であるわたしの過去をどこまでどう話しているのか？　たとえ知るのが怖くても知っておく必要があった。

わたしの問いに対する彼の答えは明快だった。

「あの事故のことなら」と彼は言った。「もちろん話してある。隠し通せるわけもないし、あいつに何も知らせずにきみに会わせるわけにはいかない」

「……話してあるって、どんなふうに」

「きみは運転中に人身事故を起こした」

「それだけ？」

「車で人を撥《は》ねて死なせた。その罪を償うために刑務所で二年半刑期を務めた。それだけだ。それだけは話してある」

「どういう意味？　それだけは話してあるって」

「わかるだろう」彼は煩わしそうだった。

「わかりません、詳しく教えてもらわないと。ほかのことは？　たとえば事故のとき、夫のあなたが助手席に乗っていたことは？」

　彼は一瞬だが返す言葉につかえた。

「話してないんですか」

「話したと思う」

「思うって。どっちなの」

「人身事故の件は隠しておけないとしても、それ以外の、きみが負った罪までは話していない。いま言ってるのはそういう意味だ。事故のとき俺が隣に乗っていたかどうか、あいつが気にすると思うか？　あいつにとって重要なのは、きみの話だ。産みの母親であるきみがどういう人間か、あいつは知りたがってるんだ」

「でもそれ以外の罪までは話していないのね」

「話したほうがいいと思うか」彼は冷酷に言った。「きみは何もかも話して欲しいのか。産みの母親が人を撥ねたうえに、轢《ひ》き逃げの罪まで犯したと知らせて、あいつにショックを与えたいか」

　こんどはわたしが言葉につかえる番だった。

「妻も俺もそんなことは望まない。自分が轢き逃げ犯の息子として生まれたなんて、いまさら、あいつに重荷を背負わせたくない。だからいわば、……せめてもの情けだ、そう思って欲しい、轢き逃げの罪を言わずにおくのは」

　彼の言う「せめてもの情け」は、このわたしに対する情けなのだと理解できた。事実、法の裁きをうけた重大な罪が拓には伝えられていないと知って、そのときわたしは救われた思いがした。と同時に、そう思う自分を卑怯《ひきょう》な人間だとも感じてやりきれなかった。

「拓は、ほんとにわたしに会いたいと思うのかな」

思わず洩《も》れた自分の声が頼りなかった。

「人を轢き殺して、刑務所に服役したこんな母親と」

「あれは避け難い人身事故だった」彼はそう断言した。おそらくわたしを慰めるために。またおそらく当時助手席に乗っていた自分への言い訳のためにも。「車を運転する人間なら誰にでも起こり得ることだ。拓にもそのくらいは理解できる」

「後悔してるんです」とわたしは言った。言わずにいられなかった。「あの晩、車から降りなかったことを」

「その話はもういい」と彼が遮った。「済んだことだ。きみは罪を償った」

「人を轢いたという実感はなかったの。それは本当なの。でも車に何かがぶつかった衝撃は感じていた。だからわたしは車を降りて外へ出るべきだった。もしかしたら人を撥ねたのかもしれない、そう思ったのなら外へ出て確認するべきだった」

「あの晩……」彼は腕時計に目をやり、スマホを取り出して画面をタップした。「外は大雨だったろう」

「大雨が降っていたとか、そんなのは言い訳にならない」

「いまからなら次の成田行きの便に間に合いそうだ」彼はスマホを操作しながら言った。「きみがここで朝食をすませるなら、俺は先に出るよ。いま食べないなら卵サンドは包んでお土産にしてもらえばいい」

「わかってるでしょう。本当はそう思ってるんでしょう？　言い訳の余地なんかどこにもないの」

「そうだな」彼はうなずいた。「きみは車を降りて確認するべきだった。それで気がすむなら認めるよ。ただ、そうしろと言わなかった俺も悪いといえば悪いんだ」

「そうしろ？」

わたしは彼の発言の意図をつかみ損ねた。

「つまり車を降りて確認しろ？」

だが答えは貰えなかった。彼はわたしから目を背けていて、テーブルの伝票をつかむとすぐに席を立った。

そのあと空白があり、時間の連続が途切れている。

そんな後悔は無意味だ。なぜならあなたはお酒に酔って助手席で眠ってたのだから。あなたに落ち度はない。と頭の中で事故当夜の場面を再現するため短時間、集中していたせいだと思う。気がつくと彼はコーヒーショップのレジの前で支払いをすませていた。そしてそのままこちらを振り返らず店を出ていった。

すっきりしない感覚は残っていたが、すぐには理由に気づかなかった。支払いのとき彼にそう言われたのか、若い女性の店員さんがテーブルに来て、サンドイッチをお包みしましょうかと訊《たず》ね、お願いしますとわたしは答えた。そして待つあいだに何度も、彼の不自然なふるまいを思い返していた。

（そうしろと言わなかった俺も悪いといえば悪いんだ）

久しぶりに再会した元妻との別れ際、目を背けながら口にされたその言葉の持つ意味を悟ったのは、彼が去って数分経ってからのことだった。

……あれは無意味な後悔などではないんだ。きっとそうじゃないはずだ。弾みでつい口が滑ったという感じに聞き取れたのも、話の最後が尻切《しりき》れトンボに終わったのも、あの一言が、事故当時からずっと心にしまっていた元夫の本音だからじゃないのか。

お土産のサンドイッチはまだだが待っていられなかった。通勤用のトートバッグを手にわたしは椅子を立った。夫を、いや元夫を追わなければ。彼の顔を見て真相を問い質《ただ》さなければ。わたしは急いで店の出入り口へ向かった。お客さん！　と背後で店の人の呼ぶ声がしたが、かまわず扉を開けて外へ走り出た。

3

目的地のサッカー場に着いたときは午後二時をまわっていた。

鶴子とのランチで話がはずんで時間が経つのを忘れたというわけではなくて、彼女の幼い娘にふたりして手を焼いて時間を取られたせいだった。鶴子が運転してきた車から折り畳み式のベビーカーを降ろして広げたり、娘をチャイルドシートからベビーカーに移してやったり、でもあと二ヶ月もすれば満二歳になる娘は自分の足で公園の芝生を踏みたがるので、靴を履かせてふたりでそばについてよちよち歩きを見守り、ベンチにマットを敷いてすわらせて鶴子が用意してきたお弁当を食べさせたり、途中でトイレに連れていったり、日差しは暖かいとはいえもうじき十二月だからいっときでも陰ると急に風が冷えて感じられ、子供には毒だというので駐車場へ戻ってまたベビーカーを折り畳んだり、むずかる娘をチャイルドシートに乗せてあやしたり、大人ふたりは車内であわただしくお弁当をすませ、食事中の話といえばお弁当のおかずの味付けの感想や反省くらい、そんなこんなで時間はするすると過ぎた。

鶴子と別れたあとはタクシーに乗った。

車中、わたしが考えていたのはやはり——鶴子はその話題には一言も触れなかったけれど——息子のことだった。わたしは自分の息子をベビーカーに乗せて散歩したり、息子のためにお弁当を作ったり、手をつないで一緒に歩いたり、泣けばあやしたり、風邪をひかないかと心配したり、どんな世話もできなかった。それを引き受けたのは別れた夫だった。だからより正確には、スマホにメモしておいた住所をタクシーの運転手さんに伝え、サッカー場に到着するまでのあいだ、わたしは別れた夫と息子との関係を、彼ら親子の絆《きずな》というものを考えていたのかもしれない。


サッカーの試合をやると聞いていたのでテレビで見たおぼえのある国立競技場のような施設を想像していたのに、着いてみるとそのサッカー場は違った。黒っぽい地面を囲んだ四辺のうち屋根付きの観覧席があるのは一辺だけで、あとの三辺には仕切りらしい仕切りもなく、緑の木立に囲われている。そのせいかサッカー場というよりちょうどサッカーができる程度の広っぱ、といった印象がある。

でも入口では受付の人に「久住呂咲」さんと会う約束をしている者だと告げて通してもらえたので、ここで間違いないはずだ。観覧席から見ると左右両端にゴールが設置してあるのでサッカー場なのは間違いない。

ただし試合は行われていない。スタンドに詰めかけた観客もいない。ピッチというのかフィールドというのか、そこにいるのは全員が空色のユニホーム姿の子供たちだ。小学校低学年くらいの選手たちがてんでばらばらにボールを蹴《け》っている。よく見ると数人ずつのグループに分かれてボールを蹴り合っているようだ。試合前の練習中なのだろうか。何にしても聞いていた話と違う。午後から咲ちゃんが試合に出るというので後半戦だけでも見られるつもりでタクシーで急いで来たのに。

スタンドの下のほうの一角に選手の母親たちらしい集団がすわっている。降りて行って話しかけるのも気が進まないし、旅行用のキャリーバッグを手に階段の中ほどに立ちつくしているのも能がない。とりあえず咲ちゃんに電話してみよう。どこか別の場所で試合中ならコール音が鳴り続けるか留守電に切り替わるだろう。そう思ってスマホを手にしたとたん、電話がかかってきた。

「咲ちゃん?」

「ああよかった、市木さん、いまどこですか」

「いまね、サッカー場に着いたところなんだけど、子供たちが練習してるのがここから見えるんだけど、もしかしたら場所を間違えたのかしら。咲ちゃんはいまどこにいるの? 試合はもう終わったのね」

「はい、ロッカールームです。市木さん、今日は来られなくなったのかと心配してました。ミニゲーム中もスタンドのほう気にかけてたんですよ」

「ミニゲーム」

「試合といっても本格的な試合じゃなくて、チーム内の調整ゲームみたいな、クラブの仲間どうしの紅白戦みたいなやつで。あ、どうでもいいですよねそんなの」

「どうでもよくはないけど、とにかくそれが終わったのね。咲ちゃん、いまから会って少し話せるかな」

「もちろんです。そこを動かないで待っててください、シャワー浴びて着替えてダッシュで行きますから」

「じゃあ椅子にすわって待ってる。咲ちゃんのお母さんは、行き違いになったのかもね、ここに来れば会えると思ってたんだけど」

「ああ母は、今日はムリだと思います。なんだか朝からむくれちゃってて」

「どうしたの、何かあった？」

「別に何も。市木さんが心配することじゃないです。ただ拗《す》ねてるんですよ。わたしが黙って市木さんと会う約束しちゃったから、仲間はずれにされた子供みたいに」

「そうなの」

「そうなんです。母もほんとは市木さんに会いたいんです。でも今日はいないほうがいいんです。とにかく待っててください、話はまたあとで」

　咲ちゃんの声はそこで途切れた。

　わたしは久住呂百合さんに電話して一言、これから咲ちゃんと会うと断りを入れようかと思い、でも思っただけでスマホをジーンズのポケットに戻した。自分の娘の今日の計画を知っていて、わたしに何の連絡もないのは、つまりわたしたちがここで会うのを認めているのだろう。咲ちゃんが幼なじみの田中拓くんの情報をわたしに伝えるのをもう止めはしないということなのだろう。

彼女は、わたしの別れた夫が福岡まで会いに来たことも知っているはずだ。わたしの居場所を彼に伝えたのは久住呂さん自身なのだから。子供が出自を知る権利や、真実告知といった用語も、わたしよりも先に彼と会ったときに聞かされていたかもしれない。あるいは聞かされる前からその程度の知識は自分で持っていたかもしれない。いずれにしろ、田中家側とわたしとの関係に変化の兆しがあることに久住呂さんは気づいている。気づいたうえで自分の出番はないとあとは見守っているのかもしれない。彼女は拗ねているのではなく、自分の娘を信頼して、わたしとふたりで会う機会をお膳立《ぜんだ》てしてくれたのかもしれない。

4

咲ちゃんを待つあいだ、わたしはまた同じことを考えていた。タクシーでここへ来る途中に考えていたこと、父親と息子の絆のことを。観覧席の中段の椅子にひとり腰かけて、子供たちの練習風景を眺めながら。

もし仮にあの子たちの中に息子がいたとしても、わたしにはどんなサポートもできなかった。下段の席に陣取って我が子の練習を見学しているあの母親たちの一人にはなれなかった。それができたとすれば別れた夫だ。たぶん車での送り迎えも、お弁当や飲み物の差し入れも、擦りむいた膝《ひざ》に絆創膏《ばんそうこう》をはる手当ても、汚れたユニホームの洗濯も、何もかも、わたしができなかったことは夫が引き受けたはずだ。

むろん現実には、離婚後彼は両親のいる実家に身を寄せていたのだし、息子が小学校にあがる前に再婚したのだから、この想像は正しくない。馬鹿げている。そうとわかってはいても、わたしはどうしても、生まれてすぐに母親を失った子供と、我が子のそばを離れなかった父親との、わたしにはうかがい知れぬ父と子の関係に思いを馳《は》せずにはいられなかった。

九月に福岡で会ったとき——彼がふと漏らした一言の重大さに気づいたとき、わたしは我を忘れてコーヒーショップを飛び出していた。膨れあがる疑惑と、突発的な怒りに支配されていた。それはまるで世界の正義や道理が反転したような感覚だった。今日までのわたしの十七年間を、罪ほろぼしの人生を全否定されたような怒りだった。

彼はわたしに言った。

（きみは車を降りて確認するべきだった）

その通りだ。わたしはそうするべきだった。だが彼は続けて辻褄《つじつま》の合わない一言を口にした。

（ただ、そうしろと言わなかった俺も悪いといえば悪いんだ）

辻褄が合わないのは、あの晩、彼はお酒に酔って助手席で眠っていたからだ。車に異物が当たった衝撃にも気づかないくらいに。それがわたしの信じていた過去だ。だが本当はそうじゃなかったのかもしれない。降りしきる雨のむこうに、幻影のように道を横切るおばあさんの姿を見てブレーキを踏み込み、それでも間に合わず衝撃が来て停車したとき、すでに彼は目覚めていたのかもしれない。自分の妻が運転を誤ったことを知っていたのかもしれない。

あの事故の晩の真相。そう考えれば辻褄が合う。彼は気づいていたのに気づかないふりを通したのだ。そうに違いない。絶対にそうだ。コーヒーショップを出たわたしは元夫のあとを追った。

点滅する歩行者信号も無視して全力で走った。地下鉄天神駅ホームでうなだれている初老の男の横顔を見つけた。電車に乗り込む寸前の彼の腕をつかみ、人目もかまわず疑惑をぶつけた。

彼の反応は一つだった。無言でわたしの手を振り払った。黙秘で追及から逃れようとした。疑惑が事実だと認めたも同然のふるまいだった。わたしの直感は当たっている。彼はあのとき、助手席で車を襲った衝撃に気づいていたのだ。信じていた過去が書き換えられた瞬間だった。一気に頭に血がのぼった。あの事故の晩の真相。運転中に人身事故を起こしたのはわたしだが、車で撥ねた人を見捨てて逃げた罪を問えば彼も同じ罪人なのだ。しかも彼は当時現役の警察官だったのだ。


あなたは卑怯だ。


その言葉をどこで口にしたのか憶《おぼ》えていない。一緒に乗り込んだ空港行きの地下鉄電車内、終点到着後ホームから地上へむかうエスカレーターの途中、それとも空港の建物内に入ってからだったかもしれない。片時も彼のそばを離れなかった。周りの光景など目に入らなかった。わたしはそのとき自分がどこにいて彼を問い詰め彼に怒りをぶつけているのか意識もしていなかった。ただこのまま予定の便に搭乗させるわけにいかない、こんな曖昧な気持ちのままひとり取り残されてたまるものかと思い詰めていた。

いったいなぜいままで真実を隠していたのか。

当然ながら彼に弁解などできるはずもなかった。執拗《しつよう》な追及に音をあげ、最後の最後にしどろもどろになって、わたしたちの、いや自分の愛する息子を楯《たて》に持ち出すことしかできなかった。過去は書き換えられたが彼は変わらなかった。かつて刑務所を出所した妻に離婚を迫り、息子の将来のために死んだ母親になってくれと頼んだときと同じだった。

きみか俺か、どちらかが残ってそばにいるべきだったんだ。幼い息子の育児を引き受ける親として。

彼がそんなふうに言ったのを憶えている。おそらくわたしから善意の解釈を引き出そうとして。離婚届に判を押させたときそれに成功したように。だがすでに過去は書き換えられている。幼い息子の育児のためにどちらかが残る必要があったとしても、どうしてそれが父親でなければならなかったのか。母親のわたしにその資格はなかったのか。

「資格？」彼は苦々しげに言った。「事故を起こした張本人はきみなんだぞ。きみは車で人を撥ねて死なせ、裁判にかけられて刑に服したんだ」

そうだ。そしてわたしが刑務所にいるあいだも、出所したあとも彼がずっと息子のそばにいた。彼がわたしたちの息子を独り占めにした。

わたしは自分が産んだ子の成長を見守れなかった。いちばん可愛い時期に息子を奪われ、顔も見られなかった。まともな写真の一枚も見せてもらえなかった。わたしは育児の苦労だって引き受けたかった。息子のオムツを替えたかった。泣かれて困り果ててもそばにいたかった。息子をほめたかったし、叱りたかった。一緒に笑いたかった。それなのにわたしは何ひとつできなかった。いまだって母親として知って当然のことを何も知らない。

息子が好む食べ物や飲み物も知らない。得意なスポーツも、よく見るテレビ番組や動画や、推しの芸能人の名前も知らない。息子の体格も、性格も癖も、声も、喋りかたも、父親のあなたは知っているのにわたしは知らない。だいいちわたしは高校生になった息子の顔すら知らない。

「離婚に同意したときのことを忘れたのか」とも彼は言った。「息子の将来を考えてお互いそうするしかなかっただろう。違うか？ きみは自分が犯した罪を忘れたのか。時がたって全部チャラになったとでも思ってるのか」

「……自分の罪を忘れたなんて、ただの一度もない」

「だったら俺ばかり責めるのはやめろ」

「話をすり替えないで！」

怒りで話の筋道を見失いそうだった。彼が持ち出す離婚とか同意とか息子の将来とか自分が犯した罪といった言葉が入り乱れた頭を掻きむしりたかった。

「責めるのが当然でしょう！ だってあなたも同罪なのよ。わたしは、あなたが轢き逃げの罪に加担していたことを今日まで知らなかった、その話をしてるのよ。自分に罪がないなんて言っていない」

「人が見てるからやめろ」

そう言われてわたしは彼につかみかかっているのを知った。両肩を鷲摑《わしづか》みにされ押し戻された。

「取り乱すな」

「ねえ、あなたに罪の意識はないの？ 責められて当然のことをしたとあなたは思っていないの？」

「何度言えばわかるんだ。俺は息子を守るためにやるべきことをやった。それに……頼むから落ち着いて聞いてくれ。いいか、きみが思い込んでいるほど話は単純じゃない。あの晩、確かに俺は、車に何かがぶつかった衝撃には気づいていた。すぐに車を降りて確かめろときみに言わなかったことは後悔している。その点は認める。ただ何がぶつかったのかはこの目で見ていないし、それが人だという確信もなかった。正直、もし人を轢いたのなら、運転していたきみが黙っていられるはずもないと思った。だから」

彼は言い淀《よど》んだ。「だから俺は」

わたしは彼の言い訳を待った。彼はこう言った。

「あの晩、俺は警察官の妻であるきみを信じていた」

「………」

「きみを信じて、そのまま車を出せと言ったんだ」

「……どこまで卑怯な男なの」

「きみがどう思おうと、俺は嘘はついていない」

「いいえ、あなたは嘘をついている。あの事故の翌朝、あなたは車を修理に出した。ふだんより早起きして、独断で修理工場まで運んだ。事故の晩に自宅に着いたとき、わたしがお隣の犬に驚いて、車庫入れに失敗して、ぶつけてしまったから。そうだったよね？」

彼は顎《あご》を上げ、天を仰ぐような仕草をした。嘆息もした。それが芝居がかって見え、わたしの確信を深めた。

「俺は嘘はついていない？　そのときからあなたは嘘をついてたのよ。ちょうどいい言い訳ができたと思ったのよ。あわよくば人を撥ねた痕跡《こんせき》を一緒に消せると考えて、だから修理に持って行ったんでしょう？　でもその行動が裁判ではわたしに不利に働いた。まるでわたしが故意に車庫入れに失敗したかのように。轢き逃げの証拠を隠滅しようとしたのは、わたしじゃなくて、本当はあなただったのに。あなたは、そんなつもりは微塵《みじん》もなかったと証言した。妻が車庫入れのときぶつけた車を、買って一ヶ月も経たない新車を、修理に出しただけだと、当然のことをしただけだと。警察官としての名誉にかけて誓えるとまで言った。そしてみんながあなたの言うことを信じた。わたしも今日まで信じていた。罪を逃れるために卑怯な嘘をついたあなたを」

彼は背中をむけた。

時間切れだった。搭乗券を持った人以外通れない入口までわたしは彼に追いすがっていた。

「嘘はついていないと、拓にもそう言える？」最後に投げかけた言葉に彼は一度だけ振り向いてこちらを見た。憐《あわ》れむ目をしていたと思う。

きみはどうなんだ、自分が轢き逃げ犯だと拓に言えるのか。

彼の目はそう語っていた。

5

彼は別れた妻であるわたしを憐れみ、一方で、明らかに言い逃れの嘘をついている。

間違いない。わたしには彼があの事故以来十七年間、心の底に深く沈め押さえつけてきた矛盾が手にとるようにわかる。

サッカー場の観覧席に腰かけて、トレーニングに励む子供たちを眺めながら、声変わり前の彼らの発する大声や彼らの蹴るボールの音を聞きながら、わたしはそう信じている。息子が小学校に入学する日、別れた夫からかかってきた電話──「誰？」という名前でいまも登録してある番号から最初にかかってきた電話──あれは息子の実の母親への憐れみだった。我が子の小学校入学式にも出られない母親を憐れみ、せめて今日がその日だと教える目的でかけてきたのだ。たぶん当時代理人に立てていた弁護士さんから電話番号を聞き出して。

一方で、わたしの服役中に一度も面会に来られなかったのも、また離婚後、息子の入学式のその日まで電話一本かけられなかったのも、罪の意識からだ。轢き逃げの罪に関しては自分も同罪だと本当は認めているからだ。そしてその後、ほぼ十年にわたってわたしの電話を鳴らし続けたのもおそらく同じ理由だ。自分も背負うべき罪を、卑怯にも別れた妻ひとりに背負わせた。年に一度か二度、どう押さえつけても浮上する良心の呵責《かしやく》に耐えかね、いつかは真実を明かさなければならないとあがいていたのだ。

だがその電話に、わたしは十年間出なかった。つながらない電話をかけるたび、彼は免罪符を得たような気持ちを味わい、その気持ちとは裏腹の、重い罪の意識も嚙《か》みしめなければならなかった。離婚以来初めて、遠い九州の地で顔を合わせた夜勤明けの元妻へ、席を立つ間際にぽろりと本音を漏らしてしまったのも、その前に空腹を心配して卵サンドをお土産に持たせようとしたのも、きっと二つの気持ちのせめぎ合いのせいだ。わたしひとりに罪をかぶせた卑劣さへの後悔と、彼自身の保身との。

だが彼の保身は、同時に、これまでわたしたちの息子の将来を守ることに直結していた。事実、自らの罪に口を閉ざすことと引き換えに、彼は父親として息子を育てる責任を果たしてきた。今後も息子が独り立ちするまでそれは変わらないだろう。

……そう考えて、彼が長年苛《さいな》まれてきた良心の痛みをわたしが理解するのは、少しでも理解できると思うのはお人好《ひとよ》しが過ぎるだろうか。彼が息子を楯に、わたしに期待しているはずの善意の解釈そのものなのだろうか。

わたしは迷っている。

ここにきて俄《にわか》に生じた迷いに戸惑っている。

背後に人の気配がある。

階段を降りてくる足音が聞こえる。

電話では声を聞いているけれど、咲ちゃんの顔を見るのは十年ぶり、小学校の入学式のあの一件以来だ。きっと見違えるように成長した彼女が目の前に現れ、わたしは目を瞠《みは》るだろう。

でもいまから咲ちゃんとここに並んで昔話をするよりも、幼なじみの拓の話を聞かせてもらうよりも、優先すべきなのは別れた夫に連絡をつけることじゃなかったのか。面変わりした彼ともう一度向き合い、こんどは取り乱さずに、じっくり話を聞くべきじゃないのか。過去の事件の真相についても、真実告知後の拓とわたしとの関係性についても。せっかく千葉まで来ているのに、むこうからあれ以来何も言ってこないのを訝《いぶか》しむくらいなら、こちらから電話してその後の田中家の様子を訊ねるのが先決だったんじゃないのか。

「市木さん！　遅くなってすみません」

ジーンズにパーカー姿の少女が息を弾ませ、階段を駆け降りて来て、わたしがすわっている椅子の背に片手を添えて横にしゃがみ込む。わたしは見違えるように成長した彼女の顔に十年前の女の子の面影を探す。

「咲ちゃん。ようやく会えたね」

「はい、ようやく会えました」

わたしは咲ちゃんを隣にすわらせようと腰を浮かし、キャリーバッグを持ちあげて椅子を一つ移動する。でも彼女は動かない。そこにしゃがんだまま、わたしの顔ではなく、いま降りてきた階段のほうへ視線を向けている。彼女は弾む息を整え、同じ方向をじっと見上げている。一秒、二秒、三秒、意味不明な時間が過ぎていく。

わたしは彼女の視線をたどるために上体を捩《よじ》り、階段の上のほうを見る。キャリーバッグの取っ手を片手に握りしめて。

わたしが見上げる視線の先に人がいる。

咲ちゃんとお揃いにも見えるパーカーを着た少年が立っている。

少年とわたしの視線が交わる。一秒、二秒、三秒、意味の不確かな時間が刻まれていく。

「市木さん」と咲ちゃんの声がする。

わたしはその声にうながされて椅子から立ち上がる。

すると少年が目を伏せ、爪先《つまさき》で足元の小石でも蹴るような仕草をみせる。そんなはずはないのに、小石など落ちているはずもないのに、そのときわたしの目に少年の立ち姿がそう見える。見えるというよりわたしの頭を印象深い言葉がよぎる。少年は恥じらい、いたたまれない気持ちで、わたしの視線を受けとめきれないでいる。わたしの頭をよぎったのは小説『お登勢』に書かれていた言葉だ。

お登勢は眼を伏せて、爪先を縮めた。

なぜだかわからない。でも、どんなに奇妙に思われてもそれは事実で、わたしは以前土居さんに薦められて読んだ小説の中の、記憶にとどめた一行をよみがえらせ、うつむいた少年の立ち姿にあてはめていた。本来は「さばさばした明るい気性」のお登勢が目を伏せて恥じらう相手は、のちに彼女が運命をともにすることになる男性で、少年にとってのわたしは恋心を抱くような対象ではないはずなのに。いまこのサッカー場の観覧席での少年とわたしとの立ち位置は、小説のふたりの出会いの場面とは遠く懸け離れているはずなのに。

「市木さん」咲ちゃんが横に立って説明しようとする。「田中くんです」

「ええ」聞かなくともわたしにはわかる。

「彼が田中拓くんです」

「ええ」目を合わせた瞬間からわたしにはわかっている。

栃木刑務所の産室で出産し、離ればなれになって以来、ただの一度も会うことのかなわなかった息子がそこに立っている。

そうしようと思えば声の届く距離に、ほんの数段階段をのぼって駆け寄れば手の届く場所に、わたしの息子がいる。

第十二章

I

わたしは泣くだろうと思っていた。いつかその日が来て、我が子との再会が果たせたなら、所かまわず泣くだろう。彼を抱き締めて泣くだろう。赤ん坊のとき別れ別れになった息子の成長した姿を目の前にしたら、堪《こら》えたくても堪えきれないだろう。ありとあらゆる感情が、愛《いと》おしさだけじゃなくて、申し訳なさや、悔しさや、情けなさの感情がいちどきに氾濫《はんらん》するように押し寄せて、言葉は言葉にならず、ただ声をあげて泣くことしかできないだろう。たとえ傍目《はため》に醜態と見えても、当の息子にどう思われてもかまわない。わたしは醜態を演じるだろう。

でも現実のわたしは、想像していたわたしとは違った。

すぐそこに立っている息子を見ても駆け寄れなかった。胸を打つ鼓動は速まっていた。心は息子のそばへ行けと命じていた。ただあまりの緊張のせいで身が縮こまり言うことを聞かなかった。感情の氾濫などなかった。わたしは泣くことすら忘れていた。サッカー場の観覧席で一歩も動けず呆然《ぼうぜん》としていただけだ。

想像とは違った自分の態度が信じがたかった。息子は十六歳の高校生で、わたしはその十六年間、一度も会わせてもらえなかった母親なのに。今年四十四歳になるまで辛抱を通してやっといま願いが叶《かな》ったのに。

わたしの腕に触れてうながし、階段を一緒に上り、息子の前に立たせてくれたのは咲ちゃんだった。彼女があらためてふたりを紹介した。

「彼が田中拓くんです。田中くん、この人が市木かおりさん」

息子は目を伏せていた。

無言だった。短い挨拶《あいさつ》もなかった。

わたしも息子にかける言葉を思いつけない。

また場違いの小説の場面が頭をよぎる。

——お登勢は眼を伏せて、爪先を縮めた。

素足に藁《わら》草履を履いたお登勢が、唐突な対面に恥じらい、我知らず爪先を縮める。あるいはわたしたちは同じ気持ちでいたのかもしれない。息子がNのロゴの入ったニューバランスのスニーカーを履いているのが目にとまった。偶然だが、わたしが履いているのもニューバランスだった。息子も同じロゴに気づいたはずだ。百貨店のセールで買ったスニーカーで九州から旅して来た産みの母親を、彼がどんなふうに思ったかはわからないけれど。

「ここにずっと立ってるつもり?」

痺《しび》れを切らした咲ちゃんが息子に言い、次にわたしを見て「行きましょうか」と言った。わたしがうなずいたときには息子はもう背中を向けていた。パーカーのポケットに両手を突っ込んでひとり先に歩き出していた。

「田中くん」と咲ちゃんが呼びかけた。振り向く素振りもないので続けて「田中！」と呼んだ。二度目は罵声《ばせい》のように聞き取れる大声だった。それでも息子は聞こえぬふりで離れて行き、咲ちゃんは、ため息まじりに「もう……」と呟《つぶや》いて、わたしに首をかしげてみせた。

どこへ行くのかも知らされないまま、わたしはキャリーバッグを引いて転がしながらあとを追った。隣の咲ちゃんは大ぶりのリュックを背負っていた。横に並んでみるとわたしと背の高さはほぼ同じだった。前を行く息子の背丈は、咲ちゃんよりもやや高いように見える。観覧席を出て緩いカーブのスロープを歩き、また途中キャリーバッグを持ち上げて幾つか階段を降りるうちに、徐々にだがわたしは落ち着きを取り戻した。ずんずん先を歩いていく息子の様子から、スニーカーのロゴ以外にも気づいたことがあった。たとえば彼の体型、後ろ姿、とくに歩く姿勢は彼の父親に似ている。

「福岡に戻る飛行機は何時ですか」サッカー場の出口が見えるあたりで咲ちゃんが言った。「あとどのくらい時間がありますか」

「乗るのは夕方の遅い便だけど。でも」

最後まで聞かずに咲ちゃんが急に駆け出し、息子に追いついて立ち止まらせ、何やら密談に入った。十メートルほど離れた位置からわたしはふたりの様子を眺めていた。明日は日勤のハヤハチのシフトだから今夜中には福岡に戻らなければならない、成田発のもっと遅い便もあるはずだが、でも持っているのは格安の往復チケットだし、いまさら変更はきかないだろう、などと思いながら。

二、三分で咲ちゃんが駆け戻って来た。
「貴重なお時間を無駄にしてすみません。市木さんがせっかく田中くんと会えたのに、外野が割り込んじゃって」

外野、とは咲ちゃんが自分のことを言っているのだろうが、それが適切かどうかより、言葉遣いそのものがわたしを微笑させた。幼稚園時代も彼女はこんな感じだった。当時も「密《ひそ》かに」だの「かねがね」だの大人が予想もしない言葉を口にする女の子だった。

「気にしなくていいよ」わたしは答えた、薄々わかっていた。「あの子が咲ちゃんに一緒にいてほしいと頼んだんでしょう」

「はい、まあそうなんですけど」

息子が両親付き添いで現れるよりずっとましだと、そのときは思えたし、このあとの予定も受け入れるつもりだった。

「咲ちゃんが外野としていてくれたほうが、わたしもリラックスできると思う。お店は決めてあるの？」

「お店？」

「これからどこかでお茶でも飲むんでしょう、三人で」

「三人でお茶！　まさか！」声を低く抑えながらも、焦《じ》れったそうに咲ちゃんが答えた。「そこまで無神経じゃないです。わたしはただ市木さんと会うとき一緒にいてくれと頼まれただけで、立ち会い人というか、今日の再会をアレンジしただけで」

「じゃあ、これからの予定は」

「予定なんてありません」咲ちゃんは十メートルも先の息子のほうへ片手を差し伸べた。「あとはおふたりでどうぞ」

「え」

「市木さんと田中くんだけで、えーと、親子水入らずで」

咲ちゃんが同席するものと思い込んでいたぶん動揺が来た。親子水入らず、という言葉も重たく感じた。想像していた再会と現実の再会とは違う。やはり自分の態度が信じ難かった。息子はこちらをうかがっているが、目を合わせようとしない。

咲ちゃんが礼儀正しくお辞儀をして言った。

「わたしはここで失礼します。十年ぶりにお会いできたのに、ろくにお話もできないままお別れするのは残念だけど。でも、ご縁があればいつか機会は巡って来ますよね。次はわたしが福岡へ行く番かもしれないし。試合の遠征があったら必ず会いに行きますから」

「……そうね、わたしも残念。お母さまとも会えるつもりで来たんだけど」

「母にはわたしからよろしく伝えておきます」

「咲ちゃん」

「はい」

「あの子は、自分の意志で会いに来たの？」

「田中くんは」咲ちゃんは答える前に息子をちらっと見た。「晩ご飯の時間までに家に帰らないとマズいんだそうです」

「両親には内緒で来たということ？」

「たぶん。でもわかりません。田中くんとは幼稚園からの付き合いだし、彼の頭の中は全部お見通しなんですけど、いつもならそうなんだけど、市木さんとのことをどう考えているのかは正直、わたしにもよくわかりません。だいたい、いつもはあんなうじうじした感じじゃないんですよ、もっと陽気で、お喋《しゃべ》りな男の子なんです」

「そうなの」

「そうなんです。だから聞きたいことがあったら本人に聞いてみてください。彼だって聞きたいことがたくさんあるはずです。きっと喋りたいはずなんです。喋りたくてあそこで市木さんが追いつくのを待ってるんですよ。お店とか場所なんてどこだっていいから、ふたりで話してください。飛行機の時間ぎりぎりまで」

咲ちゃんの言う通りだ。

本音は、わたしは息子とふたりで話したい。息子だってわたしに直接聞きたいことがたくさんあるはずなのだ。養母に真実告知の義務があるのなら、わたしには息子が抱えている疑問にきちんと答えてあげる義務がある。答えづらい質問でも、あの子の父親のようにはぐらかさず、答える責任がある。

咲ちゃんの言葉に背中を押され、わたしはキャリーバッグの取っ手を握り直して息子のほうへと歩き出した。

「あの市木さん」

すぐに呼び止める声がして、何かと思って振り返ると、

「それ逆、そのキャリーバッグ、向きが逆です。落ち着いてください。無理して自分で持ち運ば

ずに、ふたりになったら田中くんに持たせないとダメですよ。市木さんはお母さんで、彼は息子なんだから、そのくらいさせてもバチは当たらないと思います」

咲ちゃんが真面目な顔でアドバイスした。

2

息子は、わたしが近づいていくと、横に並ぶのを待たずに歩き出した。どこへ行くつもりなのか、サッカー場の門を出て左へ、さっきまでと変わらず両手をポケットに差し入れた恰好《かっこう》でしばらく歩き続けた。わたしは二、三メートル遅れてあとを追った。

どこへ行くあてもないのかもしれない、息子はわたしに話しかけるきっかけがつかめず闇雲に歩いているだけなのかもしれない、そう思い始めた頃、足が止まった。一ヶ所に十人近い人々が集まっていた。バス待ちの客のようだった。

まもなくバスがやって来て、その人たちを運び去った。バス停に残ったのは息子とわたしのふたりだけになった。詰めれば四人はすわれる背もたれのないベンチが簡易屋根の下に二脚据えてあった。その一つの端っこに息子が腰をおろした。少し離れてわたしも同じベンチで足を休めた。

それから数分、無言の時間が流れた。色違いのダウンジャケットを着た初老の夫婦らしい男女が現れ、隣のもう一つのベンチに並んでバスを待っていた。

そこへバスが来た。二台続けて来た。どちらかに乗るのだろうと思い、腰を浮かしたが、息子は動かなかった。二台のバスが走り去り、バス停にいるのはまたしても息子とわたしのふたりだけになった。ジーンズのポケットから引っぱり出してスマホを見ると時刻は三時三十八分だった。福岡行きの飛行機の搭乗時刻、千葉から成田までの電車の所要時間、ざっと計算すると時間の余裕はあった。わたしはまだバス停に一時間以上息子と一緒にすわっていられる。

息子はいま手を伸ばせば届くところにいる。

ほんの五十センチ離れて左側に腰かけている。だから右の横顔が見える。息子の右側の耳たぶの裏にはテントウ虫の模様くらいの小さなホクロがあったはずなのだが、前傾姿勢になっているせいで、パーカーのフードがちょうど耳にかかる位置までずれて隠している。わたしは片側によれたフードをつまんで真っ直ぐに直してあげたいと思う。母親らしい振る舞いで。もしわたしたちが自宅へ帰るバスを待っている実の親子だったなら、きっとそうするだろう。でもわたしにはできない。息子を産んで以来母親らしい振る舞いなど何ひとつしてあげられなかったし、それはいまも同じだ。

拓、とわたしは心の中で呼んでみる。

いつもの習慣で。いつものノートに、遠く離れたところにいる息子へ、決して届かない手紙を書くときのように。

（拓、お母さんはいま、あなたのそばにいてあなたのことを考えています。ふだんはもっとお喋りだと聞いているあなたが、不機嫌そうに黙り込んでいる理由を考えています。

理想を言えば、こんなはずじゃなくて、もっと感情に富んだ、ドラマチックな？　涙の再会を期待していました。まさか国道沿いのバス停にこうしてふたりですわっているなんて想像もしませんでした。

サッカー場の観覧席で、咲ちゃんが、

「彼が田中拓くんです」

と紹介してくれたとき、もしあなたが一言でもそれらしい、つまり息子として産みの母親への優しげな言葉でもかけていたなら、わたしは涙を堪えきれなかったかもしれません。でもあなたは目を伏せて立っていただけだし、わたしはわたしで、幼かった咲ちゃんと言葉を交わしたときの思い出をよみがえらせたりしていました。

咲ちゃんから聞いているかな。昔、わたしは幼稚園にあなたを迎えに行ったことがあります。そのとき園内で偶然、咲ちゃんと出会って、わたしがあなたの母親だと知ると、彼女は同じキリンさん組の「たっくん」を呼んできてあげると言いました。当時はわたしの愚かさのせいで行き違いになったのですが、今日、ようやく咲ちゃんがあのときの約束を果たしてくれた、十年以上かかって、わたしの前にあなたを連れてきてくれたのだと、そんなふうにも思えていたのです)

「幼稚園のとき」と息子が喋った。


わたしは驚いて、心に書く手紙を中断した。

息子の現実の声に間違いなかった。彼の父親と同質の声だなどとはそのときは思う余裕もなかった。左へ目をやると前傾姿勢は変えていない。たったいまだしぬけに「幼稚園のとき」と言ったきり黙り込んでいる。

「幼稚園のとき？」とわたしは聞き返した。「どうしたの」

「いえ、何でもないです」と息子は答えた。

答えたあとでベンチから腰をあげた。

「市木さん」彼は顔を見ずに呼びかけた。「もっと歩けますか」

「……ええ、いいけど」

「電車の駅まで三十分以上かかると思う」

「ええ」

「時間、間に合うんですか」

「平気。一緒に歩きたいなら歩く。きみのしたいようにして」

息子が先に歩き出した。

両手は相変わらずパーカーのポケット。

わたしはキャリーバッグを転がしてすぐに追いついた。

彼の右側に並んで一緒に歩いた。自家用車や営業車やトラックがびゅんびゅん走る大通りの脇の歩道を。空は雲に覆われ、十一月下旬にしては冷たい風がときおり吹きすさび、ほかに歩行者の数の少ない埃《ほこり》っぽい道を、駅に向かって。おそらくあのままバスに乗れば十分ていどで駅に着いてしまうだろう。ろくに話もしないままそこで息子とは別れ別れになる。足が棒になってもそれよりはふたりで歩くほうがずっといいと思いながら。息子も同じ考えでいるのだと信じながら。

市木さん、と息子に呼ばれたことにも、きみ、と息子を呼んだことにも不思議と違和感がなかった。想像と違っていただけだ。わたしがひとりで勝手に思い描いていた「涙の再会」がますます遠のいていくだけだ。

息子は迷っている。きっと、何から話せばいいのか、何を聞きたいのか考えをまとめられないでいる。そのせいで不機嫌な顔をしている。だったらこちらから話してやるべきなのだろうが、わたしにも最初の一言が思いつけない。

歩いていく途中で何台かの自販機のそばを通り過ぎた。次に自販機を目にしたら、立ち止まって、飲み物を買おう。きみはどれにする？　と息子に訊《たず》ねよう。温かい缶コーヒーでも飲みながら一休みして、きみはさっき「幼稚園のとき」と言ったでしょう、あのときわたしも偶然同じ時代のことを思い出していたんだよ、幼稚園のときのきみと咲ちゃんのことを、そう言ってみよう。

歩いている道の左手には大小の建物が立ち並んでいた。株式会社の看板を掲げているビルがあり、民家があり、歯科医院があり仏具屋さんもあり、集合住宅がありお弁当屋さんがあり宅配ピザのお店があり、建物が欠けた場所にはコインパーキングがあった。そしてコンビニもあった。その前をわたしたちは黙々と歩いた。飲み物ならコンビニに入ればいくらでも買ってあげられるのに、よそ見をしないで歩く息子のペースに合わせるのに気を張っていたのと、最初に思いついた自販機になぜか固執していたせいで、だいぶ通り過ぎてからその失敗に気づいた。やがてパチンコ店が前方に見えた。店頭に自販機が二台並んでいた。

息子を立ち止まらせ話のきっかけをつかむ目的とは別に、実際わたしは喉《のど》がかわいていた。息子に遅れまいと大股《おおまた》で歩き続けて息もあがっていた。ねえ、と自然に声が出た。待って。

足を止めて息子が振り向いた。間近で、初めて正面から顔と顔を見合わせてわたしをどぎまぎさせた。パーカーのよれたフードは肩に垂れて両耳ともあらわになっている。そうだ、ホクロだ。ホクロの話から始めよう、とわたしは思いついた。十六年前、あなたを産んだとき、刑務所の産室であなたをこの腕に抱いたとき……。

でも息子はどう感じるだろう。自分が刑務所内で生まれた事実はおそらくもう知っているはずだが、知ってはいたとしても、刑務所という生々しい言葉を産みの母親の口から聞かされて、いったいどんな気持ちになるのだろう。いまだけの話ではない。いつか好きな人ができたとき、その人と、どこの産院で生まれたかという話になったとき、この子には答え様があるだろうか。

「喉がかわかない？」とわたしは言った。「そこの自販機で何か飲まない？」

息子が案外素直にうなずいたので、わたしは自販機の前までキャリーバッグを引きずっていき、決めていた台詞《せりふ》を言った。

「きみはどれにする？」

答えはなく、気がつくと息子は隣の自販機で飲み物を購入中だった。わたしは自分のためにボトル型の容器に入ったミルクティーを買った。自販機の脇にレンガを積んで囲った植え込みのようなものが設けられていて、そのレンガの上に腰をおろしてわたしは温かいミルクティーを飲んだ。息子はわたしの斜め前あたりに立ったまま冷たい炭酸飲料を飲んだ。プルトップを開けるときの破裂音で炭酸飲料だとわかった。

何もかもがちぐはぐだった。サッカー場での「再会」からここまでことごとくわたしの想像とは違っていた。国道沿いの道をものも言わずに、息子のペースに合わせて歩くだけなんて。途中のパチンコ屋さんの前で休憩して自販機の「午後の紅茶」を飲んでいるなんて。十六年ぶりに会えた息子に母親が自販機の飲み物一つ買ってあげられないなんて。考えているうちに、この状況を打ち壊したくなり、気がつくと、息子に話しかけていた。

「あのね」わたしは言った。

いいこと教えようか？　という前置きに聞こえるのが自分でもわかった。言うつもりなどなかったのに、止められなかった。

「わたしパチンコ屋さんで働いてたことあるんだよ。きみはパチンコやったことある？　ないよね。うるさいよお、中に入ると騒音がね。ほんとにうるさい」

息子は飲みかけの炭酸飲料を片手にパチンコ店の入口のほうへ視線を振り、数秒眺めて、そしてまた残りを飲んだ。何の感想も返さなかった。

「パチンコ屋さんは大阪にあって、その前は岐阜県のパン工場で働いてた。それからその前は、山梨県の」

「知ってる」と息子が言った。

「……そう。知ってるの」

「久住呂のお母さんに聞いた」

「そうなんだ。咲ちゃんのお母さんにはたいへんお世話になってるのよ。パン工場の前は山梨県の石和温泉てところで旅館の仲居さんをしてたんだけど、そこを紹介してくれたのが久住呂さんで……ああ、それも聞いて知ってるか」

息子は飲みほした空缶を屑籠《くずかご》に放り込んだ。

「じゃあ教えてくれる？」わたしは頼んだ。「きみが知らないことは何なのか」

息子が振り向いてわたしの視線をとらえた。

「きみが知らないことは、もし知りたいことがあればだけど、何でも答えるから」

「何でも？」

「うん、答える」

「僕が生まれたときのことも」

「全部答える」

初めて見るこの女性をどこまで信用していいものか、息子は決心がつきかねている様子だった。

「ここに来て」

わたしは覚悟を決めた。栃木刑務所内の産室と呼ばれる部屋でわたしはきみを出産したのだと、いまから息子に語って聞かせることになるだろう。「隣にすわって」

言われた通り息子が隣に腰をおろした。両手はパーカーのポケットではなくジーンズの膝《ひざ》の上に置かれていた。ニューバランスにブルージーンズ。そこだけ見れば親子お揃いの恰好だった。縦置きにしたキャリーバッグをあいだに挟んで、わたしの揃えた膝の上にはミルクティーのペットボトルが載っている。

「右の耳にホクロがあるでしょう。耳たぶの裏側に、小さなホクロがあって」

とわたしは話し始めた。「きみが赤ん坊のときの話だよ。それに初めて気づいたのはね、わたしが栃木県の」

「なぜ父と離婚したんですか」

いきなり話の腰を折られた。

しかも思いもかけぬ直截《ちょくせつ》的な質問だった。

「なぜって……」わたしは早くも冷めかけているミルクティーを無理に喉に通した。ボトル一本飲みほせるほど喉がかわいていたわけではないと気づいてさっきから持て余していた。

「僕が生まれる前」息子が言った。「車で人を轢《ひ》いたんでしょう」

「………」

「轢いた人が死んでしまったんでしょう」

「………」

「裁判があって、刑務所にも行って、罪を償ったんでしょう」

「………」

「当然のことだと思う。だけど」

わたしは声帯の使い方を忘れたようで声が出せず、うなずくことすらできず、息子の横顔を見守っていた。

「それが離婚する理由になるんですか」

「………」

「なるんですか。なぜ父は、罪を償った市木さんを迎えなかったんですか」

「………」

「元のままじゃだめだったんですか。市木さんも、夫婦ではいられないと思ったんですか」

「………」

「何も答えないじゃないですか。全部答えると言ったのに」

「答えないわけじゃないの。ただ」わたしは声を振り絞った。ひどく掠《かす》れていたので何度か喉を鳴らさなければ「ただ」のあとが続けられなかった。

「とても難しい質問だから、どう答えていいのかわからなくて」

「警察官の妻としてふさわしくないから」

「え?」

「父の答え」

「……そう」

「違うんですか」

「きみのお父さんが言ったのならそうかもしれない」

「父は警察を辞職しました。裁判のあと」

「そうだね。わたしのせいで」

息子が振り向いて、大人の顔色を読もうとしている。父親と話したときにもこんなひねた目つきをしたのだろうか。わたしは、不審の目で見られたくなかった。この子に人を疑うような目をしてほしくなかった。

「きみのお父さんは、妻の不祥事のせいで辞職するしかなかったんだと思う。わたしは結果的にきみのお父さんから仕事を奪った。ほかにもまわりの人たちに迷惑をかけた。自分が不注意で起こした人身事故のせいで」

「子供の母親としても」息子が他人事《ひとごと》のように言った。「ふさわしくないと思ったんですか」

わたしはうなずくしかなかった。

少なくともあのときはそう思ったのだ。夫に離婚届をつきつけられて、息子のために死んだ母親になってくれと言われて、自分でもそうするべきだと同意したのだ。

「きみのお父さんと話し合ったの。話し合って、お互いに納得して離婚届に判を押したの。お父さんと一緒にいるほうがきみは幸せになれるはずだと、わたしもそのとき考えたから」

息子が目を逸らした。

言葉が続かず、わたしはまた息子の横顔を見守るだけしかできなかった。会話がぷっつり途切れ、わたしたちがすわっている植え込みの近くを、パチンコ店の駐車場へ向かう車と、駐車場から出てくる車が通り過ぎた。何台も通り過ぎた。歩道を行く人の姿はまばらだったが、目の前の大通りの車の流れはいつまでも途絶えることがなかった。

やがて息子が立ち上がり、ジーンズのお尻《しり》を手で払って歩き出した。おそらく千葉駅まで残りの道を歩き通すつもりなのだ。わたしは片手にミルクティーのボトルを持ち、もう一方の手でキャリーバッグの取っ手をつかんで後を追った。

「幼稚園のとき」と息子が言った。

わたしが横に並ぶのを待ち構えてその話を切り出した。

「僕に会いに来たでしょう」

「……ええ。きみと咲ちゃんが同じ幼稚園に通っていたとき。さっき言いかけていたのはその話？」

息子の返事はない。わかりきったことだ。

「咲ちゃんから聞いてるのね」

「久住呂が、僕を連れて来ると言ったのに、市木さんは待てなかったんですよね。同じ苗字《みょうじ》の田中くんを、僕と間違えて、園の外へ連れ出したんですよね」

「一部始終、聞いてるんだ？」

「なぜですか」わたしの問いかけなど無視して息子が言った。「なぜ幼稚園まで会いに来たんですか」

会いたいからに決まっている。自分が産んだ子の顔が見たいからに決まっている。言うまでもないことを、あえて言いたい気もしたが、言わせてもらえなかった。息子が先にこう続けたからだ。

「一度捨てた子供なのに」

わたしは足を止めた。

できるだけ静かに、深く、呼吸をして気持ちを鎮めた。その場に腰をかがめ、片手に持ったまま邪魔で仕方なかったミルクティーのボトルのキャップをきつく締めて、喪服やフォーマルな靴や下着の替えや洗面道具や、今朝叔母《おば》に土産に持たされた野菜まで詰めこんであるキャリーバッグのファスナーを開き、中に押し込んだ。そして力まかせにファスナーを閉じた。それでも怒りはおさまらなかった。キャリーバッグの上部がいびつな形に膨らんでいるのを見てかえって苛々《いらいら》が増した。

「市木さん?」数歩先から戻ってきた息子が呼んだ。

ふざけるな、とわたしは思った。

「捨てたんじゃない」

わたしはそう言って立ち上がり、息子と向かい合ってまっすぐ目を見た。

「捨てたなんて、そんなの事実と違う。きみが、きみのお父さんからどう話を聞かされているのかは知らない。でも、わたしは、きみを一度でも捨てたつもりなんかないから。きみを、きみのお父さんに押しつけたのでもないから。絶対に」

「…………」

「ひとの気持ちがきみには想像できないの？」

「…………」

「なぜですか？　なぜ幼稚園まで会いに来たんですか？　自分で考えてわからないの？　わたしはきみの母親なんだよ。きみは、わたしのおなかから生まれてきたんだよ。幼稚園だろうと、小学校だろうと、産んだ子に会いに行く母親の行動がそんなに不思議？」

息子が目を伏せた。またか、とわたしは思った。息子はまた不思議なもののように見ているだろう。普段履きのニューバランスで福岡から旅をして来て、ここに立っている産みの母親の足もとを。

「ねえ、ちゃんとわたしを見て。お願いだから、捨てたなんて言わないで。事故を起こしたのはわたしのミスだったと認める。警察官の妻にふさわしくなかったのも認める。それが離婚の理由ならそれでかまわない。でもきみとは別れたくて別れたんじゃない。わたしは、子供を捨てた母親なんて言われるおぼえはない。きみにも、きみのお父さんにも、誰にも」

喋るうちに感情がこみあげてきて、いまなら泣けそうだった。

息子の返答次第では、このままここでキャリーバッグを抱きしめて泣き崩れるのもありかもしれなかった。だが息子はわたしの顔を見てくれない。うつむいたきり「じゃあ」と小さな声で呟いただけだった。

じゃあ？

「待てば良かったのに」と息子は言った。

「……わたしが？　何を待てば良かったの」

「久住呂」

「咲ちゃん？」

「久住呂が、僕を探して連れて来るのを」

息子が言っているのは幼稚園時代の例の一件だった。

「そうだね」わたしは一旦《いったん》認めた。ほかに言い様がなかった。「そしたらあのときさきみに会えてたね」

「はい」息子がうなずいた。「未来が変わってた」

「そうなのかな」

「変わってたと思う」

「未来って、いまのことでしょう。どんなふうに変わってたと思うの」

「たぶん」と息子が言いかけた。

わたしはこの会話に気持ちが萎《な》え始めていた。あのとき咲ちゃんを待てば良かった――それは、あの事故のとき車を降りて外を確かめるべきだった、とそっくりの論法だった。取り返しがつかないという一点で結論も同じだった。

「あのとき彼女が、今日みたいに、市木さんを僕に紹介していたら」

「うん、咲ちゃんの紹介であのときわたしたちが会えていたら?」

「父は、市木さんを」

息子が顔をあげた。「父は、市木さんを」のあとはこう続いた。

「許してた。もう警察官でもなかったし」

「そう思う?」

「はい」

「でもそんなんじゃ未来は変わらないよ。だいいち、きみのお父さんに許されたからって、何がどうなるの」

「市木さんと、もう一度」

「もう一度? つまり、きみのお父さんとわたしが? それはなかったと思う。残念だけど、あの頃にはもう、きみのお父さんは、いまのきみのお母さんとの再婚を決めてたはずだし」

「そんなはずないです」

「きみが知らなかっただけよ。本人に聞いてみればわかる」

「父が言ったんです」

言ったとしてもそれは嘘だ。あり得ない。口には出さないけれど瞬時に思った。目に冷笑の色すら浮かんだかもしれない。

「嘘じゃないです」と息子が言った。

嘘なのだ。なぜ元夫がそんなことを言ったのかはわからない。でもこの子は父親の嘘を信じている。

わたしは信じない。罪を償い出所した妻に、「母親が犯罪者の子供と、母親に死なれた子供と、どっちがより不幸か考えてみろ」そんな殺し文句で離婚を迫ったのだあの人は。前科持ちのわたしとよりを戻そうなどとただの一度でも考えたはずはない。

ただ、だからといってわたしは元夫を非難はできない。彼が息子についた嘘をせせら笑う資格などない。わたしだって同じ嘘つきなのだ。きみの知らないことは全部答えると言いながら、自分が犯した轢き逃げの罪だけは隠したいのが本心なのだから。

結局わたしは泣けなかった。

むしろ泣きたくなかった。泣いて息子を当惑させるような醜態は演じたくなかった。轢き逃げの罪を息子に知られたくないと願うのなら、しかも、きみのお父さんもその点では同罪なのだと、肝心のその話をする勇気がないのなら、もう黙るべきだ。長年の夢が叶った。会いたかった息子に会えた。この子の顔を見られただけでも今日の幸運に感謝するべきなのだ。

「そう。きみのお父さんが言ったのなら本当かもしれないね」

息子が小さくうなずき、わたしは息子にうなずき返した。

「きみは、未来が変わっていたら良かったと思う?」

無意味な質問だった。産みの母親の目の前で、はい、とも、いいえ、とも答えられるわけがない。返事に困った息子は、でも目を伏せたりはせず、何度かまばたきをしてわたしの顔を見ていた。

「そうだよね」わたしは微笑んだ。「仮定の話だものね。変わらなかった未来がもうここにあるんだものね。わかってる。きみは咲ちゃんのお母さんからいろいろ聞き出したようだけれど、わたしも同じことをしたの、今年の春、福岡でお会いしたときに。だからきみのお母さんのお話も少しは知ってる。子供の意志を尊重する、優しいお母さんだということも、きみがお母さんを慕っていることも。きみの家はここから近いの？　駅と同じ方向？」

「いいえ、反対方向です。近くはないです」

「じゃあお母さんを心配させないように、そろそろ帰りのバスに乗らないと。わたしも飛行機の時間があるし」

「駅まで一緒に行きましょうか」

「ひとりで行ける」

「わかるんですか、駅の場所」

「うん、わかる」

この歩道をさっきまで歩いていた方角へまっすぐ歩き続けるだけだ。

「あそこの交叉点《こうさてん》」と息子が言いかけた。

「田中くん」

「はい」

「今日は会ってくれてありがとう」

わたしは腰を折ってお辞儀をした。

それからキャリーバッグの取っ手を握って駅をめざした。

（拓、お母さんには、勇気がありません。本当は言うべきなのに言えないことがあります。昔起こした人身事故について、隠していることがあります。たとえあなたのご両親に口止めされても、これは自分の意志で打ち明けなければならない、そうでないと、あなたに会っても、その大切な時間が嘘まみれになると思っていました。でも、怖くて言えません。誰にどう思われてもいいけれど、あなたに軽蔑《けいべつ》されるのが怖くて、言い出せません）

交叉点で青信号を待っていると電話がかかってきた。

福岡のグループホームからの着信だった。出て話す気になれないのでポケットに戻そうとしたとき、声がした。

「市木さん」息子が横に並んだ。「なぜ嘘をつくんですか」

心の中を見透かされたようで、追いかけてきた息子の顔が見られなかった。

「駅は左なのに、どこに行くんですか」

「ごめんね」わたしは隠し事を抱えきれないと感じていた。「お母さん、本当は、もっと話さなければならないことがあるのに」

「あっちへ渡ったら駅は遠くなりますよ」

「うん、わかってるの。ううん、わかってない。駅がどこかもわからないけど、拓に聞いてほしい話があるの」

「市木さんの電話番号教えてください」

「それを話さないと何もかも嘘になってしまうの」

息子がわたしの手からスマホを取り上げた。

信号が青になった。人の往来を避けて息子はわたしのキャリーバッグを持ち上げ、さっさと左へ移動して建物の庇《ひさし》の下に入った。

「登録しました」

わたしが遅れてやって来るのを待って彼は言った。

「話すことがあるなら話してください。いつでも電話をかけてください。僕だってまだ話したいことはあるし、話したくなったら電話をかけます」

「……わたしに電話をかけてくれるの？」

「はい。迷惑ですか」

「そんなこと」そんな夢みたいなこと。わたしは急転回にうろたえていた。「お父さんが許さないよ。きみのお母さんが悲しむよ」

すると息子はわたしの手にスマホを握らせ、表情らしい表情も顔に出さずに、ぼそりと言った。

「市木さんもお母さんだし」

聞き違いかと思った。わたしはうまく息ができなかった。息子がまたぼそぼそと喋った。

「お母さんがふたりいてもいいって。ひとりもいない子だっているのに贅沢《ぜいたく》だって」

産みの母と、育ての母。お母さんがふたり。息子の言わんとすることは呑《の》みこめても、容易に受け容《い》れられる意見ではなかった。

「誰が言ったの」

「誰って……」

「咲ちゃん？　咲ちゃんのお母さん？」

「言われたのは言われたけど、でも」息子が不満げな口ぶりになった。「最後は自分で考えて、そうだと思ったし、母にも言ったら、母も、正解はわからないけど、僕の考えは尊重するって」

わたしはスマホで時刻を見た。

間が悪すぎる。なぜいまになって、お互いに帰る場所へ帰る時間が迫っているときに、この子は大事な話を打ち明けるんだろう。

「あと、一ついいですか」と息子が追い討ちをかける。

「まだあるの」

「もし会いたくなったら福岡まで会いに行ってもいいですか」

とどめを刺され、呻《うめ》きにも、しゃっくりにも似た声が漏れた。頬がひくひくする。どんな返事をしても文脈をなさない言葉の羅列になりそうで、唇を噛《か》んでいた。自分からこの子に告白しなければならない話があったはずなのに、醜態の一歩手前だった。

息子はまだ喋った。

「市木さん、さっき僕が久住呂のお母さんからいろいろ話を聞き出したとか言ってたけど、それちょっと違ってて、あの人が勝手に喋っただけで、お母さんがふたりいてもいいって話のとき、僕が黙ってたら、あの人、田中くんのお母さんが、このお母さんは市木さんのことだけど、いままで一人でどれだけ苦労してきたか、誰のために、どれだけ一生懸命働いてきたか想像できる?なんて言い出して。一緒にいた久住呂が、それはお母さんがぺらぺら喋ることじゃないよ、市木さんが話したければ自分で話すことだよ、と注意したりもしたけど、止まらなくて、で、ほかにも」

「バス！」わたしは言った。「晩ご飯の時間！」

きょとんとした目で息子が見返した。

わたしは深呼吸が必要だった。

「待ってるんでしょう、家族が。晩ご飯に間に合うの？」

「ぎりですけど」

「もう行って」

「でも」

「行きなさい」

本心では、「でも」じゃないよ、拓、と言いたかった。できるならもっと喋っていたかった。もっとこの子の顔をじっくり見て脳裏に焼きつけたかった。時間が「ぎり」になったのはあなたのせいでしょう。うじうじして、咲ちゃんの言う通りほんとはこんなにお喋りなのに、思わせぶりに不機嫌な顔で無口を通して、さんざん人を歩かせといて、お母さんには飲み物も買わせてくれなかったくせに、なんで最後の最後に泣かせにくるの。おかげでわたしはあなたに言いたい大事なことがあるのに言えない。口をひらけば泣き声が漏れて来そうでこれ以上喋れない。家族の晩ご飯に遅れないように。そんな心にもない注意しかできない。

「じゃあ電話してください」息子が繰り返した。「僕の電話にも出ると約束してください」

うなずきで答えるのが精一杯だった。

一度では足りず二度、三度、わたしはうなずいてみせた。

それから目を伏せ、キャリーバッグに手を伸ばしすぐに歩き出した。別れ際の挨拶もしなかった。足早に歩いた。息子が見送ってくれている視線を背中に感じていたが、振り返らなかった。

3

千葉駅に着いて改札を通ったところでまた電話がかかってきた。

福岡の職場の同僚、夜勤専従の斉藤さんからだった。出勤して引き継ぎをすませ、入居者の夕食の準備にかかる頃。わたしはむこうの様子を想像しながら電話に出た。斉藤さんはわたしが千葉に来ていることなど知らないから、それなりの会話になった。さっき聞いたんだけど、東京に住んでる次女が面会に来たんだって、今日の午前中、初めて、と斉藤さんは言った。106号室のおばあさんの親族の話、つまり行き着くところはおばあさんが眼鏡の職員から乱暴な扱いを受けている（と訴えている）例の疑惑の話だった。依然問題は解決していないのだ。でね、その次女が眼鏡かけてたらしいのよ、と斉藤さんはひとりで喋った。態度が横柄でね、こっちにいる長女に輪をかけて。長女もたまに眼鏡かけて現れるんだって？　長男は違うけどヨメも眼鏡なんだって？　なんか眼鏡の女にトラウマでもあるんじゃないかと思うよ。まあその話は、時間ないからまたあさってね、いまシフト表見たら市木さん、あさっての夜勤のとこに（仮）って入ってたけど、管理者さんから連絡行ってる？　そんな話をして斉藤さんは電話を切った。

ではさっきグループホームの番号からかかってきたのはシフト変更を打診するためだったのだろう。斉藤さんとの電話はほんの数分で終わり、物足りなさが後を引いていた。斉藤さんの電話に出たことで、わたしは自分が話す人を求めていると気づいた。もっと誰かと話したかった。いまから帰っていく福岡で、わたしを待ってくれている人と話したかった。一瞬だがこちらからグループホームに電話してシフト変更の確認をしてみようかとも思った。

でも相手は誰でもいいわけではなかった。斉藤さんの声を聞いたときから気づいていたのだが、わたしが話したいと欲しているのは職場の同僚や上司ではなかった。

百崎さんの顔が浮かんだけれど、いまは彼女でもなかった。

話し相手として求めているのは土居さんだった。しゃにむにわたしは話したかった。めったにしないことだけれど、自分から電話をかけて彼の話す声が聞きたかった。

仕込みで忙しい時間だし無理かもしれない。きっと厨房《ちゅうぼう》で働いている土居さんはロッカーに電話を置いてきているはずだ。それでもわたしは彼の電話を鳴らしてその音に気づいて欲しかった。わたしが話したがっていると気づかせたかった。

「もしもし、かおりさん？」

案に相違して呼び出し音が一回鳴り終わらないうちに彼は電話に出た。しかも第一声には「破顔」という言葉を連想するくらいの笑いが滲《にじ》んでいた。電話をかけたほうが戸惑っていると、土居さんはひとりで感慨にふけるように、

「待ってみるもんだなあ」

と言う。電話から調理に使う金物の触れ合う音が伝わる。水道の水を使う音、女性の声の混じった笑い声も聞こえる。土居さんは歩いて場所を移動している。

「どうかしたんですか」

「いやこっちはどうもしない。びっくりしたのはこの電話。かおりさんから電話をもらえる日が

来るなんてさ」

「そんな、初めてみたいに」

「だって初めてだよ。メッセージはあったけど、電話は初めて。いつも僕のほうからかける。気づいてないの？」

「……そんなはずないと思うけど」

「間違いない。今日が初めて。だからこっちの台詞だよ、どうかしたんですか」

「別に、どうもしないけど……」

「あれかな？　柿の実が熟したってことかな？」

「柿？」

「熟柿《じゅくし》。熟し柿という意味の熟柿。でもスマホに入れてある辞書にはもう一つ意味が載ってて、……この話、前にもしたと思うよ。『熟した柿の実が自然に落ちるのを待つように、気長に時機が来るのを待つこと』の語意もあるらしいんだよね、熟柿には。だから、何事によらず僕は長期戦を覚悟で人生を生きているから、当然かおりさんとのこともね、最初からそのつもりでいるし、いつか電話がかかるといいなと毎日考えてたら、今日ほんとにかかってきて、ついにその日が来たかって、ようやく……あ、待ってこれ、もしかしてプロポーズっぽく聞こえてる？　そういうんじゃないからね、初めての電話で舞い上がってその気になってるわけじゃないから。負担に感じないでください。ただね、……つまりね、柿の実が季節になれば熟すように、物事の成就には適した時期があるというか、そのときが自然に訪れるのを気長に待つというか、百崎さんなんかに言わせると単に消極的なのかもしれないけど、でもそういう、無理強いしない、待ちの時間が必要なときもあるんじゃないかと……ああ、ひとりで喋ってごめん、せっかく電話してくれたのに。もしかしていま成田空港？」

「いまから成田行きの電車に乗るとこ」

「そう。大伯母の、晴子伯母さんだっけ、十七回忌をすませて」

「ええ」

「ご両親のお墓参りも」

「ええ」

「良かった。じゃあもう帰りの飛行機に乗るだけだ」

「そうね」

「ほんとに良かった。真面目な話、里心がついちゃったりして、千葉に行ったっきりにならないかと心配してたんだ。できれば空港で出迎えたいくらいだけど、仕事があるからそうもいかないし、かおりさんも今夜は疲れてるだろうからゆっくり休んで、よかったら明日また」

「土居さん……」

と思わず言いかけて、何も言えないでいると、厨房にいる人が「土居さーん」と呼ぶ声が電話から聞こえた。土居さんはその声を無視した。

「……うん？　どうした？」

「あのね、土居さん……」

「どうかしたんですか？　市木さん」

「ごめんなさい。わたし、土居さんにいつか話そうと思っていて」

「うん」

「でも話せなくて」

「うん」

「福岡で、福岡に限らなくてもいま、いちばん近くに感じてる人は土居さんなのに、どうしてもその話ができなくて、隠してることがあります」

「そう」と土居さんは相槌《あいづち》を打つだけで、何を隠してるの？　とは言わない。

土居さんには、中学三年のとき両親を交通事故で亡くしたことも話した。叔父《おじ》の家に引き取られて大学へ行くまで千葉の田舎で暮らしたことも話した。晴子伯母さんの家の柿の木の話もしたおぼえがある。大学を出て、就職して、結婚し、その後離婚したことも話してある。でも離婚の理由は訊《き》かれないし、話していない。別れた夫とのあいだに子供がいることも、土居さんは察しているに違いないが、わたしの口からは言えていない。

いちばん近い人のはずなのに、いちばん重要な過去の経歴を話していない。いま別れてきた息子以上に、土居さんは知らない。わたしが刑務所に二年半いた事実すら知らないのだ。

「土居さん」もう一度名前を呼んだだけで息が詰まった。

土居さんは急かさずに待っている。

「憶えてますか」歩きながら息継ぎをしただけなのに、喉の奥が火傷《やけど》したようにひりついた。「二〇一一年の地震のとき、あの大きな地震のとき、土居さんは、東京の浅草《あさくさ》の洋食屋さんで働いていたんですよね。コンロの鍋《なべ》が倒れたりお皿が何枚も割れたり、あの日はみんなそうだったと思うけど、怖い経験をしたんですよね」

「うん」

「そのとき市木さんはどこにいたのって訊かれて、わたしは答えをはぐらかしたでしょう。でも本当ははっきり憶えてるんです。あの地震の揺れが来たとき、自分がどこにいたか」

「それが隠してること?」

「はい。自分のいた場所が言えないんです。憶えてるのに言えないんです。なぜそこにいなければならなかったのか、言ってしまうと土居さんが、わたしから離れて行きそうで」

気がつくと人が大勢いるホームに出ていた。「やりぶすま」さながらの視線を感じた。肩から当たって来る人がいて電話を取り落としそうになった。いい年をしたおばさんがキャリーバッグを引いてスマホで話しながら、迷子のようにふらふら歩いている。人の視線が突き刺さるのも当然だろう。

「どうして僕が市木さんから離れて行くの」

「たぶんそうなる」

「そうかなあ。市木さんこそ憶えてる? もとはと言えば、僕がストーカーまがいにつきまとったのがはじまりなんだよ?」

「それとこれとは違う。冗談にできる話じゃないんです」

「僕も冗談で長期戦なんて言ってるわけじゃない。市木さん、僕たち知り合ってまだ二年目だよ。焦る必要なんかどこにもないよ。いま言えないなら、言えるときが来るのを待てばいいんだ」

邪魔なんだよ、と誰かが言ってキャリーバッグを蹴った。わたしは謝り、顔をあげてホームに掲げてある表示板を探した。焦る必要なんかどこにもない。土居さんのその言葉が真実であればいいと思う。彼と知り合ってまだ二年目、それはその通りだ。高校生になった息子と会えたのも今日が初めて。

「聞いてる、市木さん？」

「ええ」

「もう五十のくせに、焦れよって思った？」

「思いません」

「百崎さんならそこツッコミ入れただろうね」

土居さんは笑っている。

「ねえ、もし来なかったら？　いま言えないことを、言えるときがいつまでも来なかったら？」

「来るよ」

こう答えてほしいと望んだ通り土居さんは即答した。

「市木さんはいつか話してくれる。きっとそうなる。でも僕は離れて行かない」

「ごめん、急がないと。わたし間違ったホームに立ってるみたい」

間違いに気づくと同時に思い出していた。

成田エクスプレス。わたしが乗る電車は10番線だ。土居さんの声が、慌てないでとか、だいじょうぶ、絶対間に合うからとか言っているのが聞こえる。電話を切ってしまうのが惜しくて、そのままホームを引き返して急いだ。

今夜中には福岡に帰る。明日の朝はハヤハチの勤務につく。わたしには幸い仕事がある。職場の仲間がいる。年下だけれど互いにタメ口で話せる百崎さんという友人もいる。里心、とさっき土居さんが使った言葉をわたしは千葉よりもむしろ福岡に感じている。わたしはもう福岡の土地に根をおろしつつある。キャリーバッグを持ち上げて急ぎながら、そんな思いが頭をよぎる。

わたしは職場の仲間や、年下の友人のいる福岡へ、そして土居さんの待つ福岡へ帰る。電話は片手に握りしめて、正しいホームへ出るために階段をのぼる。でも土居さんは待ってくれている。わたしが成田行きの電車に乗ったのを知るまで、何分でも、福岡の仕事場の廊下に佇《たたず》んで待っているだろう。電話から伝わってくるわたしの足音や、息づかいや、周囲のざわめきに耳をすましながら待ってくれている。そういう人だ。焦る必要なんかない。じきにわかる。間に合った、乗るべき電車にちゃんと乗れたよとわたしは言い、ほらね、と彼は答えて笑うだろう。きっとそうなると、わたしは信じられた。

作中、土居さんがスマートフォンに入れて愛用している辞書は『大辞林 第四版』(三省堂)です。

初出　小説 野性時代
二〇一六年一二月号、二〇一七年一二月号、二〇一八年一二月号、
二〇一九年一二月号、二〇二〇年一二月号、特別編集二〇二三年冬号、
二〇二四年二月号、四月号、六月号、八月号、一〇月号、
特別編集二〇二四年冬号

佐藤正午（さとう　しょうご）
1955年長崎県生まれ。83年『永遠の½』ですばる文学賞を受賞しデビュー。2015年『鳩の撃退法』で山田風太郎賞、17年『月の満ち欠け』で直木賞を受賞。他の作品に『Y』『ジャンプ』『５』『アンダーリポート』『身の上話』『ダンスホール』『冬に子供が生まれる』などがある。

熟《じゅく》柿《し》

2025年３月27日　初版発行
2025年７月20日　５版発行

著者／佐藤《さとう》正《しょう》午《ご》

発行者／山下直久

発行／株式会社KADOKAWA
〒102-8177　東京都千代田区富士見2-13-3
電話　0570-002-301（ナビダイヤル）

印刷所／旭印刷株式会社

製本所／本間製本株式会社

●お問い合わせ
https://www.kadokawa.co.jp/（「お問い合わせ」へお進みください）
※内容によっては、お答えできない場合があります。
※サポートは日本国内のみとさせていただきます。
※Japanese text only

定価はカバーに表示してあります。

ISBN 978-4-04-114659-0　C0093